अच्छे आदमी

[फणीश्वरनाथ रेणु की असंकलित-अप्रकाशित
कहानियों की दूसरी पुस्तक]

अच्छे आदमी

फणीश्वरनाथ 'रेणु'

संकलन व सम्पादन
भारत यायावर

राजकमल प्रकाशन

ISBN : 978-81-267-0203-9

मूल्य : ₹ 595

पहला संस्करण : 1986
ग्यारहवाँ संस्करण : 2024

प्रकाशक : राजकमल प्रकाशन प्रा. लि.
1-बी, नेताजी सुभाष मार्ग, दरियागंज
नई दिल्ली-110 002
शाखाएँ : अशोक राजपथ, साइंस कॉलेज के सामने, पटना-800 006
पहली मंजिल, दरबारी बिल्डिंग, महात्मा गांधी मार्ग, प्रयागराज-211 001
1, अनमोल सोराबजी संतुक लेन, धोबी तलाव, मरीन लाइंस, मुम्बई-400 002

वेबसाइट : www.rajkamalprakashan.com
ई-मेल : info@rajkamalprakashan.com

मुद्रक : बी.के. ऑफसेट
नवीन शाहदरा, दिल्ली-110 032

ACHCHHE AADAMI
Short Stories by Phanishwar Nath 'Renu'
Collected and edited by Bharat Yayawar

रेणु की रचनाओं के संग्रही
राम पाठक
और सहृदत आलोचक
डॉ. चन्द्रेश्वर कर्ण को
जो
महीनों खोजीराम के लिए
खोज-कार्य में सक्रिय-संलग्न रहे,
रेणु की रचनाएँ हिन्दी पाठकों को
उपलब्ध हो सकें
इस हेतु
हर सम्भव सहयोग देते रहे।

दूसरे संस्करण की भूमिका

रेणु की खोई हुई, दुर्लभ प्राय: रचनाओं के पुस्तक-रूप में प्रकाशन से पिछले वर्षों के हिन्दी साहित्य में एक हलचल की-सी स्थिति रही। हिन्दी की प्राय: सभी प्रमुख पत्र-पत्रिकाओं ने इस कार्य की भूरि-भूरि प्रशंसा की एवं इनके महत्त्व को रेखांकित किया। पाठकों ने भी इन पुस्तकों के प्रति अपनी अपार रुचि दिखलाई। इसी का नतीजा है कि प्रकाशन के कुछ ही महीनों बाद इनमें से कई पुस्तकों के प्रथ संस्करण की प्रतियाँ समाप्त हो गईं।

'अच्छे आदमी' का दूसरा संस्करण प्रकाशित हो रहा है, यह खोजीराम लिए ही नहीं, अपितु तमाम रेणु के पाठकों के लिए खुशी की बात है। पर इसक दूसरे संस्करण से कुछ रचनाएँ निकाल देने के लिए बाध्य होना पड़ रहा है। इधर रेणु के कई आत्म-संस्मरण आदि मिले हैं, जिन्हें 'आत्म-परिचय' नामक पुस्तक में संकलित किया जा रहा है। ऐसी दो रचनाएँ 'अच्छे आदमी' के पहले संस्करण में थीं—'एक बलन्द खुदी...उर्फ मशहूर नकबेसर का किस्सा' एवं 'जहाँ पमन को गमन नहिं'। इन्हें हम दूसरे संस्करण में नहीं रख पा रहे हैं। साथ ही पुस्तक के पहले संस्करण से दोनों कथा-रिपोर्ताजों को भी निकाल दिया गया है, जिन्हें शीघ्र ही अगली कथा-रिपोर्ताजों के एक संग्रह में संकलित किया जाएगा। दोनों मैथिली रचनाओं के मूल रूप को इनमें रहने दिया गया है। आशा है, पाठकों को इन चार रचनाओं के इस पुस्तक में न रहने पर (जिनके रहने की प्रासंगिकता भी नहीं थी) असुविधा अनुभव नहीं होगी।

27.12.87

—भारत यायावर

पहले संस्करण की भूमिका

'एक श्रावणी दोपहरी की धूप' के बाद फणीश्वरनाथ रेणु की असंकलित-अप्रकाशित कहानियों की यह दूसरी पुस्तक है। 'रूपों-ढाँचों-प्रकारों' के वैविध्य व विषय-व्यापकता की दृष्टि से यह संग्रह उनके पिछले संग्रहों से अलग है। इसमें शामिल 'टेबुल' तथा 'अच्छे आदमी' का प्रकाशन 'धर्मयुग' में हुआ था और फिर 'श्रेष्ठ कहानियाँ' में भी ये संकलित हुईं।...अर्थात् एक ओर इस संग्रह में बहुपठित कहानियाँ हैं, तो दूसरी ओर 'पार्टी का भूत' व 'टौन्टी नैन का खेल' जैसी अनुपलब्ध, पर महत्त्वपूर्ण कहानियाँ! रेणु का प्रसिद्ध उपन्यास 'जुलूस' पहले एक कहानी के रूप में प्रकाशित हुआ। खोजीराम ने कई दृष्टियों से देखा, तो उसकी अलग इयत्ता लगी। वह कहानी के रूप में भी काफी महत्त्व का लगा।...और 'रोमांस-शून्य प्रेम-कथा की एक भूमिका' भी इस संग्रह में रख ली गई! 'बीमारों की दुनिया में' व 'एक रात'—दोनों अस्पताल-जीवन के भिन्न अनुभवों को रेखांकित करनेवाली रचनाएँ हैं! इसी अनुभव को लेकर रेणु ने 'स्टिल लाइफ' और दिसम्बर, 1970 की 'सारिका' में 'रेखाएँ-वृत्तचक्र' जैसी लम्बी व महत्त्वपूर्ण रचनाएँ लिखीं। ये चारों रचनाएँ एक साथ मिलकर एक अलग वृत्त बनाती हैं। अत: पूर्व में संकलित 'स्टिल लाइफ' व 'रेखाएँ-वृत्तचक्र' को भी इस संग्रह में रखा गया है। इस संग्रह में व्यक्ति-चित्रात्मक तीन कहानियाँ हैं—जिन्हें एक साथ रखा गया है। इन तीनों कहानियों के पात्र हिन्दी-साहित्य के लिए बिलकुल नये व ताजे हैं। इनसे मिलने का, पर, एक अलग ही स्वाद है। राजनीतिक व्यंग्य की भी तीन कहानियाँ—पार्टी का भूत, धर्मक्षेत्रे-कुरुक्षेत्रे व प्रतिनिधि-चिट्ठियाँ—इस संग्रह में हैं। ये तीनों तीन तरह की कहानियाँ हैं। रेणु का मानना था कि 'एक लेखक के लिए किसी पार्टी की उठा-पटक से जुड़ना, किसी भी तरह सम्भव नहीं।...अन्तत: आदमी ही लेखक का विषय हो सकता है—झंडे और वर्दियाँ नहीं।' (बंगला पत्रिका 'कृतिबास' दिसम्बर, 1974) वामपंथी पार्टियों के आपसी झगड़ों व दरारों को भी वे अच्छा नहीं मानते थे। 'पार्टी का भूत' जो दैनिक 'विश्वमित्र' के अक्टूबर, '45 में प्रकाशित हुई थी—की संवेदना का, बाद में, भिन्न रूप में विकास उनकी प्रसिद्ध कहानी 'आत्मसाक्षी' में हुआ। 'धर्मक्षेत्रे-कुरुक्षेत्रे' अपने ही द्वारा सम्पादित पत्रिका 'नई दिशा' में उन्होंने

श्री संजय के नाम से लिखी थी। यह भी एक व्यंग्य प्रधान कहानी है।...और छोटन बाबू!...'प्रतिनिधि-चिट्ठियाँ' पढ़ने के पूर्व 'मैला आँचल' एक बार अवश्य देख जाएँ! यह छोटन बाबू उसी 'आँचल' से उभरकर एम. एल. ए. हुए हैं यानी जन-प्रतिनिधि!...और पढ़िए उनकी चिट्ठियाँ!!

कथा-रिपोर्ताज शैली की 'नये सवेरे की आशा' व 'जीत का स्वाद' भिन्न तरह की कहानियाँ हैं। सोशलिस्ट पार्टी के किसान-मार्च का जीवन्त चित्र ही सिर्फ 'नये सवेरे की आशा' में नहीं है—बल्कि किसानों-मजदूरों के वास्तविक 'सुराज' का स्वप्न भी! 'जीत का स्वाद' रेणु द्वारा लिखी गई एकमात्र खेल-कथा है!

रेणु ने हिन्दी के अलावा मैथिली में भी कई रचनाएँ लिखी हैं! 'नेपथ्य का अभिनेता' व 'जहाँ पमन को गमन नहिं' मैथिली की कहानियाँ हैं, अनुवाद खोजीराम ने खुद किये हैं! इन दोनों मैथिली कहानियों को मूल रूप में संग्रह के अन्त में दिया जा रहा है! 'दिल बहादुर दा'य' अप्रकाशित शब्दचित्रात्मक कहानी है, जिसका रचनाकाल सम्भवत: 52 से 54 के बीच है! इसे पहली बार प्रकाशित करने का श्रेय 'साक्षात्कार' को है!

और शुरू में रेणु का अप्रकाशित आत्म-रेखाचित्र 'एक बलन्द खुदी...उर्फ मशहूर नकबेसर का किस्सा' पढ़ें—और देखें कि तुलसीदास की तरह 'मो सम कौन कुटिल-खल-कामी!' क्यों कह रहे हैं रेणु! अपनी ही हँसी क्यों उड़ा रहे हैं! अपने ही छद्म को—नकाब को क्यों उतार रहे हैं!

और अन्त में...उन लोगों के प्रति आभार, जो खोजीराम के खोज-कार्य को आगे बढ़ाने में सहयोग देते रहे हैं, विशेष रूप से राय रामनारायण, श्रीपति गुप्त, डॉ. सुवास कुमार, प्रमोद बेड़िया, सदानन्द मंडल, प्रो. कैलाशनाथ तिवारी, रामानन्द सिंह के प्रति, और उनसे निवेदन कि आगे भी खोजीराम को सहयोग प्रदान करते रहें।

26.12.87 **—भारत यायावर**

कदमा, हजारीबाग (बिहार)

क्रम

कहानियाँ

परिशिष्ट : मैथिली कहानियाँ

बालवाली जमीन का कूप और
गाँव की लड़की का रूप—
दोनों बराबर।
बालूवाली जमीन के कूप का पानी
'कंचनठंडा' होता है
एक घूँट पीकर ही आत्मा जुड़ा जाए
...एक बार निहार कर
नींद आ जाती है आँखों में
लेकिन बलुवाही कूप
दो साल में ही 'भथ' जाता है
गाँव का रूप साल लौटते ही 'ढल' जाता है।

कहानियाँ

टौन्टी नैन का खेल
कपड़घर
टेबुल
अच्छे आदमी
रोमांस-शून्य प्रेम-कथा की एक भूमिका
जहाँ पमन को गमन नहिं

टौन्टी नैन का खेल

"लड़की मिडिल पास है!"

"मिडिल पास?"

"मिडिल पास ही नहीं, दोहा-कवित्त जोड़ती है।"

"देखने में भी, सुनते हैं कि गोरी है।"

"सीप्रसाद बाबू की बेटी काली कैसे होगी?"

"विश्वास नहीं होता है।"

"सुमरचन्ना नहीं आया है? आ जाय तो सही बात का पता चले।"

"यदि बात सच है तो समझो कि पानी में आग लग गई!"

"सुमरचन्ना का भाग तेज है।"

"चिड़िया का गुलाम किसका है? रंग औट करो।" चिड़िया का गुलाम, लाल पान की बीवी से कट गया और खेल खत्म। खेल में अब किसी का जी नहीं लग रहा है, सुमरचन्ना का भाग तेज हो गया, खेल में जी कैसे लगे?

"लेकिन—सुमरचन्ना तो अपर पास भी नहीं?"—रमचनरा कहता है।

"अब पास कर जाएगा!"—दुलरिया बात बनाना जानता है।

सभी हँस पड़ते हैं। गाँव-भर के निठल्ले नौजवानों के इस ताश के अड्डे को बढ़े-बूढ़े बड़ी बुरी निगाह से देखते हैं। देखा करें, उनकी बुद्धि सठिया गई है। सेमापुरिया 'मेला' की तरह माथा मुड़ाकर रहो तो ये बहुत खुश रहेंगे। जरा-सा थोबड़ा केश बढ़ाकर, थोड़ी-सी बगली छँटाकर सिर में तेल डालते ही इनकी आँखों में लाल मिर्च की बुकनी पड़ जाती है।...लुच्चा हो गया, आवारा है वगैरह।... सुमरचन्ना बाबड़ी नहीं रखता है, डोमन लौआ से जब वह केश छँटाता है तो गाँव के नौजवानों को एक सप्ताह के लिए हँसने का मसाला मिल जाता है।...हल जोत दिया है, अब खेसाड़ी बोना बाकी है। और उसी सुमरचन्ना का हल जोता हुआ कपाल इतना उपजाऊ साबित हुआ। रमचनरा आधा मोंछ कटाता है लेकिन। मिडिल पास स्त्री, दोहा-कवित्त जोड़नेवाली और गोरी! भगवान भी कैसे हैं?

सुमरचन्ना—श्री सुमरचन्द विश्वास वल्द अमीरचन्द विश्वास जाति...मौजा—लोरिकगंज, थाना—फारबिसगंज, जिला—पुर्रेनियाँ।

रामपुर के सीप्रसाद मंडल को कौन नहीं जानता? जाति-बिरादरी में उनका स्थान ऊँचा है। नई मातबरी हुई है। सरसों और तम्बाकू से दो हजार रुपए की आमदनी होती है। बन्दूक का लैसन मिलनेवाला है। कंगरेसी हैं। उन्हें कौन नहीं जानता?

यह बड़े अचरज की बात है कि सीप्रसाद बाबू ने सुमरचन्ना को ही क्यों अपनी मिडिल पास, दोहा-कवित्त जोड़नेवाली और गोरी लड़की के लिए वर चुना? सुरमचन्ना की माँ ऐसी झगड़ालू है कि दीवाल से भी झगड़ा करती है। बाप बहरा है। धन में धन दो भैंस हैं। और सुरमचन्ना की सूरत?...अचरज की बात है। गाँव के निठल्ले नौजवानों के कलेजे पर साँप लोट रहे हैं! भगवान भी कैसे हैं?

"रे सुमरचन्ना! इधर आओ इधर! कहाँ से आ रहे हो? बीड़ी पिलाते जाओ!"

"हरगोबिन भाय! रामपुर गए थे?"

"शादी का दिन ठीक हो गया?"

"हाँ। यही फागुन एकादशी है!"—सुमरचन्ना 'मोटर मार सिकरेट' सुलगाते हुए कहता है।

"तुम्हारी किस्मत बड़ी तेज है। रुपैया-पैसा भी दिया है?"

सुमरचन्ना को घेरकर सभी बैठे हुए हैं। बीच में मोटर मार सिगरेट का पाकिट खुला हुआ है। ताश की गड्डी पड़ी हुई है। सभी सिगरेट पी रहे हैं। सुमरचन्द विश्वासजी सुना रहे हैं—"अरे हरगोबिन भाय! यह तो भोग-भाग की बात है। विधविधाता जिसकी जोड़ी जहाँ मिला दे। रमैन में कहा है—सुनहू भरथ भावी प्रबलऽ बिलख कहे मुनि नाथ...अर्थात् हे भरथजी!..."

इस 'अर्थात्' में हानि-लाभ के साथ शादी-विवाह और जोड़ी मिलाने की चर्चा कहाँ की गई है, इस पर ध्यान देने का होश किसको है?

सुमरचन्ना मिडिल पास भी नहीं लेकिन 'रमैन' और 'महभारथ' और कीरतन में उससे कोई पार नहीं पा सकता है। जब कीर्तन में 'झाँखी' गाने के समय पैर में झुनकी बाँधकर 'झाँखी जुगल मोहनियाँ हो राम' गाता है तो सुननेवालों की आँखों से प्रेम के आँसू झरने लगते हैं।

बात यह हुई कि...सीप्रसाद बाबू के बूढ़े बाप लामलरैन बाबू बड़े धार्मिक आदमी हैं। गाँव में ठाकुरवाड़ी बनवा दिया है। राम लछमन सीताजी की मूर्ति बनारस से लाए हैं। घर में भी मूर्ति है—सीताराम की जुगल जोड़ी। कीर्तन के बड़े प्रेमी हैं।

उस बार ढालगंज के नवकुंज में सुमरचन के गीत पर मोहित हो गए। सीप्रसाद बाबू की छोटी बेटी (जिससे सुमरचन की बातचीत पक्की हो गई है) लामलरैन बाबू की बड़ी दुलारी है। बड़ी प्यारी! दादा के सभी गुण उसमें आ गए हैं। बचपन से ही दादा के साथ में रहकर 'भगवान' और कीर्तन उसके रोम-रोम में रम गया है। इसीलिए दादा ने उसका नाम रखा है—आरती। माँ कहती हैं—अर्ती! बूढ़े लामलरैन बाबू ने आरती की शादी किसी भगवान-भक्त से ही करने की प्रतिज्ञा की थी।...पूरा भक्त, कंठीधारी वैष्णव हो, भले ही गरीब हो, अपढ़ हो, लेकिन अपनी ही जाति का हो। आरती सतरहवाँ पार कर चुकी, लेकिन उसके जोग वर नहीं मिल रहा था। कोई मिलता भी तो स्वजाति का नहीं। पढ़ाई-लिखाई की बात रहती तो आजकल एम.ए. बी.ए. की भी कमी नहीं होती...लेकिन वैष्णव, भगवान का असली भक्त, कंठीधारी कहाँ मिले? मुर्गी के अंडे खानेवालों की बात रहती तो एक बात भी थी। बस ढालगंज नवकुंज में लामलरैन बाबू को आरती के जोग वर मिल गया।... स्वजाति का, भक्त, वैष्णव और कंठीधारी सुमरचन्ना!

"ऐह! यह तो राजा-रानी का खिस्सा हो गया कि एक राजा था और उसकी एक लड़की थी—" दुलरिया बहुत देर तक रुके हुए साँस को एक ही बार छोड़ते हुए कहता है—"एकदम खिस्सा साढ़े चार यार!"

सभी हँस पड़ते हैं लेकिन यह बात तो सर्वसम्मति से स्वीकृत हो जाती है कि सुमरचन्ना का भाग बड़ा तेज है। भगवान की महिमा अगम अपार है।

"लड़की मिडिल पास, गोरी, धनी, ससुराल, बूढ़े मालिक का दुलारा जमाई... और क्या चाहिए?"—हरगोबिन गम्भीर होकर कहता है।

सभी गम्भीर हो जाते हैं। भाग की बात है। इससे बढ़कर और क्या चाहिए?

"लेकिन सुमरचन्न भाय! कीरतन दल को भूल मत जाना, हरमुनियाँ का भाथी एकदम खराब हो गया है। ढोलक भी कठसुरहा हो गया है। गेरुआ पोशाक एक दर्जन बनवा देते तो फिर क्या है?"

"और एक 'कौरनोट' और एक 'बिहला' बाजा यदि खरीद दो तो समझ लो कि 'हौल इंडिया' में हम लोगों के दल का नाम हो जाए।"

"अरे भगवान ने चाहा तो सबकुछ हो जाएगा। पंगु होंहि वाचाल मूक चढ़हि... नहीं-नहीं...मूक होंहि वाचाल...।"—सुमरचन्द विश्वास, विश्वास दिलाते हुए कहते हैं—"और हम यदि कीरतन दल को भूल जाएँ तो भगवान हमारे गरब को कितनी देर तक रखेंगे?...रावन गरब कियो लंका में...।"

फागुन एकादशी! लामलरैन बाबू ने खबर भिजवा दी है—बर-बरात एकदम नहीं। जो आए वह कीर्तनियाँ हो। ढोल-ढाक, बाजा-गाजा, नाच-तमाशा, रंग-रवायश—कुछ नहीं। सिर्फ कीर्तन!

दुलरिया बड़ा मस्त आदमी है, हरदम हँसते-हँसाते रहता है। सुनते ही कहता है—"तब तो लड़की के लिए भी कोई गहना बनाने की जरूरत नहीं। कंठमाला ही ले चलो सुमरचन भाय।"

सुमरचन आजकल दिन-रात सपना ही देखता रहता है। उसे कुबेर का भंडार मिल गया है। हँसते हुए कहता है—"असल गहना तो कंठीमाला ही है दुलारे। पूरब मुलुक बंगाला में जाओ तो? जब तक माला बदल नहीं होगा, शादी पक्की नहीं समझी जाएगी। पहले जमाने में राजा-महाराजा की राजकुमारी माला डालकर ही सुयेम्वर करती थी। जयमाला!"

'कुमारी आरती देवी मीरा' श्रीमान सुमरचन्द विश्वासजी के गले में जयमाला डालेगी।

आरती देवी मिडिल पास है। घर बैठे ही गीता और रमैन की परीक्षा देकर पास कर चुकी है। मासिक मानव कल्याण पत्रिका की स्थायी ग्राहिका और पाठिका है। कभी-कभी खुद गीतों की रचना कर लेती है—दोहा-कवित्त! इसलिए अपने नाम के साथ 'मीरा' लिखती है। अठारहवें में पाँव रख रही है। पिछले दो साल से गाते-गाते भगवान के आगे कभी-कभी बेहोश हो जाती है। घंटों बेहोश रहती है और जब आँखें खुलती हैं तो...'सपने में तुम पास रहे प्रभु, जगी हो गए दूर...।' प्रेम-विह्वल हृदय की वाणी कोकिल कंठ से फूटकर निकल पड़ती है। बूढ़े लामलरैन बाबू प्रसन्न होकर करताल बजाते रहते हैं—'हई बोयो, हई बोयो! छन, छन, छन, छन।' गेरुआ रंग को छोड़कर और किसी रंग का कपड़ा नहीं पहनती है आरती देवी।

एक बार सोशलिस्ट पार्टी के 'लाल पताका' के सम्पादक 'चिनगारी'जी आए थे। एकदम नास्तिक। हरदम मुँह में सिगरेट, आँख पर चश्मा। खाँसते रहते थे और हवा में डोलते रहते थे। डॉक्टर के कहने से मुर्गी का अंडा खाते थे। जाति-धरम को एकदम नहीं मानते थे। उस बार सीप्रसाद बाबू के साथ आए। शाम को जब उन्होंने आरती देवी का भजन-कीर्तन सुना तो उनकी आँखें एकदम खुल गईं। प्रेम-विह्वल नारी, गोरा शरीर, सुडौल मुख-मंडल और गेरुआ वस्त्र में लिपटी हुई पवित्र जवानी! बस, उसी क्षण से भगवान भक्त हो गए।...लेकिन लोग जो कहते हैं कि आरती देवी से उनका...हो गया था सो झूठी बात है। सुनी हुई बात दुनी होती है।

बात यह हुई थी कि सीप्रसाद बाबू ठहरे कंगरेसी आदमी! उनके यहाँ यदि कोई सोशलिस्ट पार्टीवाला तीसरे दिन पड़ा रहेगा तो उनकी बदनामी नहीं होगी? इसलिए उन्होंने मना कर दिया था। बाद में 'चिनगारी'जी ने सोशलिस्ट पार्टी को

भी छोड़ दिया। आजकल एकदम भक्त हो गए हैं, अपना कीर्तन पार्टी खोले हैं। वह भी अपने से गीत बनाते हैं और गाते हैं।

लामलरैन बाबू ने आरती देवी की शादी के दिन 'अष्टजाम' कीर्तन कराने का निश्चय किया है। दस समाजी को उन्होंने निमंत्रण भेज दिया है। जाति-बिरादरीवाले तो सभी शादी-ब्याह और श्राद्ध में खाते ही हैं। पर आरती देवी की शादी है। भगवान की गायिका की शादी है, इसमें तो सिर्फ कीर्तनियाँ लोगों को ही भाग लेना चाहिए।

शाम से ही कीर्तनियों का दल एक-एक कर आ रहा है। गाते-बजाते और नाचते!

"अरे सोचे सियाजी के मैया हो धेनु कैसे टुटे।"

"धाके धिन्ना ताक धिन्ना।"

छनन छनन छुम्म छन्नन।

"हाँ, यह शायद लखनपुर का दल है। देखना। हरेक समाजी के सभापति से पहले ही पूछ लेना कि कितने लोग हैं? लखनपुरवालों को नहीं जानते? तीन बुलावे तेरह आवे।"

"गौरी के माई डराओल हो बमभोला के देखिके।"

धाक धिना ताक धिना।

"हाँ, यह परबत्ता का दल है। देखना रे! गंगातीरवाली खड़ाऊँ की जोड़ियाँ कहाँ हैं? उस बार परबत्ता दलवालों ने खड़ाऊँ ही पार कर दिया।"

कान्तपुर के दल के साथ आए हैं 'चिनगारी'जी। आजकल नाम बदल लिया है—'चन्दन'। चन्दनजी! उनके दल को निमंत्रण नहीं मिला था लेकिन कान्तपुर में उनका 'ममहर' है। चिनगारीजी...यानी चन्दनजी ने अब बाल बढ़ा लिया है। लम्बे-लम्बे घुँघराले बाल, दाढ़ी-मूँछें मुड़ी हुईं और आँखों पर चश्मा। अब सिगरेट कम पीते हैं—पान खाते हैं।

सभी समाजी आ गए हैं। रात को आठ बजे से अष्टजाम शुरू होगा। तब तक बाराती कीर्तनियाँ समाज भी आ जाएगा। इसके पहले बैठकी कीर्तन हो रहा है। एक-एक दल बारी-बारी से गाता है। ऐसा लगता है कि कान्तपुर दल का ढोलकिया आज ढोलक को तोड़ ही देगा! चिनगारीजी उर्फ चन्दनजी गा रहे हैं। खेल बात है! इसीलिए ढोलक बजाते-बजाते जोश में ढोलक पर चढ़ जाता है। चिनगारीजी जब गर्म बात अखबार में लिखते थे तो सरकार बहादुर थर-थर काँपने लगता था। चन्दनजी ऐसा कीर्तन गाते हैं कि सुननेवालों पर आग का भी कोई असर नहीं हो। आँख मूँदकर गा रहे हैं, विभोर होकर गा रहे हैं। चेहरे पर पेट्रोमेक्स

की पूरी रोशनी पड़ रही है, इसलिए चेहरे पर करुण भाव की छोटी-से-छोटी लहरें भी स्पष्ट दिखाई पड़ती हैं।

अरे नैनों को दरशन सुख दे दो नैनों को...
अरे नैनों को दरशन सुख दे दो
मिटे हृदय की साध...
दरश बिनु नैना है बेकार आज मेरो...

आँगन में चन्दन चर्चित वधु आरती चुपचाप बैठी हुई है, बूढ़े लामलरैन बाबू का हुक्म है—"औरतें और कोई गीत नहीं गा सकतीं। भगवान का ही गीत मंगल गाएँ। 'रुकमुनी जाइछे'...नहीं-नहीं...यह गीत नहीं चलेगा। ओ! रुक्मिणी का नाम है? तब तो भगवान का गीत है। यह चलेगा—"

अरे अच्छा-अच्छा चूड़ियाँ बनावे रे भइया लहेरिक।
रुकमिनी जाइछे ससुराल!
अरे ऐसना चोलिया बनावे रे दरजिया कि
छतिया पर जोड़ी रे अनार!

आरती देवी 'मीरा'।...आरती पुर्जे पर अपना नाम देखकर चमक उठती है। अक्षर तो पहचानती है वह। चरवाहा ने लाकर दिया है। चिट्ठी है। वह उठकर ठाकुरजी के घर में चली जाती है। हाँ, चिट्ठी ही है। चन्दनजी उर्फ चिनगारीजी ने लिखा है—

"मेरे मानस की मीरा!

तुम जिसके गले में जयमाला डालनेवाली हो वह एकदम निपट गँवार है। बात करने का ढंग नहीं। कीर्तन गाता है मगर पुराने जमाने का। पढ़ा-लिखा बहुत कम है। शायद लोअर पास भी नहीं। सिर्फ गला सुरीला है। समझ में नहीं आता कि बूढ़े बाबू ने क्यों तुम्हारा सत्यानाश कर दिया। सीप्रसाद बाबू भी कैसे हैं, उन्होंने क्यों नहीं खुद जाकर देखा। लड़का तो एकदम चिड़िया का गुलाम है..."

चिड़िया का गुलाम? भगवान ने निपट गँवार ही उसके भाग में लिख दिया है तो वह क्या कर सकती है? भगवान की मर्जी! लेकिन चन्दनजी? उस बार कितनी अच्छी कविता बनाकर चिट्ठी लिखे थे—

तुम मीरा गिरधर की दासी
चन्दन तेरा दास
करो मत मुझको प्रिये निराश!
'दास के सुन लीजै छोटी अरजिया हो रघुवर सुन लीजै मोरी अरजिया!'

ताक धिन्ना ताक धिन्ना।

लोरिकगंज बाराती कीर्तनियाँ समाज आ गया। वर श्री सुमरचन्द विश्वास गा रहे हैं—दास के सुन लीजै...

शादी चाहे किसी भी नियम से हो, शादी आखिर शादी ही है। वर को देखने के लिए औरतें झुंड बाँधकर दौड़ पड़ती हैं। कौन? यही जो बीच में नाच रहा है?... माई गे!...माई गे क्या? वह तुम्हारी उसकी शादी नहीं, आरती की शादी है! भगवान!

बूढ़े लामलरैन बाबू आरती देवी की माँ को समझा रहे हैं, डाँट रहे हैं और बिगड़कर लेक्चर झाड़ रहे हैं। गुस्से में उनकी पोपले मुँह की बोली ठीक अंग्रेजी की तरह सुनाई पड़ती है—'छिवई की छाजी में भी गौई की माई इछी लयह ओची छी! किछी अम्मयमी, मुगीखाय छे छाजी होची चो बहुत अच्छा। छें? भगवाँय का भकच कभी छुजय नहीं होगा। छुंजय छईय किछ काम का? हंउमायजी।

अर्थात्...वर अधरमी और मुरगीखोर नहीं। भगवान का भक्त सुन्दर नहीं होता। हनुमानजी सुन्दर थे? सुन्दर शरीर किस काम का?

आरती भी सोचती है—सुन्दर शरीर किस काम का!

अष्टयोग शुरू हो गया। वर मंडप पर पहुँच गया है। हरे राम हरे राम राम राम हरे हरे, हरे कृष्ण हरे कृष्ण...

आरती देवी आँखों को बार-बार रोकती है मगर आँखों ने चोरी से देख ही लिया—'सुमरचन्नजी, भक्तजी...चिड़िया का गुलाम?' शादी आखिर शादी है। सुमरचन्नजी वधु निरीक्षणी करके अपनी वधु को मंडप पर ले चले। आरती का सारा शरीर सिहर उठता है। उसका सुन्दर शरीर किस काम का?...पग घुँघरू बाँधी मीरा नाची री।

"हरे राम हरे राम!"

वर-वधु के मंडप पर पहुँचते ही गानेवालों का जोश और भी बढ़ जाता है। ढोल पर और भी तेजी से ताल बोलने लगता है। करताल और भी तेजी से खनकने लगते हैं। छुम छुम छन्न छन्न! प्रेम में विभोर होकर बूढ़े लामलरैन बाबू भी करताल बजाकर नाचने लगते हैं—"हये आम हये आम!"

आरती के पाँवों में गुदगुदी लगने लगती है। उसका सारा शरीर सिहरने लगता है। ऐसा लगता है कि वह भी अब नाचने लगेगी। वह बेहोश हो रही है। बेहोश... छुम छुम छन्न छन्न...। छनाक्।

"ऐ सँभालो! सँभालो!!"

"गिर गई।"

"पानी लाओ।"

ढोल रुक जाता है, करताल बन्द हो जाते हैं। लामलरैन बाबू करताल बजाते हुए और नाचते हुए कहते हैं—-कीचन बंज यहीं हो। जाई यहे...हये आम हये आम! छुम छुम छन्न छन्न!

धिक धिन्ना धिक धिन्ना!

"पानी लाओ।"

"पंखा दो।"

आरती देवी आँखें खोलती है। उसके मुँह से एक हल्की-सी चीख निकल पड़ती है—"चिड़िया का गुलाम।"

सुमरचन्द के बहरे बाप ने हल्ला मचाना शुरू किया—"हम जानते थे। लड़की को मिरगी की बीमारी है। हम लोगों को गरीब जान खूब उल्लू बना रहे थे। अरे बाबू! हमारे खानदान में कभी मिरगी नहीं हुई।...चल रे सुमरचन्ना!"

लेकिन जब सुमरचन्ना टस-से-मस नहीं हुआ तो वह गाली-गलौज करते हुए अपने गाँव की ओर चल पड़ते हैं।

रात-भर आरती देवी बेहोश रही। सुबह को ठाकुर साहब ने देखकर कहा—दिमाग पर चोट लगी है। कीर्तन समाजियों को सूचना दे दी गई—हालत बहुत खराब है। शादी नहीं हो सकेगी। सभी अपने-अपने घर चले जाएँ!

"जलपान भी नहीं देगा क्या?"—दुलारे की बात सुनकर रात-भर के भूखे लोगों को भी हँसी आ जाती है।

"चलो खेल-तमाशा खतम।"

गाँव के निठल्लों का ताश का अड्डा गुलजार है। मिडिल पास, दोहा-कवित्त जोड़नेवाली लड़की, धनी ससुराल पाना खेल नहीं। सुना? कान्तपुर दल का चन्दनजी गवैया चक्का पार कर दिया। अरे वह तो उसी रात को लेकर पार हो गया। अभी तक कहीं पता नहीं चला है।

सुमरचन्ना को सभी चिड़िया का गुलाम कहकर चिढ़ाते हैं। बहरा अमीरचन्द के दोनों भैंस बिक गए हैं, इसलिए सुमरचन्ना को दिन-रात गाली-गलौज करता रहता है। सुमरचन्ना ने कीर्तन भी छोड़ दिया है।

"छोड़ दिया है तो छोड़े। उसके कपार पर तो चिड़िया का गुलाम सवार है।..."

"रंग औट करो रे!"

लाल पान की बीवी से चिड़िया का गुलाम काट लिया जाता है। जीतनेवाले खुशी से ताली पीटते हैं।...टौन्टी नैन का खेल जारी रहता है।

[राष्ट्र सन्देश (पूर्णिया), अप्रैल, 1953]

कपड़घर

ग्यारह साल की सरकारी नौकरी से, गत माह मैंने इस्तीफा दे दिया है। परिस्थिति के चाप से—और स्वेच्छा से भी। सब-डिप्टी मैजिस्ट्रेट होकर बिरनियाँ जिला आया। ग्यारह साल तक सब-डिप्टी मैजिस्ट्रेट ही रहा। बिरनियाँ में ही रहा। नौकरी से अलग हो गया हूँ। लेकिन, बिरनियाँ से...?

याद है, ग्यारह साल पहले की बात। जिला मैजिस्ट्रेट साहब ने अपने बँगले पर समझाते हुए कहा था—"मिस्टर अविनाश! दो महीना जी को कड़ा करके यहाँ का पानी पचाइए। फिर देखिएगा।...फिर मैं ही पूछूँगा।"

"नहीं सर? इस...इस...यहाँ यदि मैं दो महीना रह गया तो पागल हो जाऊँगा।"

"गया शहर के ठीक चौक मुहल्ले में जन्मे-पले लड़के का, इस गँवई-जिले के गँवई-हेडक्वार्टर में जी नहीं लगेगा—जानता हूँ। लेकिन, पागल नहीं हो जाएगा—इतना विश्वास मुझे है।...और, आप कहते हैं कि आपने साहित्य में एम.ए. किया है?"—साहब ने अच्छा खोंचा दिया।

जिला-मैजिस्ट्रेट साहब का वह खोंचा, काम कर गया।...मैंने साहित्य में एम.ए किया है। मुझे जंगल, वीरान, मरुभूमि, सरस, नीरस; सभी प्रिय होना चाहिए।

दो महीना नहीं, दो सप्ताह के बाद ही जिला-मैजिस्ट्रेट साहब ने मुझे अपने बँगले पर बुला भेजा। मिलते ही जी का हाल पूछा उन्होंने, मुस्कुराकर। जवाब दिया—ठीक है। जिला-मैजिस्ट्रेट साहब ने अपनी मुस्कुराहट को समेटते हुए कहा था—मिस्टर अविनाश! आप तो जानते ही हैं कि इस वर्ष, सब मिलाकर तेरह मेलों की व्यवस्था सरकार के हाथ में है। मैंने एक केन्द्रीय कमेटी गठित करने की बात सोची है।...

सो, उसी वर्ष पहली बार केन्द्रीय मेला-कमिटी गठित हुई। मुझे सेक्रेटरी बनाकर मेलों की व्यवस्था में लगा दिया, जिला-मैजिस्ट्रेट साहब ने। वे आज सरकार के उच्च अधिकारियों में भी उच्च अधिकारी-पद पर हैं। उनको धन्यवाद! आज उनके प्रति हृदय में श्रद्धा का सागर लहरा रहा है।...जिस दिन, पहली बार बनानीपुर मेला में कैम्प डालने जा रहा था, दास साहब ने मेरे क्वार्टर में अपनी चरणधूलि दी—मेला हाकिम!

दास साहब ने बताया, अभी कमेटी को बने पाँच ही दिन हुए हैं और तुम्हारा नामकरण हो गया। अभी, तुम्हारे पड़ोसी ने कहा—हाँ, इसी क्वार्टर में मेला-हाकिम रहते हैं।

दास साहब ने मेरी चाय—यानी, मेरी बनाई हुई चाय की खूब प्रशंसा की थी। बोले थे—कुँवारा आदमी चाय बहुत अच्छी बनाता है, ऐसा देखा गया है। लेकिन, मेले की व्यवस्था और बात है।...इसीलिए, मैं कहने चला आया।...देखो अविनाश! ये मेले? जिला-भर में फैले हुए जमींदारों के इन मेलों की एक परम्परा है। मेला-मालिकों की भी...लेकिन, हम सरकारी-चाकरों के हाथ में पड़कर यह परम्परा...यह धारा...जो भी कह लो—यह विकृत न हो जाए! इन मेलों में, देश के प्रसिद्ध पहलवानों के दंगल हुए हैं—देश के प्रसिद्ध संगीतज्ञों की स्वर-लहरी लहराई है—भारत के प्रसिद्ध पोलो-खिलाड़ियों के घोड़े दौड़े हैं—हर साल हजारों हाथी-घोड़े बिके हैं—अब हमारे हाथ में, सरकारी चाकरों के हाथ में इस जिले की यह सांस्कृतिक-लगाम है।...इसलिए, मैं तुमसे कुछ कहने आ गया। डेढ़ घंटे तक दास साहब बोलते रहे!

बनानीपुर मेले में पैर रखते ही सुना—गोलमाल होनेवाला है!...

गोलमाल मूर्ति को लेकर होनेवाला है। यह मेला पिछले साल सरकार के हाथ में आया। बनानीपुर-इस्टेट के वंशधरों ने, पिछले साल भी, मेले में असन्तोष का वातावरण फैलाने की चेष्टा की थी। इस बार उन्हें अच्छा मौका मिला है। मेला के थानेदार साहब ने कहा—हुजूर! आर्म फोर्स के लिए टेलिग्राम लगा दिया जाए!

"लेकिन, मूर्ति में क्या हुआ?"

दारोगा साहब ने कहा—लोग कहते हैं—देवीजी की मूर्ति छोटी है। अद्भुत हैं यहाँ के लोग। मूर्ति छोटी हो या बड़ी, है तो देवी की ही! मैंने दारोगा साहब के मन्तव्य पर कान नहीं देने की मुद्रा बनाई। और, दारोगा ने ऐसा भाव प्रदर्शित किया जिसका शाब्दिक अर्थ यही हो सकता है—सीधे कालेज से मेले में हाकिम बनाकर भेजे गए हैं। देखना है, कितने दिनों तक...मैं सीधे मेला-मैनेजर के पास पहुँचा। मेला-मैनेजर जमींदारी-ऑफिस का एक उच्च कर्मचारी है। पिछले साल भी यही कर्मचारी-साहब मैनेजर, मेला के सर्वेसर्वा थे। इस बार, अपने सिर पर एक हाकिम को आते सुनकर तनिक असन्तुष्ट थे। कुछ पूछते ही तुनककर जवाब देते।

"क्यों मैनेजर साहब। मूर्ति छोटी क्यों बनी?"

"हुजूर छोटी नहीं बनेगी तो क्या बनेगी? कुल एक सौ रुपये में पहाड़-जैसी देवी नहीं बनाई जा सकती?" मैनेजर-मेला बोला।

मैं शान्त रहा, हालाँकि मेरे अहं को इस व्यक्ति ने पाँच मिनट में दस बार चोट लगा दी। मैंने धीरे-से पूछा—पिछले साल ढाई-सौ रुपये की मूर्ति बनी थी? जी हाँ—बनी थी...एकाउन्ट सेक्शन से लम्बा चिट्ठा आया कि देवीजी की मूर्ति के लिए ढाई सौ रुपये क्यों खर्च हुए?...सैंक्शन...देवीजी के भोग के लिए पहले ही सैंक्शन क्यों नहीं लिया गया...वाउचर पर देवीजी का दस्तखत नहीं माँगा रेवेन्यु-टिकट पर—गनीमत!

देखा, मेला-मैनेजर साहब रसदार आदमी हैं। मैं हँस नहीं सका जी खोलकर, क्योंकि देवी मन्दिर के पास 'जै जैकार' के बदले—इनकलाब जिन्दाबाद शुरू हो गया था—नहीं चलेगी, नहीं चलेगी—छोटी मूर्ति नहीं चलेगी। मैंने मैनेजर साहब से कहा—पहली पूजा तो परसों से ही शुरू होगी?...क्या, कहीं कोई मूर्ति...।

मेला-मैनेजर हँसा—जी खोलकर, बावजूद इसके कि नारे और भी करीब, और भी तेज हो रहे थे। मैनेजर ने ठहाका लगाते हुए कहा—तीन दिन के अन्दर मूर्ति कहाँ से आवेगी, हुजूर?...गाछ में तो...।

"शट अप! हाकिम होने के बाद, यह पहली बार मैंने अपने मातहत को डाँटा—देवी-देवता को लेकर मजाक करते हो, शर्म नहीं आती?"

गोलमाल करनेवालों के भी लीडर होते हैं।

लीडर बोला—युग-युगान्तर से इस देवी-मन्दिर में बड़ी मूर्ति बनती आई है। इस बार, छोटी मूर्ति बनाकर हमें फुसलाना चाहती है सरकार! सारे इलाके की जनता का अकल्याण करवाना चाहती है सरकार? मैंने लीडर से कहा—परसों से पूजा शुरू है, क्या तीन दिन में मूर्ति बन सकती है? कुछ क्षण के लिए सन्नाटा छा गया! लेकिन, पुरोहितजी आगे बढ़ आए अपना 'ग्रिवांस' लेकर—हुजूर! हमेशा से पूजा पर चढ़नेवाली 'प्रनामी'—पुरोहित पाता था। इस साल मैनेजर ने कहा है, पाई-पाई सरकार की...।

मैंने पंडितजी से प्रार्थना की—पंडितजी! पहले मूर्ति की बात तय हो ले—तब प्रनामी-पूजा की बात!...बोलिए, यदि तीन दिन के अन्दर मूर्ति बन सके तो...दो सौ के बदले हम चार सौ देने को तैयार हैं...!!

भीड़ को चीरकर एक अधेड़, पागल-जैसा आदमी सामने आया—तैयार कर दे सकता हूँ देवीजी की कृपा से...लेकिन, नैन? नैन कौन देगा? अब, सभी की आँखें उस अधेड़ पर मानो गड़ गईं—कौन है?...शायद पागल है...भिखमंगा है... यह क्या बतावेगा?

उसके अन्दर में बैठे हुए कलाकार को चोट लगी—नैन माने आँख के बीच काली बिन्दी कौन देगा! मैं नहीं दूँगा। नैन देनेवाला कारीगर तैयार कीजिए। मैं आज से ही, अभी से—मिट्टी और कास-घास के काम में लग जाता हूँ। और, आश्चर्य! देखते-देखते उस व्यक्ति ने देवी-मन्दिर की अँगनाई में जाकर जै दुर्गा कहा और काम में जुट पड़ा।...मिट्टी 'सानने' के पहले सूरज की ओर देखकर कुछ बुदबुदाया!

दोनों मूर्तियों की पूजा होगी!...लेकिन, नैन? कौन देगा नैन? मैंने उस व्यक्ति से नाम पूछा तो उसने मुझे घूरते हुए कहा—नाम? नाम और क्या होगा—दुर्गालाल—लेकिन मेरे खानदान में देवी को नैन देने का रिवाज नहीं है। नैने देते ही मैं अन्धा हो जाऊँगा!...

छोटी मूर्ति बनाकर तैयार करनेवाले मूर्तिकारों से पूछा, वे भी नहीं तैयार हुए। उनके दलपति ने कहा—देखिए हुजूर। यह जाति के नियम की बात है। हम दूसरे

की बनाई हुई मूर्ति में नैन कैसे दे सकते हैं? हम लोगों की जाति के सरगना सुनेंगे तो फिर हुक्का-पानी बन्द हो जाएगा!

जाति के सरगना का अता-पता लिया और मैंने तय किया कि मैं गाँव जाकर खुद उससे मिलूँगा। एक बार, दुर्गालाल का काम देखने गया...वह नशे में चूर व्यक्तियों की तरह बोल रहा था—आँधी-पानी-झड़ी-झक्खड़—जो भी आवे, दुर्गालाल की माँ को कुछ नहीं कह सकता—जै माँ! आओ माँ!!

सारे मेले में एक अजीब-सा सन्नाटा छा गया। बसता हुआ मेला—जो 'अब तक बसें या तोड़ें की अवस्था में पड़ा था' कई दिनों से—बसने लगा, अब।...मूर्ति देखने के पहले इस मूर्तिकार को देखने के लिए लोग देवी-मन्दिर की ओर दौड़े!...

दारोगा साहब और मेला-मैनेजर साहब को विश्वास नहीं हुआ, किन्तु दारोगा साहब ने मुझे सुनाकर अपने हवलदार से कहा—छबीला सिंह! देवी-मन्दिर की अँगनाई में—दिन-रात एक सिपाही की ड्यूटी लगा दो..!

मेला-मैनेजर ने कहा—हुजूर! इस आदमी से कुछ लिखा-पढ़ी तो हुई नहीं। फिर, इसके खाने-पीने के लिए कितना सैंक्शन...जरूर, दारू माँगेगा!

बाईस माइल कच्ची सड़क और पाँच बरसाती नदियों को पार करने के बाद, हम साढ़े-आठ बजे रात में—दुलारगंज गाँव में पहुँचे।

देखा, सरगना सचमुच सरगना है! बड़ा-सा जमींदार चौखड़ा है। पोखर है, मन्दिर है। बन्दूक है।...सरगना के दरवाजे पर पंचायत बैठी है! पेट्रोमेक्स जल रहा है।

तालेवर बाबू ने पंचायत के लोगों की ओर मुखातिब होकर कहा—पंचायत की कार्रवाई जारी रहे!...हाकिम साहब निजी काम से आए हैं।

पंचायत में, मुझे ऐसा लगा, असामी हाजिर नहीं है।

जाति का नियम तोड़ा है किसी ने! कौन है वह?—ध्यान से सुनने पर कानून तोड़नेवाले का नाम ही नहीं—उसकी उम्र का भी पता लग गया। तो, कानून तोड़ने वाले का नाम है बासू और उसकी उम्र सोलह या सत्रह साल की है। क्योंकि तालेवर बाबू कह रहे हैं—देखिए, देख लीजिए सभी जाति भाई—कि किस तरह यह कल का छोकरा जाति के नियम को तोड़कर रख दिया है।...यह भी ज्ञात हुआ कि बासू को, अपराधी बनाने में ज्यादा हाथ उसकी बेवा बहन का है, जो उसे 'सहका' रही है। जातिवाले विचार करें—।

तालेवर पंडित ने हमें चाय पिलाते हुए कहा—जातिवाले तो विचार करेंगे ही, हुजूर आ गए हैं इस मौके पर तो, आप भी विचार कीजिए! बासू का कसूर!...बासू का कसूर उतना नहीं है जितना कि उसकी बेवा बड़ी बहन का।...जाति के मुँह पर झाड़ई मारकर खिलौने बनाता है—मुर्गी-मुर्गा, कबूतर, बेंग और न जाने क्या-क्या...!

तालेवर पंडित ने बताया, उसकी जाति में खिलौने बनाना अपराध है। सिर्फ देवी-देवताओं की मूर्तियाँ बनाती है उसकी जाति।...जाति? हर जाति में साढ़े तेरह उपजाति हैं और सभी के अपने-अपने रस्म-रिवाज हैं। वह जिस उपजाति का सरगना है—उसके सभी कारीगर तालेवर पंडित के घर को 'गुरुस्थान' मानते हैं, पूजा-परबी से लेकर चढ़ौआ तक चढ़ा जाते हैं। हर मूर्ति बनानेवाले को सालाना एक रुपया, सरगना के नाम सलामी भेजनी होती है। पहली बार मूर्ति गढ़नेवाला एक जोड़ा धोती, एक नारियल, एक सेर सुपारी लेकर सरगना के पास आता है—सरगना की आज्ञा पाकर ही मूर्ति गढ़ सकता है कोई।...

तालेवर पंडित ने सुनाया कि स्वयं देवी ने अपने मुँह पर मिट्टी साटकर, अपने मुँह का 'साँचा' बना दिया था उसके परदादा को। तभी से, उसके कारीगरों की बनाई हुई मूर्ति बिना 'प्राणप्रतिष्ठा' किए ही 'जाग्रत' हो जाती है।...लेकिन, यह हरामजादा छोकरा बासू और उसकी बेवा बहन आज सरगना की इज्जत लेने पर तुली हुई है! सब जमाने का फेर है। नहीं तो मारते झाड़ई के उसकी ऐंठ...! हाँ, हुजूर।—सरगना तालेवर पंडित ने पान से सड़े हुए दाँतों को पीसते हुए कहा था—मारे झाड़ई के उस बसुवा छोकरे की दुर्गत बना डालता और उसकी बहन का 'झोंटा' धरकर घसीटकर घर से निकलवाकर—पंचायत में...।

तालेवर पंडित को मैंने शान्त किया—तालेवर बाबू, गुस्सा करने से काम नहीं चलेगा।...

तालेवर पंडित से मैंने अपना दुखड़ा कहा तो वह मौन हो गया। कुछ सोचने के बाद बोला—हुजूर! काम तो कठिन है। लेकिन, देखा जाएगा। अभी खा-पीकर सोइए। सुबह में कोई 'हीला' निकाला ही जाएगा।...जब आप खुद तकलीफ करके आए हैं तो कुछ-न-कुछ करना ही होगा। लेकिन, मुश्किल है।

...आप जरा सुबह उस बासू को बुलाकर डाँट दीजिए तो उसकी बुद्धि ठिकाने पर आ जाए।

सुबह होते ही सरगना साहब ने हमें चाय पिलाकर बासू का घर दिखा दिया। हुजूर! चपरासी भेजकर मँगवाइए न, साले को! आप खुद क्यों जाइएगा।

लेकिन, मैंने खुद जाना अच्छा समझा। बासू अपने आँगन से निकला। गोरा-गोरा और घुँघराले बालोंवाला नौजवान। मैंने पूछा—तुम्हारा ही नाम बासू है?

बासू ने नम्रतापूर्वक जवाब दिया—जी!

बासू ने बताया कि सरगना कई कारणों से उस पर नाराज है। पहली बात तो यह है कि मैं उनके यहाँ नौकरी को तैयार नहीं हुआ। बाबूजी और माँ के मरने के बाद भी नहीं। फिर, मेरी तीन बीघे पर उनकी नजर है क्योंकि, मेरी इस जमीन में चिकनी मिट्टी है...और तीसरी बात...सरगना मेरी दीदी से 'चुमौना' करना चाहता है।...मेरी दीदी बेवा नहीं हुई, घरवाला लापता हो गया, न जाने कहाँ। दस साल हो

गए। अब यह सरगना कहता है, वह तो मर गया।...इसी बीच, गाँव के कई लोग आ गए। मैंने बासू से कहा, क्या मुझे अपने बनाए हुए खिलौने नहीं दिखलाओगे?

बासू जरा हिचकिचाया। फिर वह आँगन के अन्दर चला गया।...दीदी से बूझ आया, शायद। चलिए...

बासू का पहला खिलौना देखकर ही मैं चकित हो गया—एक हिरण। हू-ब-हू जीवित हिरण?—कृष्ण नगर की कला यहाँ कैसे आई? बाघ की आँखें चमकती हैं— जीवन्त मूर्तियाँ?

सरगना के नौकर ने कहा—हुजूर, सरगना साहब बुला रहे हैं। हम, बासू के आँगन में से बाहर निकल आए। उन्हें देखते ही मैंने कहा—तालेवर बाबू, जाति का नियम इसने जरूर तोड़ा है। लेकिन, देश का—देश को—। सरगना तालेवर पंडित ने मुँह विकृत करके कहा—हुजूर! कोई आदमी दूसरे कारीगर की मूर्ति में नैन देने को तैयार नहीं। ऐसा काम कोई नहीं करेगा। हजार रुपया देने पर भी नहीं—।

रात में मैंने दुर्गालाल को समझा-बुझाकर थोड़ा खिलाया और अपने ही कैम्प में सुलाया।...सिर्फ खिलाया।...सिर्फ खिलाया कहना गलत होगा—पिलाया भी। उसकी आँखें चमक उठी थीं—व्हिस्की की बोतल को देखकर—तो, अंग्रेजी खेला होगा?—खाने-पीने के बाद मैंने उसको टटोलना शुरू किया...तुम तो कारीगर हो! फिर, अपना कारबार क्यों नहीं करते?

दुर्गालाल ने कहा—नैन कौन देगा? मेरे खानदान में नैन देना मना है। जिसके खानदान में नैन देना मना होता है, वह ऐसे घर में शादी करता है जो नैन देते हैं...

"तो, तुमने भी शादी क्यों नहीं कर ली?" मैंने पूछ दिया।

"शादी? कौन कहता है शादी नहीं किया?"—

इतना कहने के बाद दुर्गालाल उत्तेजित हो गया। उसने मेरे तम्बू को गौर से देखा—यह तो कपड़घर है? राम-राम! मैं कपड़घर में नहीं सो सकता। छिः-छिः, कपड़घर!

दुर्गालाल देवी-मन्दिर में चला गया।

सुबह हुई और मैं लेटा ही रहा।...

अहमद ने सूचना दी—हुजूर! कलक्टर साहब आए हैं। मुझे देखते ही कलक्टर साहब ने कहा—धोती-पंजाबी शुरू कर दिया न? ठीक-ठीक है। तुम सँभाल लोगे?—अच्छा, क्या हुआ? मैं सब सुन चुका हूँ। मूर्ति भी देख आया हूँ।...मिल गया नैन देनेवाला?

मैंने धीमे स्वर में कहा—"नहीं सर!"

दास साहब का चेहरा उतर गया—"तब क्या करोगे?"

"स्वयं दूँगा।"

"तुम?"

"हाँ, सर! साहित्य ही नहीं, चित्रकला से कभी शौक था। मैं अपने को मूर्तिकार भी मानता हूँ—बहुत सारी मूर्तियाँ बनाई थीं, देवी-देवताओं की...।"

"लेकिन...सोच लो!"

साँझ हुई! दो घड़ी, तीन घड़ी—फिर, रात आई। दुर्गालाल ने देवी के अंग-अंग को गहनों से सजा दिया—रंग-टीप, सब दुरुस्त! अब? कहाँ है नैन देनेवाला? बुलवाइए—मेरा काम खत्म! कहाँ है—कौन नैन देगा?

रंग-टीप, गहना-कपड़ा से सजी देवी—नैन बिना...मैं देख नहीं सकता बिना नैन की देवी को? कहाँ है नैन देनेवाला?

मैं नहा-धोकर तैयार था, आगे बढ़कर बोला—रंग-कूची दो! दुर्गालाल ने मुँह बा दिया—आ...आ...प?

"हाँ!"

देवी-मन्दिर में भीड़ लगी हुई थी।...

मूर्ति को कपड़े से घेर दिया गया है। पंडितजी अवाक् होकर देख रहे हैं। दुर्गालाल ने रंग में कूची डालकर मेरी ओर बढ़ाई!

हठात्, कपड़े के घेरे में बासू और यह कौन?...

दुर्गालाल के हाथ से कूची लेकर यह कौन बढ़ी, देवी की ओर? बासू ने कहा—मेरी दीदी नैन देती है।...

दुर्गालाल को न जाने क्या हुआ कि वह दोनों हाथ की तलहथियों से अपनी दोनों आँखें को मूँदकर चीख उठा—अरे? ओ माँ-ऊँऊँ—यह क्या? खोल, कपड़घर! खोल कपड़घर। कपड़े के घेरे को हटाकर दुर्गालाल भागा।—ओ माँ-ऊँ-ऊँ-ऊँ!! भाग रे, भाग रे!!

ढोल-ढाक-डम्प-शंख-झाँझ-घड़ियाल एकसाथ घनघना उठे—जै दुर्गा! जै दुर्गा!!

बासू ने कहा—दीदी की ससुराल में दीदी ही नैन देती थी...।

मैं कुछ भी नहीं सुन सका। मैं देख रहा था, सिर्फ तुरन्त नैन पाई हुई प्रतिमा को जो हँस रही थी—या यह नैन देनेवाली देवी...छोटी देवी...बड़ी देवी...बासू की दीदी? बड़ी-बड़ी जलती हुई आँखें।

दुर्गालाल? कहाँ गया दुर्गालाल...कारीगर?

[साप्ताहिक 'योगी' (पटना) के दीपावली अंक, अक्तूबर, 1960 में प्रकाशित।]

टेबुल

मिस दुर्बा दास!

अब सिर्फ मिस दुर्बा दास नहीं। मिस दुर्बा दास, असिस्टैंट ब्रांच मैनेजर; कान्टिनेंटल कास्मेटिक्स एंड ड्रग्स लि.; कलकत्ता-बम्बई-दिल्ली-पटना। ब्रांच पटना।

ब्रांच ऑफिस के हर सेक्शन में पिछले सात दिनों से बस एक ही चर्चा; चर्चा का एक ही विषय—दुर्बा दास, दुर्बा दास का भाग्य। डिस्पैच क्लर्क होकर कम्पनी में आई। फिर, हेडक्लर्क और आठ वर्षों के बाद असिस्टैंड ब्रांच मैनेजर का यह नया पद!

कैंटीन की सीढ़ी के पास बैठा जमादार अभिलाख राम सुना रहा है नए बैरा सिरामदास को, "मिस साहेब को हम देखा है, जब मिस साहेब फिराक पहनती थी। बहुत बड़े हिसाबी बंगाली बाबू की बेटी है मिस साहेब। एक दिन झाड़ई देने नहीं जाओ, बस एक दिन की मजूरी तुम्हारी जरूर कटेगी। कहते, हराम का पैसा खाकर हड्डी क्यों गलाना चाहते हो?"

माली बोला, "तो, खानदानी कंजूस कहो मिस साहेब को। कल मेजर बाग से गुलाब खरीदकर, दुहरा गुलदस्ता बनाया बड़े जतन से। घर पर दे आया—खुशी-खुशी। सो, गुलदस्ता हाथ में लेकर चुटकी-भर हँसके छुट्टी।...सबके सब बिलेकप्रिंस गुलाब थे।"

सिंगेसर राम जनरल सेक्शन का पियन दूर से ही मुस्कुराता आ रहा है। उसने समझ लिया है, गप मिस साहेब के बारे में ही हो रही है। आते ही बोला, "आज ऑफिसो कम्पलेट हो गइल, अगले। आज तखतीओ लटक जाई—नेम पिलेट।"

"तब तो आज से तुम्हारे डिपाट में नहीं बैठेगी?"

"यहाँ बैठेवाला भी आ गइलन।...बम्बई से, बाड़ा बाबू।"

सिंगेसर कैंटीन की ओर बढ़ा तो पियन यूनियन का चन्दा उगाहनेवाला पियन जगवती प्रसाद ने रोककर कहा, "ए नेम पिलेट-कम्पलेट! किधर?...डिपाट में चाह-चू भी देगी मिस साहेब या जै-जै सियाराम?"

सिंगेसर हँसकर बोला, "ऊ गुड़ नहीं जो मक्खी खाए। न केकरो खात देखलीं—ना केकरो के खिलावत देखलीं—आज ले।"

सचमुच, मिस दुर्बा को किसी ने खाते-खिलाते नहीं देखा कभी।

जेनरल सेक्शन—जहाँ दुर्बा दास बैठती थी—आज सूना-सूना लगता है। कोने में बैठती थी मिस दुर्बा, हेड क्लर्क। लगता था, एक बड़ा सजा-धजा टेबुल-लैम्प जल रहा हो।...आठ साल तक वह टेबुल लैम्प—दुर्बा दास का रूपदीप—समान रोशनी लेकर हाल के कोने में जलता रहा—दस से पाँच तक। कभी-कभी सात बजे शाम तक।

दिन-भर में सिर्फ दो-तीन बार उसका कॉलिंग बेल बजता, दो बार पानी पीती। लंच के समय पाउडर की डिबिया जैसे टिफिन-बक्स से एक लीली बिस्कुट निकालकर कुतर लेती। बोलती बहुत कम। मुस्कुराती रहती, हर घड़ी। कहते हैं, इसी अद्‌भुत मुस्कुराहट के पीछे दुर्बा की सफलताओं का रहस्य छिपा हुआ है। सेक्शन में देश के कोने-कोने से—एक से एक घाघ बाबू आए। जिसने दुर्बा की इस मुस्कुराहट का गलत अर्थ लगाया—वह गया। त्रिपाठी, सिन्हा, लंगड़ा मुखर्जी—सभी ने एक ही गलती की, क्रमशः।

नगीना प्रसाद को बेवजह बात करते समय लेजर के पन्ने उलटने की आदत है और बगैर जीभ से उँगलियों को गीली किए दो पेज से अधिक नहीं उलट सकता। मिस दुर्बा ने लिखकर गन्दी आदत को छोड़ने की चेतावनी दी थी।

आज नगीना प्रसाद अतिरिक्त उत्साह के साथ अनर्गल बातें कर रहा है और उसकी उँगलियाँ—मशीन की तरह—दो पन्ने के बाद जीभ से जा चिपकती हैं, "चपाक्! चट-चट!! चपाक्...क्यों भाई, बड़ा बाबू बड़े साहब के कमरे में है, क्यों?"

ट्रान्सपोर्ट क्लर्क सेन बोला, "अच्छा भाई। हम तो हिन्दी का लिंगऊंग नहीं जानता कुछ...बताव तो ई मिस दास को...आइ मिन...छोटा साहब को क्या बोलेगा? बड़ा साहब...छोटा मेम तो नहीं बोलने सकता।"

सभी हँसे!

मिस दुर्बा दास, हेड क्लर्क ने एक ट्रांसपोर्ट के सेन का हिसाब चेक कर कहा, "हिसाब गलत है।" सेन ने सारा दिन बैठकर हिसाब किया-करवाया। पेट्रोल के कूपनों से लेकर आटोमोबाइल-गैराज के बिलों को दुहराकर देखा। साढ़े चार बजे जो हिसाब पेश किया सेन ने—उस पर सरसरी निगाह डालकर ही मिस दुर्बा दास ने—विशुद्ध बंकिमचन्द्रीय बंगला में कहा था, "आपनि दॅया कॅरिया आपनार ब्रह्म तालुते छागघृत्त अनुलेपन कॅरुन-प्रत्यह!"[1]

पर्चेज सेक्शन के झा ने अधजली सिगरेट को सुलगाकर कहा, "ई जुल्में है कि?"

"क्या जुल्म है?"

"यही कि जनाना जात राज करे और मरद जात...हमारे यहाँ एक कहनी है कि—जे घर मौगी कैल घरबार—से घर बूझू बंटाढार।"

सेन बोला, "झा बेटा, भानुसिंघ का पॅदावली बोलता है। एँ?"

1. कृपा करके आप अपनी खोपड़ी में रोज बकरी के घी की मालिश करें।

सभी बाबू जी खोलकर हँसे। आज नए बड़े बाबू के ज्वाइन करने का दिन है। स्वागत के मूड में हैं।

"बड़े बाबू अभी तक बड़े साहब के चेम्बर में हैं या छोटे?"

चापलूस गुलसन मेहता की व्रण-जर्जर साँवली सूरत पर लाली दौड़ी। अवसर पर बोलने के लिए वह कोई अप्रचलित अंग्रेजी शब्द ढूँढ़ रहा था, शायद। किन्तु कुछ बोल नहीं सका। बड़े बाबू—नए बाबू अनुरंजन गुप्ता दफ्तर में आ गए—बड़े साहब के चेम्बर से।

मेहता ने आगे बढ़कर स्वागत-नमस्कार किया। सहकर्मियों से उनकी सिनियोरिटी के क्रम से परिचय-पात करवाया।

सदा देर से दफ्तर आनेवाले, किन्तु सदा-सर्वदा सभी के काम आनेवाले बिन्दा महाराज आज भी देरी से आए। मिस दास ने भी कभी जवाब तलब नहीं किया बिन्दा महाराज से। ब्राह्मण, बूढ़ा...। बिन्दा महाराज के घर आज ही सौभाग्य से पूजा थी—तिलकुट ले आए हैं। बड़े बाबू ने श्रद्धापूर्वक प्रसाद ग्रहण किया। बिन्दा महाराज धन्य हो गए।

बिन्दा महाराज अब अपनी पुरानी मँझली दीदी, नई असिस्टैंड ब्रांच मैनेजर—मिस दुर्बा दास के नए कमरे में गए।

दुर्बा को तिलकुट बहुत पसन्द है। गया जोन से रिप्रेजेंटेटिव मानस कुमारजी हर साल तीन बार तिलकुट की टोकरी ले आते हैं।

गुलसन मेहता मिस दुर्बा दास के चेम्बर में आया। सबसे पहले हिन्दी में नेम प्लेट बनाने के लिए धन्यवाद दिया। मानो हिन्दी का एकमात्र रक्षक इस सीसीएंडी (कांटिनेंटल कॉस्मेटिक्स एंड ड्रग्स) में अकेला वही है। दुर्बा ने झुकी नजरों से मेहता को देखा।

मेहता ने अब नेम-प्लेट की तारीफ की, "बहुत बढ़िया बना है।"

"क्या बढ़िया है? नाम ही गलत लिखा है।"

"एँ?" मेहता ने चेम्बर से बाहर निकलकर नेम-प्लेट को फिर पढ़ा, "कहाँ, क्या गलती है?—गलती तो कोई नहीं दिखलाई पड़ रही।"

"दुर्वा नहीं, मेरा नाम है—दुर्बा।"

मेहता ने इस गलती पर अपना मुँह संकुचित करके कोट के बटनहोल-जैसा बना लिया, "ओ-ओ-ओ?...खैर, पेट काट देने से काम चल जाएगा।"

मेहता ने अब मिस दुर्बा के नए और विशाल टेबुल की प्रशंसा की, "ग्रैंड है।"

दुर्बा को हठात् स्मरण हुआ।...टेबुल? "नया हेड क्लर्क आ गया दफ्तर? कहाँ बैठा है?"

मेहता बोला, "और कहाँ बैठेंगे? जहाँ आप बैठती थीं।"

दुर्बा अचानक इस तरह गम्भीर हो गई तो मेहता कान खुजलाने लगा। फिर शनैः-शनैः चेम्बर से बाहर निकल गया...राम जाने क्या बात हुई।

"क्रिंग-क्रिंग-क्रिंग..."

"हुँ। जी-जी। हाँ। येस्सर। अभी आ रही हूँ।"

"ट्रिं!...बिसनूसिंघ?...तुम्हीं को मेरे मत्थे मढ़ा गया है? सुनो—पर्चेज सेक्शन के झा से बोलो—बड़ा साहब बुलाता...।"

दुर्बा दास भी बड़े साहब के चेम्बर में गई। किन्तु तुरन्त वापस हुई। अभ्यासवश उसके पैर जेनरल सेक्शन की ओर बढ़े। किन्तु, बिसनूसिंघ की विस्फारित दन्त-पंक्ति को देखकर मुड़ी—अपने चेम्बर की ओर।

दुर्बा दास की इस असामयिक और अभावनीय उन्नति से बिसनूसिंघ अत्यधिक प्रसन्न है। रूप कहते हैं इसको कि देखिए तो देखते ही रह जाइए, मुदा न रूप घटे, न आँख हटे। इसको कहते हैं जनाना का खपसूरती। भगवान ने बिसनूसिंघ की प्रार्थना सुन ली है—मनोकामना! अब सेवा करने का औसर मिला है—इतने दिनों के बाद।

दुर्बा अपने चेम्बर में आई।

...उहुँ। कुछ अच्छा नहीं लगता। नए फर्नीचरों की गन्ध, वार्निश की गन्ध दुर्बा को अच्छी लगती है। किन्तु आज क्यों नहीं अच्छी लग रही है? उबकाई क्यों आ रही है? उसके दोनों हाथ रह-रहकर भटक जाते हैं, मानो। ड्राअर नए ढंग का है, इस मेज का? नया टेबुल? ठीक है। यही...यह टेबुल नहीं पसन्द है दुर्बा को।

अपने दोनों हाथों को दोनों ओर टेबुल पर पसारती है, दुर्बा। मानो आलिंगन कर रही हो, टेबुल का। उसने धीरे-से टेबुल के काँच पर—टाप ग्लास पर—अपना दाहिना गाल रखा। तड़प उठी, मानो बिजली छू गई।—नहीं, नहीं। नहीं चलेगा। लेकिन?...

...आठ साल से जिस टेबुल पर काम करती आई है, उसके सिवा और किसी टेबुल के पास बैठने की इच्छा नहीं होती। लगता है, पराए के सामने बैठी हूँ।...असम्भव!

"ट्रिं!"

"हजोर?"

"बिसनूसिंघ, मेहता बाबू को...।"

मेहता कान खुजलाता हुआ फुर्ती से आया, "जी?"

"मिस्टर मेहता! बड़ा बाबू...नए बाबू...हेड क्लर्क आ गया दफ्तर?...काम कर रहा है टेबुल पर?"

"टेबुल पर काम? जी हाँ।...जी नहीं। अभी तो सिंगेसर को बुलाकर हथौड़े से टेबुल की कोई काँटी ठोकवा...?"

"क्या-या-या? काँटी?"

मेहता का व्रण-खचित मुखमंडल कंटकित हो गया लगा, अचरज से बोला, "जी हाँ। काँटी माने...कील!"

दुर्बा सिहर उठी दाँत पर दाँत रखकर—"सि-ई-ई!" किन्तु उसने तुरन्त अपने को सँभाल लिया, "ठीक है, आप जाइए!"

...जाइए? मेहता मानो किसी अन्य दुर्बा दास को देख रहा है। ऐसी चंचल, इतनी उतावली तो आज तक कभी नहीं दिखी दुर्बा दास? कील! काँटी!!...गुलसन मेहता के मन में रहकर-रहकर काँटी गड़ने लगी—ऐसा क्यों?

मेहता चला गया!

...क्या किया जाए? वह टेबुल दुर्बा को चाहिए, आज चाहिए, अभी चाहिए, उसके सिवा वह एक क्षण चैन से नहीं बैठ सकती।...नहीं, नहीं, नहीं! कुछ नहीं हो सकेगा उसके द्वारा। मेमो पर दस्तखत तक नहीं। और, उधर वह गुप्ता—आते ही आते कील क्यों ठोंकना शुरू किया टेबुल में? पता नहीं किधर कील ठोंक रहा था। सी-ई-ई! शायद जिस काँटी को उसने जानबूझकर आधा ही ठोकवाया था—चिटों की नत्थी टाँगने के लिए—उसे तो नहीं? भगवान जानें! किन्तु यह अन्याय ही नहीं, अपराध है।...क्राइम। उसने क्यों ऐसा किया?

"ट्रिं!"

"हजोर?"

बिसनूसिंघ ने नए बड़े बाबू को मिस दास साहब का सलाम दिया।

लगा, इसी क्षण की प्रतीक्षा में—इस प्रकार की राह देख रहे थे सभी। बड़ा बाबू अनुरंजन गुप्ता भी! सभी ने एक-दूसरे को देखा।

मेहता धीरे-से उठकर बड़े बाबू के पास गया। धीरे-से गुनगुनाकर बोला, "ई टेबुल बड़-सुगनिया है। बड़ा बाबू।"

मेहता जब आत्मीयता-भरी बोली बोलता है, तो पहली पंक्ति मगही में अवश्य बोलेगा। उसने पूछा, "सर! मकान तो मिल गया। या...? ठीक है, किसी तरह की कोई भी असुविधा हो—मेहता को याद कीजिए। हमारा फर्ज है, सर। हमारा जन्म इसी शहर में—सिटी एरिया में हुआ है। जी ही-ही-ही!!"

बड़ा बाबू, अर्थात् अनुरंजन गुप्ता हाल से बाहर चला गया तो सेन ने पूछा, "अच्छा भाय मेटा। तुम भी खूब है भाय। कभी बोलता है हियाँ पर जन्म हुआ है हमारा। उस दिन बड़ा साब को बोला—हुंआ पांजाब में चाँदनी-ना-चानी चौक में हुआ। तुम्हारा जन्म केतना जाग्गा में हुआ भाय मेटा?"

हाल में एक सम्मिलित हँसी गूँजी। किन्तु मेहता ने सदा की भाँति सेन की चोट का ही रुख मोड़ दिया, "समह्वेर माई डियर फ्रेंड्स—कहीं-न-कहीं कोई कील जरूर गड़ रही है।...मालूम तो सभी को है कि पिछले साल कलकत्ता में—एक ही साथ ट्रेनिंग में थे, दोनों। मिस्टर ए. गुप्ता एंड मिस दुर्बा दास। एक सफलीभूत

होकर 'एबीएम' हो गई—दूसरा बड़ा का बड़ा बाबू ही रहा—पोर हाइलैंडर नौजवान, आवर न्यू हेड क्लर्क!"

मेहता के इस लेक्चर के बाद दफ्तर के कामकाज में लोगों ने अपने को डुबाने की चेष्टा शुरू की। नए बड़े बाबू की निगाह में आज ही न पड़ जाए कोई—इसलिए कृत्रिम मनोयोगपूर्वक काम चालू हुआ।

टाइपराइटरों की गति, कॉलिंग-बेल की पुकार, दराज़ों को खोलने और बन्द करने की आवाज़ें—सारे वातावरण में एक बनावट, एक मिलावट, कपट!

"सिंगेसर।...कहाँ भाई? जरा पानी पिलाओ।"

सिंगेसर सब समझता है। बहुत-बहुत बाबुओं को उसने पानी पिलाया है, आज तक। असल प्यास, नकल प्यास और नज़र प्यास—सभी प्यास को वह पहचानता है। जहाँ एक बाबू ने पानी माँगा, सभी बाबुओं की आत्मा मानो प्यास से ऐंठने लगती है।

"सिंगेसर! कहाँ चला जाता है? किसी ने कहीं भेजा है?"

सिंगेसर बड़बड़ाता हुआ आया, "हुजूर। पानी छूके फैलवा हम ना छूएब। भींगल हाथे कौनो कागज ना धरब।...मिस साहब बहुत बिगड़ेली...!"

महीने के अन्तिम सप्ताह में कई बाबुओं को सिंगेसर से कर्ज लेने की ज़रूरत पड़ जाती है, दस-पाँच। इसलिए सिंगेसर की झल्लाहट पर कोई ध्यान नहीं देते, शायद। उसके विरुद्ध वक्तव्य अंग्रेज़ी में हो या किसी अन्य भारतीय भाषा में—वह समझ लेता है। अपनी भाषा ठेठ भोजपुरी के अलावा कोई भाषा सीखने-बोलने की उसकी इच्छा ही नहीं हुई! चाहे बंगाल के बनर्जी बाबू बोलें अथवा मराठा घोंसले साहब से बातचीत करे, सिंगेसर 'जातानी-खातानी' ही बोलता है।

मेहता के मन में काँटी खुच-खुच चुभती है—क्या बात है? वह और बैठा नहीं रह सकता!...एक रेलवे रसीद के बारे में पूछने योग्य प्रश्न गढ़ रहा है वह।...मिल गया सवाल उसको। वह फायल लेकर 'एबीएम' के चेम्बर में पूछते हुए घुस गया, "मे आई कमिनसा...।"

किन्तु मिस दुर्बा दास ने पदोचित गम्भीरतापूर्वक कहा, "बाद में आइए!"

...मेहता ने देखा—नए बड़े बाबू के होंठों पर एक अद्‌भुत मुस्कुराहट अंकित है! और दुर्बा दास के चेहरे पर एक अभूतपूर्व हलचल?...मन में कील दो-तीन बार लगातार गड़ी, मेहता के!! वह फिर अनिच्छापूर्वक चेम्बर से बाहर निकल आया।

तब, मिस दास ने पुनः वार्तालाप प्रारम्भ किया।

"आपको घर मिल गया? अच्छा? गुड लक, यह बहुत बड़ा प्राब्लेम है पटना का..."

"हर जगह यही हालत है। मेरे एक परिचित यहाँ रेलवे में हैं—उन्हीं की कृपा से अच्छा घर मिल गया है।...चिरैयाटाँड़ पुल के पार।" अनुरंजन ने बताया।

मिस दास के अन्दर बहुत देर तक संघर्ष छिड़ा रहा। सामने बैठे युवक से यह उसकी पहली मुलाकात नहीं। एक ही साथ ट्रेनिंग में थी पिछले साल।...अनुरंजन के नोट्स आज भी उसके पास हैं।...फिर, वह पचीस पृष्ठ का व्यक्तिगत निबन्ध—ट्रेनिंग से मैंने क्या प्राप्त किया—सरस रोचक साहित्यिक ढंग से लिखने की शर्त थी। उसने अनुरंजन से अनुनय किया था—टी सेंटर में बैठकर चाय पी है। आमने-सामने बैठकर।—स्टार में शम्भूमित्रा का 'रक्त करबी' देख चुकी है, अगल-बगल बैठकर। दक्षिणेश्वर, बेलुड़—। नहीं, उन स्मृतियों को पोंछ देना होगा। चॉक से अंकित भूत क्षणों को 'परिष्कार' कर देना होगा—मन-पटल से। मन, एक काला बोर्ड!

अनुरंजन गुप्ता ने बहुत पहले ही अपने को संयत कर लिया है। यहाँ आने से पूर्व ही वह आँधी-तूफान झेल चुका है। उसने समझौता कर लिया है। बोर्ड ने असिस्टेंट ब्रांच मैनेजर के काबिल नहीं समझा, उसका दुर्भाग्य! वह क्या करे? किन्तु तुरन्त पटना ट्रांसफर-ऑर्डर पाकर वह उद्विग्न अवश्य हुआ था। मन-प्राण से काम करने की अच्छी सजा उसे मिली...उसने ग्रहण किया। वह दृढ़ होकर अपना कर्तव्य करेगा।...

किन्तु अभी-अभी कुछ क्षण पूर्व उसका मन फिर डगमगा गया था...नमस्कार का झिझकता हुआ प्रतिनमस्कार, हाथ उठाने का ढंग, आँखों की असाधारण नमनीयता—सबकुछ देख-सुनकर उसने समझ लिया था, मिस दास के मन में कुछ हो रहा है। उसने कुर्सी से उठने का उपक्रम किया।

दुर्बा बोली, "सुनिए! मैंने बुलाया था...।"

अनुरंजन फिर कुर्सी पर स्थिर होकर बैठ गया। कुछ क्षण चुप रहने के बाद अनुरंजन ने पूछा, "जी! कहिए।"

"वह टेबुल...आइ मिन...वह टेबुल जिस पर फिलहाल आप बैठे हैं...वहाँ कल तक मैं बैठती थी...वह...वह।"

"जी। वह? क्या है उस टेबुल में?"

"वह मेरा टेबुल है..."

"आपका पर्सनल?"

"जी नहीं। मैंने उस पर आठ साल तक बैठकर काम किया है।"

अनुरंजन ने कहा, "जी, मालूम है। किन्तु मुझे कुर्सी नई दी गई है।"

दुर्बा गम्भीर हो गई। अनुरंजन का यह कथन अश्लील-सा लगा।...कुर्सी बदलने की बात क्यों बोला? उसने अब मन के सारे संकोच को दूर कर दिया। बोली, "वह टेबुल मुझे—यहाँ—मेरे चेम्बर में भेज दीजिए।"

"यहाँ भेज दूँगा?...और यह टेबुल वहाँ जाएगा? लेकिन, वहाँ इतनी जगह कहाँ है।"

"नहीं। यह टेबुल भी यहीं रहेगा। वह भी।"

"तो, मैं वहाँ किस टेबुल पर—?"

अधीरतापूर्वक दुर्बा दास बोली, "मैं स्टोर बाबू को बुलाती हूँ। आपको नया टेबुल मिलेगा।"

अनुरंजन ने बिना कुछ सोचे-समझे जवाब दिया, "ठीक है। नया टेबुल जा जाए पहले..."

"पहले-पीछे क्या? अभी भेज दीजिए।"

दुर्बा दास फिर सोच में डूब गई। अनुरंजन ने उसके गालों पर रंगों को इतनी शीघ्रता से चढ़ते-उतरते नहीं देखा था। न स्टार में, न ट्राम में, न बेलुड़ में—कहीं नहीं!

अनुरंजन उठा। दुर्बा दास का ध्यान भंग हुआ। मानो, अपने-आपसे तर्क करती हुई बड़बड़ाई, "उसके बिना मुझसे कोई काम नहीं होगा...किस्सुई हॅबे ना आमार दारा।"

अनुरंजन अपने असिस्टेंट ब्रांच मैनेजर के चेम्बर से बाहर निकल आया।

अपने जेनरल सेक्शन में घुसते ही उसे लगा—सेक्शन के हर टेबुल के पास, मानव काया में जड़ित अक्षिगोलकों में कौतूहल, जिज्ञासा और अचरज मिलजुलकर झिलमिला रहे हैं। छोटी-छोटी बल्ब-जैसी दस जोड़ी जलती हुई आँखें!

ट्रान्सपोर्ट विभाग का दुलाल सेन—जिसे दफ्तर के सहकर्मी ट्रान्सपोटेसन कहते हैं—'मुराद' सिगरेट पीता है। बड़े बाबू को आफर करता हुआ बोला सेन, "सार! डिविजन ऑफ वर्क का फैसला हो गया क्या?"

अनुरंजन 'मुराद' सिगरेट का स्वाद लेने लगा, कोई जवाब नहीं मिला सेन को!

सभी जलती आँखों ने बड़े बाबू के चेहरे पर आने-जानेवाले भावों को परखने की चेष्टा की—अपने-अपने कोण से।

बिन्दा महाराज ने पनडब्बा बढ़ाया।...बड़ा बाबू पान खाते वक्त सिगरेट नहीं पीते।

गुलसन मेहता ने तुरन्त ताईद की, "बहुत अच्छा करते हैं, सर! पान खाते वक्त सिगरेट पीनेवाले की सिगरेट की थूथनी अजीब...लाल-सी...अजीब...।"

"...क्रिं—हजोर!"

"क्या नाम है तुम्हारा?"

सिंगेसर के साथ सभी बाबुओं ने दुहराया, "सिंगेसर राम!"

"देखो, सिंगेसर राम। यह टेबुल जाएगा—एबीएम—माने मिस दास साहब के चेम्बर में...?"

बाबुओं की मंडली एक स्वर से बोली, "मिस दास साहेब के चेम्बर में? क्यों—यों-यों?"

सबसे बाद में सिंगेसर ने पूछा, "से काहे हजूर?"

"वह कहती है...।"

"क्या कहती है सर?" मेहता अब अपनी कुर्सी पर चुपचाप बैठा कैसे रह सकता है? "क्यों सर? आप वहीं बैठिएगा?"

अनुरंजन की भृकुटी तनिक बंकिम हुई। मेहता ने समझ लिया। वह बोला, "ओ! मैं समझ गया सर!"

अनुरंजन ने समझाया, "इसमें समझने-बूझने की कोई बड़ी बात नहीं। वह किसी दूसरे टेबुल पर काम नहीं कर सकती।"

"तो, दे दें न अपना बड़ा टेबुल?"

"वह भी नहीं देगी? दोनों टेबुल रखेगी?"

"स्टोर में नया टेबुल कहाँ से आवेगा?"

"जरा स्टोर डायल करो, झा।"

मेहता स्टोर-क्लर्क से पूछता है, "हाँ, बनर्जी दादा सुनिए। स्टोर में कोई सेक्रेटेरिएट टेबुल...टेबुल नया कोई है...एँ? है?...दिल्लगी छोड़िए दादा। बड़ा बाबू के लिए। नहीं?"

मेहता के चेहरे पर खुजलाहट हुई—किसी व्रण में।

सेन ने हँसकर पूछा, "क्या बोला बनर्जी दादा?"

"पगलू हैं यह बनर्जी दादा भी। कह रहे थे कि अभी शीशम का पेड़ कटावेगा, चिराई-फड़ाई होगी, तब जाकर टेबुल होता है। गाछ में फलता नहीं। हुँ!"

"क्रिंग-क्रिंग-किंग...!"

"यः, गुप्ता बोल रहा हूँ। जी? फिर मैं किस टेबुल पर! स्टोर में नहीं है। अजीब बात है। काम तो मुझे भी करना है। जी? लेकिन, मैं बड़े साहब से क्यों कहूँ? आप ही कहें।...आइ डोंट...थिं...खट्।"

टेलीफोन वार्ताकाल में सभी बाबुओं के मुखड़े पर उत्तेजना और प्रसन्नता की लहरें दौड़ती रहीं। इसके बाद प्रत्येक बाबू ने अपने मन और मुँह के उपयुक्त मुद्रा बनाई।

बिन्दा महाराज कहते हैं, "टेबुल में क्या है ऐसा?"

मेहता ने ऐसा मुँह बनाया मानो दुर्बा दास ने उसे छड़ी से पीटा है, अभी-अभी। सेन बोला, "साला, काठ का चीज का वास्ते इतना दरद और मानुस का वास्ते कुछ नेंही—भीतर में?"

अनुरंजन चुप रहा। नगीना प्रसाद की आदत पर उसकी दृष्टि गई। पृष्ठ उलटते-उलटते जीभ से उँगलियाँ चिपकीं। नगीना प्रसाद पन्नों को उलटते हुए बोला, "बहुत-बहुत स्वार्थी जीव देखा है। लेकिन ऐसा नहीं...चपाक् चट-चट।"

बनर्जी दादा—स्टोर बाबू ने आकर नए बड़े बाबू से परिचय किया। बोला,

"देखिए, आप हमारे बड़े बाबू हैं। मगर उमेर में हम आपसे बड़ा है! टेबुल आप हरगिज मत दीजिए साहब।"

"बहुत छोटे हृदय की है।"

"दिल में दया-माया का नाम नहीं।"

"किसी की नौकरी खाते समय भी ऐसी ही हँसी उसके चेहरे पर रहती है।"

"आखिर, आदमियत भी कोई चीज है।"

"भगवान ने औरत बनाके क्यों भेजा इसे?"

"जुल्में है कि! एतना रूप मुफ्ते चला गया।"

अनुरंजन सुन रहा है, एक-एक मन्तव्य। किन्तु कोई दुर्बा के चरित्र पर उँगली नहीं उठाता। निष्ठुर, हृदयहीन, स्वार्थी सबकुछ कह रहे हैं लोग। लेकिन किसी ने यह नहीं कहा कि रूप-यौवन देकर उसने उन्नति खरीदी है। उँहू। कोई नहीं कह सकता।

मेहता बोला, "ऐसी जिद तो नहीं करनी चाहिए। अच्छा लेट मि सी...।"

मेहता दफ्तर से बाहर निकला। झा ने सेन के कान में कहा, "साला चला अब 'गो-बिटविनी' करने।"

सेन ने आँख टीपकर संकेत दिया, "बेटा, देखना खेला। खेला तो आभी आरम्भ हुआ।"

मेहता लौट आया। दुर्बा दास को इतना उत्तेजित कभी नहीं देखा मेहता ने। किसी ने भी नहीं। रूप-पूजक बिसनूसिंघ पियन ने भी नहीं।

बिसनूसिंघ पिछले सात साल से मिस दास की बिना पैसे की गुलामी करने का अवसर ढूँढ़ रहा था। भगवान ने इतने दिनों के बाद नजर फेरी। आज ही वह निवेदन करना चाहता था कि घर पर भी उससे काम लिया जाए। बिल्कुल काम करेगा बिसनूसिंघ। पैर में जूती भी पहना देगा। लेकिन, आज तो ऐसा मन उचाट है मिस साहेब का कि एक पल चैन से बैठती ही नहीं।

बिन्दा महाराज बड़े साहब से पूछने गए कि इस पूर्णिमा की रात में भी पूजा कराने के लिए कोई पुरोहित चाहिए क्या? बड़े साहब मिस दास से कह रहे थे, "नहीं। यह कैसी लड़कपन-भरी बातें करती हैं, आप? आप दो-दो टेबुल रखें और...आखिर, वह कहाँ काम करेगा? आखिर उस टेबुल में क्या है?"

मिस दुर्बा अनुनय-भरे स्वर में बोली, "सर, वह टेबुल तो मुझे चाहिए ही। चाहे जैसे भी मिले। मैं नया टेबुल दे रही हूँ अपना।"

तब बड़े साहब ने बात बदल दी, "उँहूँ! वह टेबुल एबीएम के लिए है। हेड क्लर्क को नहीं दिया जा सकता। और आप देने-लेनेवाली कौन होती हैं।"

बड़े साहब ने जान-बूझकर रुख कड़ा किया।

"सर, तब मैं कोई काम नहीं कर सकूँगी।"

बड़े साहब के चेहरे पर अब झुँझलाहट स्पष्ट हो गई।

इसके पहले कभी दुर्बा दास ने ऐसी झिड़की नहीं सुनी थी—किसी भी बड़े साहब की। और न देखी थी ऐसी झुँझलाहट। वह बोली, "सर, सेंटिमेंटल कहिए या पागलपन। मैं किसी को उस टेबुल पर नहीं बैठने दूँगी। नहीं...।"

बड़े साहब 'घर बैठे मनोविज्ञान का पंडित बनिए' सिरीज के स्थायी ग्राहक हैं। मिस दास की बातों में कोई मनोवैज्ञानिक उलझन है—जरूर? बोले, "मिस दास, मेरी बुद्धि में कोई बात नहीं आ रही। मान लो, तुम्हारा ट्रान्सफर हो गया कलकत्ता। तो क्या कलकत्ता ले जाओगी ढोकर...?"

"जी? चाहूँगी अवश्य।"

"और मान लो..."

"नौकरी नहीं रहे? तब कम्पनी से अनुरोध करूँगी कि यह टेबुल मेरे हाथ बेच दे।"

"टेरिबल!...ठीक है, आप जाइए। मैं हेड क्लर्क को बुलाता हूँ।"

बड़े साहब से अनुरंजन ने पूछा, "आप ही बतलाइए, मैं क्या करूँ?"

बड़े साहब ने मिस दास से फोन पर कहा, "आप व्यर्थ में छोटी-सी बात को लेकर एक समस्या पैदा कर रही हैं। आज नए पद का काम ही बखेड़ों से शुरू कर रही हैं आप।"

अनुरंजन गुप्ता को बिसनूसिंघ ने फिर सलाम लाकर दिया—मिस दुर्बा दास का।

इस बार अनुरंजन ने दुर्बा दास के सुन्दर चेहरे पर अबला नारी की बेबसी देखी। थकी, कुढ़ी, अस्त-व्यस्त कपड़े, सरकी हुई साड़ी—सामने से। अनुरंजन को याद आई—दक्षिणेश्वर और बेलुड़ से लौटते समय दुर्बा इसी तरह थकी-कुढ़ी थी!

"मिस्टर गुप्ता।"

"हुक्म।"

"हुक्म नहीं। आप वह टेबुल मुझे दे दें।"

जेनरल सेक्शन में एक बाबू ने तलहथी पर उँगली घुमाकर कहा, "लगा है लकड़पेंच!"

मेहता ने स्टोर बाबू—बनर्जी दादा से 'फोना-फोनी' की, "हाँ, दादा। आप वही बात बोलिए कि शीशम का पेड़ कटेगा...!"

सभी बाबू प्रसन्न हैं।...क्राइसिस, प्राब्लेम अपनी जगह पर जस के तस और घड़ी की सुई आगे बढ़ती गई—एक, दो, तीन, चार, पाँच!!

दूसरे दिन सभी ने अचरज से सुना, मिस दास अचानक बीमार हो गई है। एक

सप्ताह की छुट्टी के लिए आवेदन-पत्र भेजा है, उसने!

पाँच ही दिनों में अनुरंजन ने अपने दफ्तर के प्रत्येक जीव को थोड़ा-बहुत पहचान लिया है। एक से एक कामचोर पड़े हुए हैं यहाँ। परले सिरे का चापलूस गुलसन मेहता, जिसे पोलसन मेहता कहते हैं।

जो भी हो, मिस दास काम करना जानती है। काम से उसे प्रीत भी है। जिस फाइल में हाथ लगाती है, वह—आइने की तरह साफ! कहीं कोई भूल-चूक नहीं, उलझन नहीं। लेकिन टेबुल के लिए उसकी जिद? क्या कहा जाए इसको! आखिर बात तो होगी कोई?

मेहता ने कहा, "सर, मैं जानता हूँ कारण।"

अनुरंजन ने पूछा, "क्या कारण है?"

मेहता अनुरंजन के पास गया। फिर मद्धिम आवाज़ में बोला, "मिस दास की छाती पर—ठीक कॉलरबोन के नीचे—एक रुपया-भर गोल—दाद का चकत्ता है। टेबुल के इस कोने से वह समय-असमय खुजलाती...।"

"मेहता साहब! आप अपने 'एबीएम' के सम्बन्ध में ऐसी बे-बात की बात मेरे सामने न बोलें तो अच्छा।"

सर्वांगसुन्दरी दुर्बा की देह में दाद? धेत्त, उसने मेहता को अच्छी तरह पहचाना है। दुनिया-भर की बात कोई इससे पूछे।...सेन ने कल कहा, "एक दिन बड़ा साब बोला—मेटा! गाधा कैसा माफिक बोलता है। बास—मेटा झट से आँकू-आँकू बोलने लगा। बलिहारी बाबा मेटा। तुम्हारी जुड़ी एई भूभारत में नेंही!"

ऐसे अवसरों पर मेहता सड़ी मछली, भूखा बंगाली और पान्ता भात आदि कहकर सेन को काटने की चेष्टा करता है।

उस दिन दफ्तर के बाद मेहता दौड़ा गया मिस दुर्बा के डेरे पर। दुर्बा बाहर लान में उदास बैठी थी। मेहता पाजी कुत्ते के डर से फाटक के अन्दर नहीं गया। बाहर से ही उसने दुर्बा को संवाद किया, "आज डी.टी.टी. पाउडर और गेमेक्सिन—दोनों मिलाकर टेबुल को डिसइन्फेक्ट किया गया है।"

डीडीटी-ई-ई-ई! लगा अचेत हो गई दुर्बा दास संवाद सुनकर।

सातवें दिन मालूम हुआ, मिस दास ने और भी चार दिन की छुट्टी बढ़ाने के लिए आवेदन-पत्र भेजा है।...

अनुरंजन गुप्ता ने—बड़े साहब के आदेशानुसार—असिस्टेंट ब्रांच मैनेजर के जिम्मे नियमानुसार दिए जानेवाले कामों का एक लेखा-जोखा तैयार किया। मिस दास की अनुपस्थिति में उसने कुछ काम भी कर दिया है।

उस दिन फिर टेबुल की चर्चा छिड़ी।

सेन ने पूछा "टेबुल पुलिंग है क्या?...इसी वास्ते! हा-हा-हा-हा!"

मिस दास की बढ़ाई हुई छुट्टी भी कटी एक-एक कर तीन दिन!

उस दिन दफ्तर से लौटकर अनुरंजन ने कहा, "माँ, मैं जल्दी से नहा लूँ। चलो, आज तुमको आश्रम दिखला लाऊँ यहाँ का—रामकृष्ण आश्रम। प्रवचन है किसी स्वामीजी का वहाँ आज।"

अनुरंजन बाथरूम से निकला। माँ ने सूचना दी, "एक महिला मिलने आई है।"

"महिला?" अनुरंजन अचरज से देखता ही रह गया—अरे यह तो दुर्बा दास है। माँ कहती है, महिला! आधुनिक बाँह-कट ब्लाउज और कांजीवरम् या वरम् साड़ी का यह मैच—अखबारों में रोज़ प्रकाशित होनेवाली अन्तर्कंचुकी कम्पनी की उस महिला की छाया—क्या हो गया है आज दुर्बा दास को?

"नमस्कार!...अब कैसा है आपका जी, क्या हुआ था?"

दुर्बा चुप रही। अनुरंजन की माँ दो प्याली चाय दे गई। अनुरंजन ने परिचय करवाया, "माँ, आप ही हमारे एबीएम—मिस दुर्बा दास! और...मेरी माँ!"

माँ रसोई में चली गई।

"रसोई आपकी माँ स्वयं पकाती हैं, अभी भी?"

"जी, मेरा सौभाग्य! माँ के हाथ का..."

"जी नहीं। इस माने में मैं भी सौभाग्यशालिनी हूँ।"

"आप हर माने में सौभाग्यवती हैं।"

अनुरंजन ने पहचाना, यह कलकत्तावाली दुर्बा दास है। परिधान-प्रसाधन तनिक उग्र है। यही फर्क।

"तब? कैसा लग रहा है पटना?"

"अच्छी जगह है।"

"खाक अच्छी है। कलक...बम्बई से भी अच्छी?"

कलकत्ता कहते समय आँखें आतंकित क्यों हुईं, दुर्बा की? फिर कुछ क्षणों की चुप्पी।

"तो कल आप दफ्तर आ रही हैं न!"

"कल?" सपने से जगी दुर्बा मानो, "कल? मेरा आना आप पर...तुम पर निर्भर है।"

"मुझ पर?"

"हाँ।...तुम पर। अनुरंजन बाबू, तुम पर। मैंने कहा न, उस टेबुल पर किसी का बैठना मुझे सह्य नहीं होगा। उसके बिना...जानते हो? इस बीच हर रात मैंने सपने में टेबुल को देखा। देखा, वह टेबुल मुझे मिल गया है। फिर छीन लिया गया

है। बहुत बड़ा युद्ध हो गया—मार-काट। दंगे।...टेबुल में आग लगा दी गई है, मेरा टेबुल जल रहा है, धू-धू कर।...कितने सपने ऐसे ही भयावने।"

"मिस दास, सभी को अचरज हो रहा है..."

"सो मैं जानती हूँ। मैं सभी का कौतूहल मिटाने को बाध्य नहीं हूँ। तुमसे कहूँ—कोई स्त्री किसी अन्य पुरुष के पास पाँव फैलाकर, हाथ पसारकर, जी खोलकर बैठ सकती है भला? बोलो।"

अनुरंजन का मुँह न जाने क्यों विकृत हो गया, किंचित्!

दुर्बा अनुनय-भरे स्वर में बोली, "गुप्ता, तुम तो ऐसे नहीं थे? इतने निष्ठुर तुम हुए कि डी.डी.टी. छिड़कने में भी तुम्हारी आत्मा कुंठित नहीं हुई? तुम ज़ोर-ज़ोर से दराजों को खोलते, बन्द करते हो? सेन उस पर घुस्सा मारता है? तुमने कील ठोंक दी? क्यों? क्यों गुप्ता?"

अनुरंजन ने देखा, बातें करते समय दुर्बा की मदमाती आँखें और भी मधु ढालती हैं। उँगलियाँ छन्दबद्ध गति से नाचती हैं।

दुर्बा उठी। खिड़की पर गई। नाक झाड़कर नासा-रन्ध्रों का 'परिष्कार' किया। हठात्, कलकत्तेवाली दुर्बा लौट आई। कलकत्तेवाली दुर्बा, जो डकार ले, दाँत से नाखून कुतरे अथवा नाक की सर्दी झाड़े, मुँह विकृत करके भयभीत हो—प्रत्येक अवस्था में सुन्दरी ही दीखती है।...नब-नब रूपे देखि तोमाय क्षणे-क्षणे!!

"तुम...।"

अनुरंजन ने सचेत करने के सुर में कहा, "क्षमा करें मिस दास। आप मुझे 'तुम' कहती हैं। किन्तु मैं आपको तुम नहीं कह सकता।"

"मैं-तुम? मैं तुमको 'तुम' कहती हूँ?...नहीं-नहीं, मैं तुमको अब 'आप' ही कहूँगी। हुआ न? तुम भी 'तुम' कहो न? क्यों नहीं कह सकते? सिलि...। सुनो गुप्ता, टेबुल की समस्या पर सोच-विचार किया है मैंने—सात दिनों तक। बड़े साहब का कहना है—नया टेबुल तुमको नहीं दिया जा सकता।...देखो, गुप्ता। बस एक रास्ता है। मुझे उम्मीद है, तुम अब जिद नहीं पकड़ोगे।"

"जिद? मैंने पकड़ी है मिस दास?"

"क्यों! सिर्फ दुर्बा नहीं कह सकते? अच्छी बात। अब तुमने नाहीं की तो मैं समझूँगी, तुम चाहते हो मैं नौकरी छोड़ दूँ। इतने बड़े परिवार का सारा बोझ मेरे ही सिर है। मालूम है तुमको? नौकरी छोड़ने पर भी—उस टेबुल के बिना कैसे जी सकूँगी मैं?"

"मिस दास, आप मुझे बताइए, आपने क्या सोचा है?"

"नहीं। पहले वचन दो, तुम मानोगे?"

ठीक, इसी तरह दुर्बा ने पिछले साल वचन लिया था, बोलो, मेरी सहायता करोगे न? अनुरंजन ने पहले ही दे दिया वचन, "मानूँगा। कहिए।"

"सच? देखो काम का जो सिलसिला है, तुमको अधिक समय मेरे चेम्बर में

ही रहना पड़ेगा। याद है, तुम्हीं ने तो कहा था कि यह नया स्कीम 'एबीएम' वाला क्या है—सीनियर हेडक्लर्क माने असिस्टेंट ब्रांच मैनेजर। तो, क्यों न तुम मेरे चेम्बर में ही बैठते? बात यह है कि टेबुल मेरे चेम्बर में रहेगा, मेरी आँखों के सामने रहेगा तो तुम ज़ोर-ज़ोर से दराजों की खोल-बन्द नहीं करोगे। हथौड़े से कील नहीं ठोकोगे। मेरी उपस्थिति में कम-से-कम...।"

अनुरंजन ने पहले ही वचन दे दिया था। दुर्बा को विश्वास नहीं हुआ, किन्तु। उसने बार-बार पूछा, "बोलो, तुमको कोई एतराज़ है? सच? कल फिर मुकर तो नहीं जाओगे? किसी की बात में पड़कर 'नट' तो नहीं जाओगे? वह गुलशन मेहता बड़ा पाजी जीव है। बोलो...।"

अन्तिम वाक्य कहते समय दुर्बा ने अनुरंजन का हाथ पकड़ लिया, "बोलो।"

अनुरंजन की माँ ने पूछा, "अब तो आश्रम नहीं जा सकोगे भैया। पीढ़ी डाल दूँ चौके में?"

दुर्बा असंख्य धन्यवाद देने की मुद्रा में बोली, "तो मैं चली अभी। हैं? कल दस बजे के पहले ही आओ न! बड़े साहब साढ़े नौ बजे ही आ जाते हैं।...बाद में सभी आ जाएँगे तो फिर टेबल खींच-तान..."

"नमस्कार।"

अनुरंजन को लगा, दुर्बा उसे चाबुक से पीटकर चली गई, सपाक्! सपाक्!

दूसरे दिन दुर्बा नौ बजकर पच्चीस मिनट पर ही दफ्तर आ गई।

बड़े साहब की गाड़ी साढ़े नौ बजे पोर्टिको में आकर लगी। दुर्बा ने आगे बढ़कर नमस्कार किया।

"कहिए मिस दास, अब कैसी हैं?"

"अब ठीक है सर।" उत्फुल्ल दुर्बा बोली।

साहब अवाक् हुए मन-ही-मन। प्रकट रूप से मुस्कुराते रहे।

दुर्बा बड़े साहब के साथ उनके चेम्बर में गई। बड़े साहब का पियन जब तक चेम्बर में रहा, वह चुप रही। उसके बाहर जाने के बाद दुर्बा ने साहब के मूड को परखने की चेष्टा की। फिर निवेदन करने लगी, "सर! टेबुल की समस्या...।"

बड़े साहब उबल पड़े, "सुनो भाई, मिस दास। मैं अब इस समस्या या प्राब्लेम के बारे में एक शब्द नहीं सुनना चाहता। आप लोग टेबुल-कुर्सी के लिए बच्चों की लड़ाई करेंगे तो मुझे बाध्य होकर जीएम को लिखना पड़ेगा।...फनी।"

"नहीं सर, अब कोई प्राब्लेम ही नहीं। सब तय हो गया।"

दुर्बा ने समस्या का हल विस्तारपूर्वक सुझाया। उसने यह भी कहा कि कल शाम को अनुरंजन के डेरे पर जाकर अनुरंजन को मना आई है।

बड़े साहब ने इस फार्मूले पर सोचा, ठीक है। देखा जाए, कहाँ तक और...यह

अनुरंजन गुप्ता—हेड आफिसर से लेकर—बोर्ड के सभी सदस्य—जिसकी तारीफ के पुल बाँध चुके हैं यही है वह कर्मठ पुरुष? रीढ़हीन प्राणी?...ठीक है, उधर जेनरल सेक्शन में मेहता को अवसर मिलेगा...डोसालय मेहता। हैंडी एंड हेल्पफुल मेहता और इस सुपुरुष अनुरंजन में क्या फर्क...? "ठीक है। किन्तु गुप्ता को यदि कोई एतराज हो?"

"उसे क्या एतराज होगा? सर, वह आ ही रहा है।"

दस बजे के पहले ही दुर्बा दास अपना प्रिय टेबुल ले आई अपने चेम्बर में। टेबुल लाते समय वह कुलियों के साथ थी—कहीं ठेस न लग जाए। आखिर कहाँ तक बचावे कोई? काँच का तो नहीं टेबुल। जरा-सी ठेस लगी, चीख उठी दुर्बा दास।

चेम्बर के एक हिस्से में टेबुल को प्रतिष्ठित किया गया। बिसनूसिंघ जोर-जोर से झाड़न मारकर धूल झाड़ने लगा। चिल्ला उठी दुर्बा दास, "ए-ए-जंगली! इस तरह जोर-जोर से क्यों मारता है? लाओ डस्टर।"

दुर्बा ने अपने हाथों टेबुल की धूल को झाड़ा—हौले-हौले।...हाय रे! एक पखवाड़े में ही तुम्हारी यह दुर्दशा? हः, अब जाकर जान में जान आई है। मैंने समझा था, अब नहीं पाऊँगी तुमको। लाल रोशनाई गिरी कैसे?

टेबुल झाड़-पोंछकर उसने घड़ी देखी। दस बज रहे हैं। गुप्ता आता ही होगा। उसने दरवाज़े की ओर देखा हैंडलूम के पर्दे पर भरतनाट्यम नृत्य की मुद्रा में खड़ी औरतों की पाँति। उसने, दोनों बाँहों को दोनों ओर पसारकर सदा की भाँति टेबुल के टाप-ग्लास पर अपना एक गाल रखा...ओ हो! एक पखवारे के बाद यह स्पर्श-सुख...सी-ई-ई...फिर दूसरा गाल...सी-ई-ई...रोम-रोम पुलक रहे! पुलक...

"क्रिं। हजोर!"

बिसनूसिंघ अन्दर आया। दुर्बा ने झटपट अपने को सँभाला, "कुछ नहीं, बाहर जाओ। कॉलिंग बेल आप ही बज उठा कैसे?"

बड़े साहब ने देखा—पर्दे के उस पार दो पाँव। अनुरंजन गुप्ता आ रहा है। साहब ने एक मोटा फाइल खोलकर अपने को डाल दिया।

अनुरंजन आकर खड़ा रहा। बड़े साहब का ध्यान भंग नहीं हुआ, "सर, क्या मैं बैठ सकता हूँ—थोड़ी देर?"

"उँ? हूँ। बैठो। क्या है?"

आवेदन-पत्र। एक नहीं, दो?

"क्या है?" एक में डेढ़ महीने की छुट्टी की प्रार्थना...माँ प्रयाग जाएगी कल्पवास करने...एकलौता बेटा है वह। इसलिए साथ जाना आवश्यक...दूसरा आवेदन-पत्र है कि...पटने का जलवायु स्वास्थ्य के प्रतिकूल...उसे या तो हेड ऑफिस कलकत्ता भेज दिया जाए या फिर बम्बई। अन्यथा...अन्यथा। यह आवेदन-पत्र ही त्याग-पत्र?

"देखो गुप्ता, भावावेश में...।"

"नहीं, सर, मैंने बहुत सोच-समझकर देख लिया है। मेरी माँ भी नहीं चाहती।"

बड़े साहब ने आवेदन-पत्र की भाषा और अनुरंजन के चेहरे पर अंकित भाव को पढ़कर समझ लिया, यह सच कहता है। इसने बहुत सोच-समझकर फैसला किया है।...लोग झूठ नहीं कहते थे! अनुरंजन गुप्ता...

अनुरंजन ने आज की छुट्टी माँगी—मौखिक! मिल गई।

हर सेक्शन में यह खबर फैली—फैलती गई—

एक साथ बीस टाइपराइटरों की खटपटाहट बन्द हो गई।

सभी बाबुओं ने एक ही साथ पानी माँगा, "पानी!"

"आ?"

"वही हुआ—जो मिस दास चाहती थी।"

"त्रियाचरित्रम्...।"

"गजब...अजब...औरत?"

"गुप्ता साहब चले गए?"

दुर्बा को भी खबर मिली।

कुछ देर तक सन्न रह गई। उसके चेहरे का रंग उड़ गया। सुफेद मुखमंडल!... त्याग-पत्र? छुट्टी? वह आया नहीं यहाँ? लेकिन, उसने तो वचन दिया था?

उसके चेहरे पर तुरन्त लाली लौट आई। वह अपनी कुर्सी छोड़कर उठी। अपने प्रिय टेबुल के पास गई। कुर्सी पर बैठी। होंठों पर अंकित मुस्कुराहट खिलती गई।... त्याग-पत्र दे या चूल्हे में जाए मूर्ख अनुरंजन गुप्ता...मेरा धरम बच गया...मेरी इज्जत बच गई...तुम मेरे ही रहे...मेरे ही! काँटा दूर हुआ! आह...!!

टेबुल के टाप-ग्लास पर अपने गालों को बारी-बारी रखती, स्पर्श-सुख से सिहरती-सिसकती दुर्बा खिलखिलाई—जाको जापर सत्य सनेहू...हँ हँ हँ...सी ई ई ई!!

मेहता इस अवसर पर कई अप्रचलित अंग्रेजी शब्द ढूँढ़कर ले आया था, बधाई देने के लिए। वह चेम्बर में घुसा। आ—उसने देखा मिस दुर्बा दास एबीएम, टेबुल पर बाँह पसारे, काँच पर गाल रखकर, खिलखिला रही है या रो रही है! आँखों में आँसू हैं और होंठों पर यह कैसी हँसी? यह कैसा सुख पा रही है मिस दुर्बा दास? यह कैसा सुख-दुख? यह क्या है...?

मेहता को लगा, किसी अश्लील दृश्य के सामने वह खड़ा है! मूढ़-मति वह!—नहीं, यह दृश्य देखने योग्य नहीं।

[धर्मयुग / 5 नवम्बर, 1961]

अच्छे आदमी

उजागिर ने दोनों बड़ी केतलियों को ताजे चूल्हे पर चढ़ाकर सामने—पूरब की ओर देखा।...रात से ही 'अदरालछत्तर' (आर्द्रा नक्षत्र) चढ़ा है। सूरज उगा है या नहीं, पता नहीं चला। बादल हल्की पुरवैया के झोंके पर उमड़े आ रहे हैं। दूर फुहिया वर्षा में पेड़ की पाँतियाँ छिप रही हैं। सामने—खुला हुआ विशाल मैदान! हरियाली पर बिछी हुई—पिच रोड। नई सड़क!

उजागिर का जी न जाने क्यों, अचानक हल्का हो गया। मन में रात-भर उस 'पसिंजर' की बोली चुभ रही थी—खच-खच!—तुम तो मुँह देखकर चाय में चीनी डालते ही हो, उधर पकौड़ी में भी हाथ-सफाई का खेला होता है। किसी को 'हरियर मिरिच' (हरी मिर्च) और अदरख के टुकड़े डालकर कुरमुरी पकौड़ी दी जाती है और किसी को सड़े प्याज और बासी बेसन की।

...जरूर वह पसिंजर जोगबानी या फारबिसगंज से दारू पीकर चला होगा। ऐसा मुँहफट्ठ पसिंजर उजागिर ने कभी नहीं देखा था।

उजागिर ने फिर मैदान की ओर देखा!

मैदान का दाहिना हिस्सा फुहिया वर्षा में ढक-छिप रहा है। सरकारी जंगल विभाग के नए बाँस के बन में हजारों पताके उड़ रहे हैं, मानो बाँस के नए पौधों की नई 'कंचियों' के हरे पताके—कास के सफेद गलीचे—सब ढक गए।...दो ही साल के बाद यह बाँस का जंगल 'बिजूबन-बिजूखंड' हो जाएगा!

उजागिर का घर, गाँव के सबसे दक्षिन-छोर पर ऊँची जगह पर है। सामने बहुत दूर तक ढालू जमीन है। कोसी की मारी हुई जमीन कोसी की सूखी और बालू से भरी धारा तक, ऊबड़-खाबड़ है। कटिहार से जोगबनी तक पक्की सड़क पिछले साल ही बनकर तैयार हुई है—खुली है। जब, पहली बार कागजवाला नक्शा धरती पर अंकित हुआ, तो लगा कि उजागिर के घर तक आने के लिए ही सड़क इधर आई है। उजागिर के घर को छूकर फिर दाहिनी ओर मुड़ गई है।

उजागिर ने देखा...लेटी हुई धरती के गले में चन्द्रहार की तरह पड़ी—पिच रोड!

एक केतली का पानी गनगना उठा।

फिर दूसरी केतली का भी!

उजागिर की आँखों में 'प्रदीपकुमार की माय' के गले में पड़ी चन्द्रहार की झलक लगी।...आज प्रदीपकुमार की माय इतनी सुस्त क्यों है? केतलियों में चाय का पानी खौल रहा है। अभी तक न बेसन का गमला खनखनाया और न कड़ाही-कल्छी ही। आखिर बात क्या है?

उजागिर ने अपने तीन वर्ष के इकलौते बेटे को पुकारा, "क्या हो प्रदीप कुमार! बबुआ! माय से कहो, सादा गाड़ी के आने का समय हो गया। इधर, हमारे 'डिपाट' का सब काम 'फिनिस' है!"

अन्दर से कोई आवाज नहीं आई।

उजागिर ने अपने 'डिपाट' पर निगाह डाली। उजागिर का विभाग—चाय डिपाट—कप, तश्तरी, गिलास, छन्ना, चम्मच, चाय, दूध—सब। सब ठीक है। लेकिन, आखिर बात क्या है?

उजागिर का घर, इस इलाके का 'गैरसरकारी बस पड़ाव' है। करीब, बीस-पच्चीस गाँव के लोग यहीं आकर चढ़ते, उतरते हैं बसों में। दक्खिन, कटिहार से आनेवाली बस अररिया कोर्ट से डेढ़ घंटे में और उत्तर जोगबनी-फारबिसगंज से चलनेवाली गाड़ी को एक से सवा घंटे तक लग जाता है। इसलिए उजागिर के घर और दुकान के सामने दस-पन्द्रह मिनट रुकती है।

इस 'लाइन' (सड़क) में उजागिर की दूकान के पकौड़े और चाय का खूब नाम हो गया है। सादा, खाकी और लाल गाड़ियों के ड्राइवर-कंडक्टर, पसिंजर, क्लिनर, सभी तारीफ करते हैं।

प्रदीपकुमार की माय आई।

नहाई-धोई प्रदीपकुमार की माय को देखकर उजागिर का हल्का जी और गुदगुदा उठा। गिलास में गर्म पानी डालते हुए वह मुस्कुराया। प्रदीपकुमार की माय भी तनिक मुस्कुराई। मानो, मन की बात को वह मन में अब नहीं रख सका। बोल पड़ा, "अब रेडियो फिट कराना जरूरी है!"

कल तक उजागिर की समझ से, दूकान में एक दीवारघड़ी फिट करना जरूरी था। आज अचानक रेडियो की जरूरत सुनकर प्रदीपकुमार की माय को अचरज हुआ। वह अचकचाई।

उजागिर बोला, "रेडियो में एक ही बात नहीं, तीन-तीन बात हैं। मन हो तो गाना सुनो, मन हो तो खबर सुनो और जानना हो तो टैम भी मालूम कर लो।"

प्रदीपकुमार की माय ने कड़ाही चढ़ा दी।

आँगन से आँखें मलता हुआ प्रदीपकुमार निकला। उजागिर ने प्यार से बुलाया, "इधर आओ बाबू।...बबुआ!"

हर रोज, पहला तीन गिलास...सबसे पहले प्रदीपकुमार को, फिर प्रदीपकुमार की माय को और तब खुद...प्रदीपकुमार दिन-भर मैं पाँच गिलास चाय पीता है!

बसों में चढ़नेवाले 'कचहरिया-पसिंजर' एक-एक कर आने लगे। बैलगाड़ी पर कोई नई दुलहिन है क्या? सावन-भादों में नैहर जा रही है। यह साइकिलवाला आकर फिर तंग करेगा। यह साइकिल रखने की जिम्मेवारी अब उजागिर अपने ऊपर नहीं ले सकता। ताला लगाने पर भी नहीं।

पहली बोहनी की किसनपुर के बाबू ने, चार आने के पकौड़े और दो गिलास चाय। दूध-चीनी बराबर-बराबर, गिलास जरा बढ़िया से धोकर।

प्रदीपकुमार की माय ने घूँघट के अन्दर से ही देखा—किसनपुर के बाबू की नजर उसकी कलाई से लेकर बाँह तक गुदी हुई मछलियों पर है। कई जोड़ी मछलियाँ! चुलबुला रही हैं!

प्रदीपकुमार की माय ने बाँह की मछलियों को आँचल खींचकर ढक लिया। किसनपुर के बाबू ने कहा, "पकौड़े तनि और खरे-कुरमुरे...।"

छनौटा में छने पकौड़ों को फिर से खौलते हुए तेल में डाल दिया प्रदीपकुमार की माय ने।

गीली पुरवैया के झोंके में गर्म पकौड़े की सोंधी-सलोनी सुगन्ध गाँव में धीरे-धीरे फैलने लगी।

...पकौड़े! चाह! चाय! चहा!

गाँव का बूढ़ा सन्तोखीसिंघ रोज इसी समय आता है।...रोज, 'नित्तम' दिन, टैम बँधा हुआ है, यही। यदि बोहनी नहीं हुई तो परम सन्तोषपूर्वक प्रतीक्षा करता है। बोहनी हुई कि उसकी चुटकी बजी, "जै सिरि सित्ताराम!"

आज बोहनी होने के बाद भी सन्तोखीसिंघ की ओर ध्यान नहीं दिया उजागिर ने। सन्तोखीसिंघ ऐसे अवसरों पर कोई गप शुरू कर देता है। गप निश्चय ही किसी चोरी-डकैती अथवा 'घरघुस्सी' की होगी। घरघुस्सी में पकड़े गए चोर को 'चमचोर' कहते हैं।

आज सन्तोखीसिंघ ने, पास के गाँव में हुई चमचोरी में पकड़े गए किसी चमचोर की कहानी शुरू की।

सन्तोखीसिंघ को इस इलाके के सभी नामी-गरामी लोग जानते हैं। जातिवालों ने मिलकर बूढ़े सन्तोखीसिंघ को बहिष्कृत कर दिया है। जाति का हुक्का-पानी छूटे, मगर सन्तोखीसिंघ उजागिर की दूकान की चाय और पकौड़े को नहीं छोड़ सकता। और अब तो पकौड़े-चाय खा-पीकर ही वह सारा दिन रहता है। न आगे नाथ, न पीछे पगहा। सन्तोखीसिंघ रिटायर्ट दफादार है। बहुत-बहुत 'इसपी' और दारोगा के मातहत काम कर चुका है वह। जब कहीं कोई नई

घटना नहीं घटती है तब सन्तोखीसिंघ कोई पुरानी कहानी, बिना किसी प्रसंग के ही शुरू कर देता है।

किन्तु आज ही कहानी, टटकी है, जो कल रात को ही घटी है।

किसनपुर के बाबू ने, हरी मिर्च की कड़ुवाहट पर 'सी-सी' करते हुए इस बात की पुष्टि की, "हाँ, इसीलिए रात में उधर हल्ला-गुल्ला हो रहा था, क्यों?... सी-सी!"

मामले को गाँव के पंचों ने मिलकर 'रफा-दफा' कर दिया है, सन्तोखीसिंघ को यह खबर भी मिल चुकी है। मुद्दई, बेचारी साधोसाह की बेवा, क्या कर सकती है? पाँच पंच की बात से बाहर कैसे जाए बेचारी!

प्रदीपकुमार की माय ने पकौड़ा नहीं दिया।

उजागिर ने चाय का गिलास बढ़ाते हुए कहा, "सन्तोखी काका, पकौड़े गाड़ी जाने के बाद।"

"सो क्यों?" सन्तोखीसिंघ ने नकद पैसा देकर खानेवाले खरे ग्राहक की तरह खनखनाकर पूछा।

प्रदीपकुमार की माय ने घूँघट के अन्दर से ही उजागिर को इशारे से कुछ कहा। केले के पत्ते पर गर्म पकौड़े लाकर सामने रख दिए उजागिर ने। इधर कई दिनों से सन्तोखीसिंघ इसी तरह तेवर चढ़ाकर बातें करने लगा है।

सन्तोखीसिंघ ने किसनपुर के बाबू से कहा, "रासो बाबू, यह ससुरी सड़क जब से चालू हुई है—चोरी-चुहाड़ी और भी बढ़ गई है। पहले तो साला गाँव के आसपास के ही चोर-डकैत चोरी-डकैती करते थे। अब तो मनिहारी घाट का चोर साला जोगबनी आकर चोरी कर जाता है—रातोंरात-बेदाग!"

किसनपुर के बाबू ने विरोध किया, "इसमें सड़क का क्या कसूर? बिना सड़क खुले ही कलकत्ता के लोग कटिहार में पाकिट मारते हैं।"

किसनपुर के बाबू को मालूम है, सड़क बनते समय इलाके में कई सड़क-विरोधी आन्दोलन हुए थे। लोगों को उभाड़ने के लिए आन्दोलन के नेताओं ने इस बात को प्रमुख प्रचार-अस्त्र बनाया था—सड़क खुलते ही कलकतिया पाकिटमार से लेकर पटनिया ठग दिन-दहाड़े गाँवों में घुसकर उतपात मचावेंगे।

किसनपुर के बाबू ने अपनी कलाई पर बँधी घड़ी देखी, फिर कान के पास लाकर सुना—बस लेट है या घड़ी बन्द है?

उजागिर बोला, "दोनों तरफ की गाड़ी आज लेट है। रात में जोगबनी की ओर जोर की बरखा हुई है।"

सन्तोखी बोला, "पूरब भी हुई है!"

उजागिर को चोरी-डकैती की कहानी जरा भी नहीं अच्छी लगती। तिस पर आज चमचोरी का किस्सा!

उजागिर ने चमचोरी प्रसंग को अच्छी तरह बदलने के लिए बात की छोर अपने हाथ में ले ली, "पूरब-पच्छिम, उत्तर-दक्खिन सब तरफ पानी बरसा है। सिर्फ अपने इलाके में...।"

सन्तोखीसिंघ ने बीच में ही काट दिया, "अरे! इस इलाके में क्या पानी होगा! साला, दिन-दहाड़े चमचोरी जहाँ होता है, वहाँ पानी बरसेगा। बज्जर गिरेगा—हड़हड़िया बज्जर!"

बादल सचमुच गरजा! प्रदीपकुमार की माय घूँघट के नीचे हँसी। "बादल नहीं, बस की आवाज।"

प्रदीपकुमार की माय को पिछले साल की बरसात की बात याद आई। वर्षा में पकौड़े और चाय की बिक्री बढ़ जाती है। छाता-धोती बन्धक रखकर भी आदमी पकौड़ी खाकर चाय पीता है!

किसनपुर के बाबू ने थैले से, "प्लास्टिक पेपर' के बड़े थैले से वाटरप्रूफ निकाला। मलेरिया-विभाग के दवा छिड़कनेवाले से बहुत पैरवी के बाद यह बरसाती मिली है। झमाझम पानी पड़े मुदा कपड़े का एक सूत भी नहीं भीगता।

किसनपुर के बाबू ने उठते-उठते उजागिर को सलाह दी, "इधर, चार हाथ और बढ़ाकर बैठने की जगह बनाकर छवा क्यों नहीं देते?"

प्रदीपकुमार की माय ने बाँह के ऊपर साड़ी खींचकर उजागिर से कुछ कहा। किसनपुर के बाबू की आँखों में गुदी हुई मछलियाँ फिर चुलबुलाने लगीं।

उजागिर ने कहा, "रासो बाबू! एक गाड़ी बाँस के बिना सब काम रुका हुआ है। आपके दरबार में एक दिन 'इस्दुआ' लेकर...!"

किसनपुर के बाबू ने देखा, घूँघट से एक जोड़ी आँखें भी कुछ कह रही हैं। बोले, "अच्छी बात है। एक दिन आना। एक गाड़ी क्यों, दो गाड़ी बाँस मिल जाएगा।"

उजागिर ने दाँत निपोड़कर प्रदीपकुमार की माय की ओर देखा। प्रदीपकुमार की माय ने आँखों से ही बातें कीं, "मैंने कहा था न, रासो बाबू अच्छे आदमी हैं।"

सन्तोखीसिंघ बोला, "एक गाड़ी घास क्यों नहीं माँगी तुमने! आज रासो बाबू का दिल 'दरियाब' हो गया है।"

वर्षा शुरू हुई। दोनों ओर से बस आई। एक ही साथ!...पकौड़ी! चाय! पैसे। नए पैसे।

उजागिर को आज बात करने की फुरसत नहीं।

"एक पत्तल पकौड़ी, बिना मिर्च की।"

प्रदीपकुमार की माय ने घूँघट के नीचे से ही कुछ कहा। वह आज बिना मिर्च की पकौड़ी अलग से किसी ग्राहक के लिए नहीं बना सकेगी!

"लाल गाड़ी के ड्राइवरजी माँगते हैं!"

प्रदीपकुमार की माय बिना मिर्चवाला बेसन फेंटने लगी।

लाल गाड़ी का ड्राइवर अच्छा आदमी है। मनिहारी घाट में जहाज से उतरनेवाले यात्रियों को भी वह उजागिर की दूकान की पकौड़ी और चाय की तारीफ सुनाकर फाँस लाता है—"भाई, रास्ते में कहीं चाय पीना और पैसा फेंकना बराबर है। चाय, नाश्ता चलकर रहिकपुर में कीजिएगा। एक बार चखकर देखिएगा, तो फिर कभी नहीं भूलिएगा। गर्मागर्म चाय और कुरमुरे पकौड़े!"

लाल गाड़ी का ड्राइवर ऐसी जगह पर गाड़ी लगाता है, जहाँ से प्रदीपकुमार की माय की आँखें, तिरछी निगाह से देखने पर टकरा जाती हैं।

गाड़ी में बैठे हुए यात्रियों की नजर दूकान के सामनेवाले हिस्से पर ही पड़ती है। जिधर प्रदीपकुमार की माय बैठती है उधर बाँस की 'झझनी' की टट्टी लगी हुई है—छोटी-सी, आड़ में बैठी हुई प्रदीपकुमार की माय का सिर्फ हाथ दिखलाई पड़ता है। पकौड़े डालती हुई अंगुलियाँ! छनौटे से पकौड़े निकालकर बर्तन में रखते समय काँच की चूड़ियाँ मीठे सुर में बज उठती हैं।

उजागिर को इधर-उधर देखने की छुट्टी कहाँ?

गिलास, चीनी, पानी, पत्ती, पैसा, ग्राहक!

पत्तल पकौड़ा लेते समय एक बार वह प्रदीपकुमार की माय की ओर जरूर देख लेता, "देखिए भाई, हल्ला-गुल्ला नहीं। शान्ती से—शान्ती से!"

दोनों गाड़ियाँ आकर चली गईं।

प्रदीपकुमार की माय उठकर अन्दर चली गई। उजागिर रेजगारियों का हिसाब करने लगा।

सन्तोखीसिंघ को एक कप चाय और चाहिए। जोरों की बारिश शुरू हुई। उजागिर ने कहा, "पानी गरम होने दीजिए।"

उजागिर ने लड़कपन से ही चाय बनाने का काम किया है।

कमलदह के जमींदार की ड्योढ़ी में हर काम के लिए अलग-अलग नौकर-चाकर थे—चाय बनानेवाला, चिलम सुलगानेवाला, तेलमालिश करनेवाला, भंग घोटनेवाला!

कमलदह के जमींदार की जमींदारी चली गई। लेकिन, उजागिर के हाथ का 'इलम' हाथ में ही रह गया। इसी 'इलम' ने उसकी मनोकामना पूरी की। घर में लक्ष्मी आई...!

रहिकपुर गाँव की अपनी बपौती जमीन पर घर बनाकर एक 'रूपवाली घरनी लाने की लालसा उसके मन में बचपन से ही बनाकर बैठी थी। कमलदह के छोटे बाबू की दुलहिन-जैसी घरवाली मिल जाए, तो उजागिर सारी उम्र सिर्फ 'रूप' पीकर रह सकता है।

रूपवाली दुलहिन!

बालूवाली जमीन पर कूप और गाँव की लड़की का रूप—दोनों बराबर। बालूवाली जमीन के कूप का पानी 'कंचनठंढा' होता है। एक घूँट पीकर ही आत्मा जुड़ा जाए। गाँव की लड़की का रूप, एक बार निहारकर नींद आ जाती है, आँखों में। लेकिन, बलुवाही कूप दो साल में ही 'भथ' जाता है। गाँव का रूप साल लौटते ही 'ढल' जाता है।

उजागिर ने भागलपुर, दरभंगा और पटना-जैसे शहरों में घूम-घूमकर नौकरी की। कहीं रूप की झलक नहीं मिली। सब नकली—कच्ची कली कचनार-जैसी ऊपर से...। इसको भला रूप कहते हैं?

शहर से वह रुपये की गठरी ले आया। मन की झोली उसकी खाली ही रही।

गाँव के 'घटक-दलालों' ने उजागिर को ठगकर बहुत पैसा खाया। बिरादरी के पंचों ने पान-सुपारी के नाम पर पचासों रुपये 'झीट' लिए—रूपवाली घरनी नहीं मिली।

किन्तु उजागिर निराश नहीं हुआ। कमलदह की छोटी दुलहिन ने एक दिन कहा था, "उजागिर, चाय पिलाकर तुम इन्द्रासन की परी को भी 'फुसला' कर मुट्ठी में कर सकते हो!"

उजागिर ने छोटी दुलहिन की बात याद की और एक दिन घर से निकल पड़ा—कहीं चाय की दूकान पर नौकरी भी मिल जाए, वह करने को तैयार है।

उजागिर उस (शुभ) दिन को कभी भूल सकता है भला!

कुरसेला स्टेशन पर उतरकर वह बहुत देर तक बैठा रहा।

खीरा खरीदकर खाते समय उसको अपने बचपन के एक खेल की याद आई थी। बच्चे खीरे-ककड़ी के बीज को अँगुलियों में दबाकर कहते, "फलान की शादी किधर होगी? बीज छिटककर जिस ओर गिरे—उधर ही। उसी दिशा में।"

उजागिर ने खीरे के एक बीज को अँगुलियों में दबाकर मन-ही-मन कहा था, 'बीज जिस ओर छिटकेगा, मेरी होनेवाली रूपवती दुलहिन उधर ही होगी।'

बीज उत्तर की ओर छिटका और बिना कुछ सोचे-विचारे वह कुरसेला से रानीगंज जानेवाली बस पर जा बैठा था।

कंडक्टर ने पूछा, "कहाँ जाएगा?"

उजागिर क्या जवाब दे? न जाने यह गाड़ी कहाँ-कहाँ जाती है। तब तक बगल के यात्रियों ने बिरौली का टिकट माँगा और उजागिर ने भी बिरौली तक का टिकट कटा लिया।

गाड़ी बिरौली पहुँचकर पकौड़ीवाली सहुआइन की दूकान के सामने रुकी। बिरौली में उतरनेवाले उतर गए। उजागिर बैठा रहा। बिरौली गाँव में उतरकर वह क्या करेगा? वह आँखें मूँदकर कुछ सोच रहा था कि कंडक्टर ने उसको ठेलकर जगाया, "ए, बिरौली आ गया। उतरो।"

उजागिर ने अपनी झोली सँभाली। अनिच्छापूर्वक उतरा।

बस से उतरे हुए लोग पकौड़ीवाली दूकान पर थोड़ी देर रुके और जलपान करके चले गए। उजागिर चुपचाप बगल में एक मोढ़े पर बैठा रहा। बूढ़ी सहुआइन ने पकौड़ी की कड़ाही उतारकर उजागिर से पूछा, "कहाँ जाना है?"

उजागिर ने कुनमुनाकर जवाब दिया, "कहीं नहीं। एक आने की पकौड़ी हमको भी चाहिए।"

बूढ़ी झुँझलाई, "इतनी देर से मुँह सीकर बैठे रहे। अब कड़ाही उतारने के बाद, एक आने की पकौड़ी! अब पकौड़ी नहीं, बैंगनी खाना है, तो बोलो चढ़ाऊँ कड़ाही?...अरी ओ सितिया! कब तक बैठकर बैंगन काटेगी! एँ? दे जा, जितना हुआ है। गाहक बैठा हुआ है यहाँ।"

झोंपड़े के अन्दर से उसी अन्दाज से पतली आवाज में जवाब आया, "कल से मैं काना-कुबड़ा बैंगन नहीं काटूँगी। एक-एक बैंगन में पाँच-पाँच पिल्लू!"

बूढ़ी ने सितिया नाम की लड़की को 'बैंगन लगाकर' एक भद्दी-सी गाली दी।

सितिया सूप में बैंगन के टुकड़े लेकर आई, "मैं रोज तुमसे कहती हूँ मौसी, परदेसी जातरी के सामने गाली मत बका करो।"

उजागिर सितिया उर्फ सीता का रूप देखकर पसीने से तर-बतर हो गया था! एक-एक बैंगन में पाँच-पाँच पिल्लू और बैंगन-भरी गाली सुनकर उसको मतली आ रही थी, सो सीता को देखने के बाद ही दूर हो गई।...यही है रूप! यही है रूप!

उसने गला साफ किया, "माताराम! एक आने की बैंगनी नहीं, चार आने की।"

बूढ़ी बोली, "ऊँ! ई आदमी का मन रह-रहकर बदलता है। जो बोलना हो, एक ही बार क्यों नहीं बोलते?"

उजागिर चुप रहा। किन्तु गाहक का पक्ष लेकर बोली सीता, "एक बार बोले, चाहे हजार बार—तू इस तरह गाहक से बात-बात पर 'रगड़' करेगी, तो एक पाई की बैंगनी भी नहीं बिकेगी।"

बूढ़ी कड़ाही में बैंगनी डालती हुई बोली, "बड़ी आई है 'भतार' का पच्छ लेने!"

जब बूढ़ी और जवान जीभों की 'बतकुट्टी' जोर पकड़ने लगी, तो उजागिर ने मर्दानगी दिखलाई, "छिः-छिः, आप लोग इस तरह बेवजह लड़िएगा तो रखिए अपनी बैंगनी! ऐसी बैंगनी कौन खाए?"

सीता बोली, "लो, सुनती हो? अब छानो बैठकर चार आने की बैंगनी। देखूँ कौन खाता है?"

बूढ़ी बोली, "नहीं खाएगा, तो पैसा दे जाएगा।"

सीता ने उजागिर को पहली बार नजर उठाकर देखा और मुँह की बात मुँह में ही रखकर अन्दर चली गई।

उजागिर बैठकर सोचता रहा, "चार आने की बैंगनी वह खा सकेगा? यह चंगेरी-भर बैंगनी!"

बूढ़ी सहुआइन ने फिर पुकारा, "अरी, ओ सितिया! पत्तल कहाँ है? बैंगनी तेरे कपाल पर परोसूँ?"

उजागिर बैंगनी खाने लगा। तब बूढ़ी ने नरम सुर में कहा, "भैया, बुरा मत मानना। मुँहजली सितिया सीधी बात कभी सुनती ही नहीं। ठहरो, मैं पानी ला दूँ।"

बूढ़ी के उठने के पहले ही सितिया पानी दे गई, "मैं जानती हूँ। अब गाड़ी आने का समय हुआ तो, तू कोई न कोई बहाना बनाकर चूल्हे के पास से उठेगी ही। कड़ाही उठाकर सड़क पर फेंक दूँगी। हाँ!"

बूढ़ी बैठ गई फिर। वह कोई भद्दी गाली जीभ पर चढ़ा रही थी कि उजागिर ने टोक दिया, "यहाँ एक चाह की दूकान खूब चलेगी, माताराम?"

सहुआइन ने पोपले मुँह को तनिक विकृत करके पूछा, "क्या चलेगी खूब?"

"चाह की दूकान।"

"कौन खोलेगा?"

"कोई भी खोले, चलेगी खूब।"

बूढ़ी अब कुढ़कर बोली, "आग लगे चाह की दूकान में। एक पकौड़ी के चूल्हे में ही मेरी हड्डी जलकर 'छार' हो रही है।"

सीता ने इस बार फिर उजागिर को देखा। चाह की दूकान की बात सुनकर ही उसने ऐसी निगाह से 'हेरा' है। उजागिर बोला, "चाह में अठगुना नफा है। चार आने के माल में दो रुपये मुनाफा!"

"दो रुपये!" बूढ़ी मौसी और जवान सीता ने एक ही साथ अचरज-भरे स्वर में कहा, "दो रुपये!"

बूढ़ी कुछ क्षण चुप रहने के बाद बोली, "रहने दो, बाबा, मुनाफा। यहाँ चाह कौन पिएगा?"

सीता ने कहा, "मिलने पर सभी पिएगा।"

उजागिर बोला, "वाजिब बात।"

बूढ़ी ने छनौटा चमकाकर पूछा, "मैं पूछती हूँ, चाह बनाएगा कौन, तेरा भतार? एँ?"

सीता ने इस बार जवाबी गाली दी, "मेरा नहीं, तेरा!"

आश्चर्य! गाली सुनकर पोपली बूढ़ी हँस पड़ी। सीता भी हँसी और उजागिर का कलेजा जोर से धड़कने लगा। कुछ देर तक चुप रहने के बाद उसने तौलकर बात शुरू की, "हाँ, चाह की दूकान तो मर्द-पुरुस ही चला सकता है।"

बूढ़ी ने लम्बी साँस ली। सीता फिर आँगन के अन्दर चली गई।

उजागिर बहुत देर तक बूढ़ी मौसी को विस्तारपूर्वक चाय की दूकान की योजना के सम्बन्ध में समझाता रहा।

दूसरी गाड़ी के लौटने के पहले ही उजागिर ने बूढ़ी को अपनी मीठी बोली से मोह लिया, "माताराम! आप लोगों की मर्जी हो तो मैं आज ही जाकर सामान ले आऊँ।"

"तुम्हारा घर कहाँ है?"

"रहिकपुर।"

"कौन जात?...अरे, तब तो बिरादरी के ही निकले।"

बात पक्की हो गई।

उजागिर कुरसेला बाजार आया और चाय की दूकान का सारा सामान खरीदकर रात की गाड़ी से ही वापस लौटा। बूढ़ी ने कहा, "अरे, तुम सचमुच लौट आए? मैं तो समझ रही थी कि कोई लुच्चा-लबड़ा आकर ऊन का दून हाँककर चला गया।"

अन्दर सीता ने झिड़की दी, "मौसी, तू बूढ़ी हुई, आदमी को पहचानना नहीं आया।"

चाय की दूकान का सामान देखकर बूढ़ी और जवान आँखें अचरज से बड़ी हो गईं, "इतना सामान लगता है चाह की दूकान में?"

रात में सीता ने अपने हाथ से भात-दात परोसकर खिलाया था—पहली बार। पुरानी बातें याद करके आज भी उजागिर की देह सुड़सुड़ाने लगती है। सीता की बोली, सीता की हँसी। सीता का चलना-फिरना। दिन-रात उजागिर मानो सपनों की दुनिया में ही रहता था—रूप पीकर जीता था।

चाय की दूकान खुली और चल निकली।

गाँव-भर में बात फैल गई, "बूढ़ी सहुआइन का एक रिश्तेदार आया है। चाय की दूकान खोले है। अब पियो घर बैठे—चाह गरमागरम।"

बस के ड्राइवर, कंडक्टर, पैसेंजर, क्लीनर ने एक स्वर से प्रशंसा की, "अलबत्त चाह बनाता है जवान! चलेगी दूकान।"

लेकिन, चाय की दूकान छः महीने भी नहीं चल सकी। पाँचवें महीने में ही सीता ने उजागिर को उकसाया, "क्यों? तुम्हारा कलेजा इतना छोटा है? बूढ़ी से साफ-साफ कहते क्यों नहीं?"

“यदि बूढ़ी ‘नकार’ जाए?”

“बला से। पहले कहके देखो!”

“यदि कहे ‘घरजमाई’ रहना पड़ेगा?”

“अभी मान लेना। बाद में फिर...।”

बूढ़ी मौसी आँख से कम देखती थी और कान से जरा कम सुनती थी। किन्तु बिना कुछ देखे-सुने ही वह सबकुछ समझ सकती थी। इसलिए जिस दिन उजागिर ने हकला-तुतलाकर प्रस्ताव किया था, बूढ़ी ने एक भद्दी गाली दी थी, “सौ बार सतुअन और भतार के आगे दतुअन। अब बाकी ही क्या रहा है?...छुतहर-कलस में अब कौन पंडित-पुरोहित बेद-मन्तर पढ़ेगा?...खूब पियो गरमागरम चाह!”

बूढ़ी सहुआइन अपनी पकौड़े की दूकान पर बैठी आज भी गालियाँ दे रही होगी, “उस मिठवचना ने आते ही चाह पिलाकर इस मुई को मुट्ठी में कर लिया।...दिन-रात खुसुर-फुसुर मैं नहीं देख सकती थी।” जवाब दे दिया—“तुम लोग अपना रास्ता देखो।”

और, इसी को कहते हैं ‘तिरिया के भाग से मिले राज!’

सीता नहीं, लक्ष्मी!

रानीगंज से कुरसेला जानेवाली बस पर सवार होकर, रूपवाली दुलहिन को साथ लेकर उजागिर गाँव लौट आया। लौटकर उसने सुना, “इधर भी नई सड़क खुलनेवाली है। बहुत जल्दी ही!”

सचमुच, लक्ष्मी है प्रदीपकुमार की माय!

बननेवाली नई सड़क के ठेकेदार ने उजागिर की झोंपड़ी में ही डेरा डाला था।

गाँव के लोगों ने घुमा-फिराकर उजागिर को समझाया, “घर में जवान और खूबसूरत बहू और बाहर ‘पलानी’ में परदेसी का बासा, अच्छी बात नहीं।”

सन्तोखीसिंघ जब मिलता दिन दहाड़े ‘चमचोरी’ की कोई कहानी सुनाना नहीं भूलता। उजागिर घर लौटकर अपनी रूपवती को निहारते हुए कहता, “जानती हो? गाँव के लोग क्या कहते हैं?”

“गाँव के लोगों की बात सुनोगे या ठेकेदारजी की? ठेकेदारजी कहते हैं, सड़क जब खुलेगी, चाह और पकौड़ी की दूकान तब खोलना। अभी इतने ‘जन-मजूरे’ काम कर रहे हैं। अभी चावल-दाल की दूकान खोल दो। मजदूरों को उधर खिलाओ और हफ्ता के बाद एक का डेढ़ वसूलो। यही मौका है।”

“सच? और यदि उधार खाकर भाग जाएँ सभी—तब?”

“भागकर कहाँ जाएँगे? उनकी चुटिया तो ठेकेदार के हाथ में है।”

"सच? तुम ठीक कहती हो बिरौलीवाली। ठेकेदार साहब सचमुच बहुत अच्छे आदमी हैं?"

"ए? तुम मुझे बिरौलीवाली क्यों कहते हो? मुझे अच्छा नहीं लगता।"

"तब क्या कहूँ?" उजागिर खिलखिलाकर हँसता, "ओ! अब मैं भी ठेकेदार साहब का दिया हुआ नाम ही कहूँगा—रेशमबहू। ठेकेदार साहब सचमुच बहुत अच्छे आदमी हैं।"

गाँव के आवारा नौजवानों ने उजागिर को चिढ़ाने के लिए एक बोली निकाली, "ठेकेदार साहब सचमुच अच्छे आदमी हैं।"

अच्छा आदमी को अच्छा आदमी नहीं कहे, तो क्या कहे? गाँव के लोग जलते हैं। उजागिर की बहू रूपवती है। सुलच्छनवाली है। है किसी की बहू ऐसी, गाँव में? जिसके आते ही गाँव में नई सड़क खुल गई, इलाके में! चावल-दाल की छोटी-सी दूकान खोलकर, पाँच ही महीने में दस बीघे जमीन किसने खरीदी है? लोग तो जलेंगे ही। ठेकेदार साहब अंग्रेजी में चिट्ठी लिखते हैं। है कोई अंग्रेजिया इस गाँव में। रेशमबहू ठीक ही कहती है—काम ऐसा करो कि 'देख पड़ोसी जल मरे'।

बबुआ का जब जन्म हुआ, तो ठेकेदार साहब ने चमड़े की थैली से पचीस रुपये निकालकर मुँह-दिखाई दी थी। छठी की रात में, खुशी के मारे रात-भर बैठकर रमैन बाँचते रहे। और यह प्रदीपकुमार नाम भी उन्हीं का रखा हुआ है। गाँव के दुखमोचन पंडित ने तो बस, पतासू नाम रख दिया था। भला, पतासू भी कोई नाम है!

पता नहीं ठेकेदार साहब आजकल किस इलाके में है। कहीं भी रहें, आदमी अच्छे हैं। प्रदीपकुमार की माय आज भी हर महीने याद करती है। बोले थे कि बीच-बीच में आकर प्रदीपकुमार को देख जाएँगे।

उस दिन छितनू का रमडोलवा बेटा कह रहा था कि प्रदीपकुमार का मुँह ठीक ठेकेदार साहब-जैसा है। पगला है साला!

लाल गाड़ी के ड्राइवरजी भी बहुत भले आदमी हैं। रोज कहते, "देखो, उजागिर भाई, चूल्हे के पास बैठते-बैठते प्रदीपकुमार की माय का रंग बादामी हो गया है। देह में गमकौआ पौडर लगाने से रंग ठीक रहेगा।" और दूसरे ही दिन एक डिब्बा पौडर खरीदते आए—पुरनिया साहा कम्पनी से। ऐसा भला आदमी, इस गाँव में क्या, इस इलाके में भी खोजने पर मिलेगा?

यह नए दारोगा साहब भी हीरा आदमी हैं। कह रहे थे, इसपी साहब तुम्हारे पकौड़े की खूब तारीफ करते हैं। और, जोगबनी के लाला के बेटे की जीभ तो पकौड़े के नाम से ही 'पनिया' जाती है। बारह बजे रात में, गाड़ी पर दारोगा साहेब के साथ आता है और चुराकर पकौड़े खाता है। वैष्णव लाला, जिसके चौके में

प्याज नहीं चढ़ता है कभी, वह उजागिर की दूकान में बैठकर कैसे खा सकता है प्याजवाले पकौड़े? प्रदीपकुमार की माय कहती है, लाला का बेटा एकदम गौ-जैसा सीधा है। जरा दुबला-पतला है, इसलिए पकौड़े के साथ चाह नहीं, अंग्रेजी दारू पीता है।

उस रात को प्रदीपकुमार की माय की देह में दर्द था साँझ से ही। दारोगा साहेब ने कहा—एक गिलास ले आओ! एक घूँट पीते ही सब दर्द छूमन्तर हो जाएगा। सचमुच! हुआ भी वही। साँझ से ही कुहरती हुई प्रदीपकुमार की माय टनटनाकर

उठ बैठी और लाला के बेटे से मुँहामुँही गप करने लगी। लक्ष्मी है प्रदीपकुमार की माय!

तीन बजेवाली गाड़ी आ रही है!

"कहाँ हो, बबुआ! माय से कहो कि तिनबज्जी गाड़ी आ रही है। मेरे डिपाट का सब काम रैट है।"

"बबुआ! प्रदीपकुमार? माय कहाँ?"

प्रदीपकुमार सुबह की मीठी नींद में सोया हुआ था। उजागिर चुपचाप बैठकर बीड़ी पीने लगा। आज इतना सबेरे ही प्रदीपकुमार की माय उठकर कहाँ गई है। तबियत खराब है क्या? नहीं, लाल गाड़ी के ड्राइवरजी ठीक ही कहते हैं—जान है तो जहान है। प्रदीपकुमार की माय दिन-भर चूल्हे के पास बैठी रहती है, यह ठीक नहीं। पकौड़ी बनाने के लिए, सुगनी की माय को मज़दूरी देकर रखना होगा।

उजागिर बैठा रहा। जब भुरुकुवा तारा डूब गया और उजाला हुआ और प्रदीपकुमार की माय कोठरी में नहीं आई, तो वह बाहर निकला। बाहर बर्तन-बासन सब बिखरे पड़े हैं। दोनों लोटे भी हैं। तब कहाँ गई?

उजागिर ने कोठरी में आकर देखा—पेटी खुली पड़ी हुई है—रेशमी साड़ी और रेशमी बिलौज क्या हुआ? लगा, धरती अचानक घूमने लगी। उसने चिल्लाकर अपने बेटे को जगाया, "बेटा! बबुआ!! प्रदीपकुमार—माय कहाँ?"

प्रदीपकुमार उठकर जोर-जोर से रोने लगा, "मैया कहाँ आँऽ आँऽ आँऽ आँ!"

प्रदीपकुमार को चुप कराने के लिए उजागिर ने अपने को सँभाला। फिर बोला, "बेटा, माय गंगा तीर का मेला गई है। दोपहर की बरबज्जी (बारह बजेवाली) गाड़ी से आवेगी।"

उसने अपने मन को भी समझाया, 'कहाँ जाएगी? कहीं काम से ही गई होगी।'

सुबह की गाड़ियों के आने का समय हुआ। सन्तोखीसिंघ ठीक समय पर ही आया। उसने आते ही टोका, "आज पकौड़ी का चूल्हा नहीं सुलगा है?"

उजागिर ने जवाब दिया, "प्रदीपकुमार की माय की मौसी का संवाद आया कि वह लबेजान है। इसलिए रात की गाड़ी से ही चली गई।"

प्रदीपकुमार ने कहा कि, "मैया गंगा-तीर का मेला गई है।"

सन्तोखीसिंघ ने पुरानी दफादारी की तरह जिरह करते हुए पूछा, "रात में तो सादा गाड़ी लौटी नहीं। फिर किस गाड़ी से गई?"

उजागिर ने आज बिना 'बोहनी' हुए ही सन्तोखीसिंघ को चाय का बड़ा गिलास दिया। सन्तोखीसिंघ ने चाय पीते हुए कहा, "जमाना बहुत खराब है। जनाना जात अकेली बाहर जाए...।"

दोनों ओर से गाड़ियाँ आईं। उजागिर ने लाल गाड़ी की ओर देखा...नया ड्राइवर? 'लाल गाड़ी के ड्राइवरजी कहाँ गए?' 'छुट्टी में?' 'कितने दिन की छुट्टी?' 'आज पकौड़े नहीं, सिर्फ चाह मिलेगा, भैया!'

दोपहर के बाद उजागिर ने दूकान बन्द कर दी।

उसका दिल अन्दर ही अन्दर टूटने लगता। तब, वह जोर-जोर से रोना चाहता। लेकिन प्रदीपकुमार का मुँह देखकर वह अपने को सँभाल लेता। वही रोने लगेगा तो, बच्चे की क्या दुर्दशा होगी।

"बप्पा! बरबज्जी गाड़ी आ रही है।"

प्रदीपकुमार की माय नहीं आई? "बेटा, अभी नहीं आई तो 'तिनबज्जी' गाड़ी से आवेगी।"

"बप्पा! तिनबज्जी गाड़ी आ रही है।"

"नहीं आई!"

इस बार बाप-बेटा मिलकर आँगन में रोने लगे। जब प्रदीपकुमार हिचकियाँ लेते हुए दाँत पर दाँत बैठाकर घिघियाने लगा, तब उजागिर को होश हुआ। उसने आँसू पोंछकर कहा, "रात की गाड़ी से जरूर आवेगी। तुम्हारे लिए बिस्कुट लावेगी।...खिलौने!"

प्रदीपकुमार की माय रात की गाड़ी से ही आई।

"आ गई, मैया! मैया आ गई!"

प्रदीपकुमार जोर-जोर से रोने लगा। उजागिर भी रोने लगा, "कहाँ चली गई थीं तुम, प्रदीपकुमार की माय-य-य?"

"लो लो, क्या हो गया है तुम दोनों को?"

"कहाँ गई थीं? किस गाड़ी में गईं?"

"काम से गई थी, पुरैनिया। गाड़ी से नहीं, ट्रक से गई थी।"

"कहकर जातीं।"

"काम के पहले, बात कही नहीं जाती।"

प्रदीपकुमार खिलौना पाकर खुश हो गया। उसकी माँ ने गठरी से बिस्कुट का डिब्बा निकाला। उजागिर चुपचाप, अपलक दृष्टि से देखता रहा—कितने दिनों के

बाद प्रदीपकुमार की माय ने रेशमी साड़ी पहनी है।...रूप जरा भी मलिन नहीं हुआ है। कौन कहता है कि गाँव का रूप साल लौटते ही ढल जाता है।

अब, प्रदीपकुमार की माय ने आँचल के खूँट से कागज का एक टुकड़ा निकालकर दिखलाते हुए कहा, "बोलो तो क्या है?"

उजागिर ने लालटेन की रोशनी में कागज को उलट-पलटकर देखा, "भगवान जाने क्या है! बोलो न, क्या है? देखने में तो सरकारी कागज-जैसा लगता है।"

प्रदीपकुमार की माय हँसी, "ठीक ही पहचाना है तुमने। सरकारी कागज ही है।...परमिट!"

"परमिट? किस चीज की परमिट?"

"सिमेंट, कोयला और लोहे की छड़ की।"

"क्या करोगी परमिट?"

प्रदीपकुमार की माय बोल उठी, "गाँव के दुश्मनों को जरा और भी अच्छी तरह जलाऊँगी।"

"जलाएगी! माने? ओ-हो, समझा। पक्का घर एँ? सच कहता हूँ, प्रदीपकुमार की माय, तुम धन्न हो। अच्छा किया तुमने जो मुझसे पहले ही नहीं कहा। इतनी बड़ी बात मेरे पेट में हरगिज नहीं पचती। सच कहता हूँ, मैं पागल हो जाऊँगा। सच, तुम लक्ष्मी हो—साच्छात्!"

"मैंने क्या किया? सब लाल गाड़ी के ड्राइवरजी की मेहरबानी है। हाकिम के किरानी से उनकी दोस्ती है।...और जानते हो—इसी परमिट से घर बनाने का आधा रुपया भी निकलेगा।"

"सो कैसे?"

"देखना, आने दो लालाजी के बेटे को।"

"सच? हद है! हद है! कल साले सन्तोखीसिंघ को पाँच गिलास चाय बोहनी के पहले ही पिलाऊँगा।...अब तुमको क्या कहें, प्रदीपकुमार की माय?"

"रेशमबहू!"

"हि हि हि हि!"

उजागिर के घर की नींव पड़ गई। एक बाँस में पुराना झाड़ बाँधकर गाड़ दिया गया—बुरी नजर को काटने के लिए। गाँव के लोग मन-ही-मन जल-भुनकर खाक होने लगे।

किन्तु इधर कई दिनों से उजागिर का मन भी अन्दर-ही-अन्दर सुलग रहा है। न जाने क्यों! परमिट का कागज लालाजी के बेटे को देकर, ईंट-सिमेंट-लोहा लिया गया। ठीक है। लालाजी के बेटे ने परमिट लेते समय प्रदीपकुमार की माय

की अँगुलियाँ टीप दी थीं। इसमें भी कोई हर्ज नहीं। दारोगाजी ने उस दिन दारू के झोंक में कबूतरी कह दिया। सरकारी आदमी का सात खून माफ है। लाल गाड़ी के ड्राइवरजी ने होली के दिन गाल पर अबीर लगा दिया। होली की बात! फिर ड्राइवरजी भले आदमी हैं। लेकिन...केतली का खौलता हुआ पानी टोंटी से गिरने लगा। प्रदीपकुमार की माय ने कहा, "लो, लो। तुम्हारा ध्यान कहाँ है? होश में हो या...?"

उजागिर बोला, "खूब होश में हूँ।"

उसने केतली उतार दी। मकान बनानेवाला यह छुछुंदर-मुँहा राज-मिस्त्री बिना कहे-सुने आँगन के अन्दर क्यों गया? जाने के पहले प्रदीपकुमार की माय को उस तरह आँख की मटकी क्यों मार गया? प्रदीपकुमार की माय उस तरह हँसी क्यों? उठकर आँगन में गई क्यों?

उजागिर का मन धुएँ से भर गया मानो।

उसने पुकारा, "बबुआ! बेटा प्रदीपकुमार?"

प्रदीपकुमार आया। उसका मुँह भी तमतमाया हुआ है। उजागिर ने धीरे-से पूछा, "बबुआ, माय कहाँ है? क्या कर रही है?"

प्रदीपकुमार बोला, "बप्पा, मिस्तरी बड़ा बदमाश है। हमको पतासू कहता है।"

उजागिर गुस्सा से दपदपा उठा। उस छुछुंदर-मुँहा की इतनी हिम्मत! मेरे बेटे को, प्रदीपकुमार को पतासू कहेगा?

वह उठकर दहलीज के पास गया। आँगन में घुन-घुन करके क्या प्राइविट बात हो रही है? आमने-सामने बैठकर? मिस्तरी साला इस तरह जाँघ के कपड़े हटाकर क्यों बैठा है?

उजागिर के सिर पर अँगीठी जलने लगी मानो, वह आँगन में जाकर गरजा, "मिस्तरी! दीवाल की गन्थाई यहीं हो रही है क्या?"

मिस्तरी अप्रतिभ होकर उठा। हँसती हुई प्रदीपकुमार की माय भी चौंक पड़ी। उजागिर ने धड़ाम से दहलीज का दरवाजा बन्द कर दिया।

प्रदीपकुमार की माय उजागिर की आँखें देखकर डर गई। उजागिर होंठ को दाँतों से भींचता हुआ उसके पास गया। फिर धीरे-से बोला, "तू कुत्ती है! कुत्ती! कुतिया!"

प्रदीपकुमार की माय ने आवाज ऊँची करके कहा, "क्या हो गया है तुमको?"

उजागिर चुपचाप अपनी कोठरी में चला गया। अन्दर से ही उसने पुकारा, "बेटा प्रदीपकुमार! यहाँ आओ।"

प्रदीपकुमार अपने बाप के पास चला गया। बाहर, दूकान में चूल्हे सुलगते रहे।

गाड़ियाँ आईं। ड्राइवरों ने हॉर्न बजा-बजाकर पुकारा। सन्तोखीसिंघ ने आवाज दी। आँगन से कोई जवाब नहीं मिला। किसी ने कहा, "भाई अब पक्का मकान बनवा रहा है। दूकान पर क्यों बैठेगा?"

गाड़ियाँ आतीं, रुकतीं, हॉर्न देतीं, फिर चली जातीं।

दिन-भर उजागिर घर से नहीं निकला। प्रदीपकुमार भी दम साधकर बाप के बगल में पड़ा रहा। प्रदीपकुमार की माय ओसारे पर बैठी गुन-गुन सुर में, धीरे-धीरे रोती रही।

साँझ हुई। उजागिर उठा और प्रदीपकुमार की माय के पास जाकर बोला, "उस छुछुँदर-मुँहे मिस्तरी के साथ जाती क्यों नहीं, हरामजादी! निकल जा मेरे आँगन से।"

प्रदीपकुमार की माय बोली, "इतनी तेजी है तो कल से तुम्हीं देखो जन-मजदूरों को! पक्का-घर बनवाना खेल..."

"जहन्नुम में जाए साली तेरा पक्का घर!"

"और दूकान पर हजारों लोगों के सामने...।"

"आग लगे तेरी दूकान में।"

उजागिर बाहर गया और लात मार-मारकर दोनों चूल्हों को तोड़-फोड़ आया। दहलीज का दरवाजा बन्द करते हुए बोला, "निकल जा, पिछवाड़े की राह चुपचाप। नहीं तो आज खून कर डालूँगा।"

अब प्रदीपकुमार रोने लगा। उजागिर उसको गोद में लेकर अपनी कोठरी में चला गया। प्रदीपकुमार की माय ओसारे पर ही बैठी रही। प्रदीपकुमार रोते-रोते सो गया।

साँझ बीती। रात आई। सड़क पर एक ट्रैक्टर भड़भड़ाता हुआ चला गया। उजागिर ने बाहर निकलकर देखा, प्रदीपकुमार की माय ओसारे पर ही लेट गई है।

उजागिर दबे-पाँव उसके पास गया।..."जाकर मिस्तरी की खटिया पर क्यों नहीं सोती? नखरा पसारकर यहाँ जमीन पर क्यों सोई है?"

उजागिर ने धक्का दिया, "उठ साली! तिरिया-चरित्तर कहीं और जाकर दिखला!"

प्रदीपकुमार की माय उठकर बैठ गई और दोनों हाथों से उजागिर का पाँव पकड़कर बोली, "प्रदीप के बाबू! तुम्हारे पैर पड़ती हूँ! मेरा गला घोंटकर मार डालो!...मार डालो मुझे!"

उजागिर ने दोनों हाथों से उसकी गर्दन को झपटकर पकड़ा। लम्बे बाल छितरा गए, खुलकर, "हाँ, मार डालूँगा।"

"मार डालो। मैं जीना नहीं चाहती।"

"मार डालूँगा, गला टीपकर। हरामजादी।"

"मारो। प्रदीप के बा...! आ...आक!"

"बोल, कल से तू आँगन के बाहर पैर रखेगी?

"नहीं रखूँगी।"

"किसी से हँसेगी-बोलेगी नहीं। बोल।"

"नहीं।"

"मिस्तरी से?"

..."नहीं।"

"उस लाला के बेटे से?"

..."नहीं"

"लाल गाड़ी के ड्राइवर से?"

"...नहीं! नहीं! नहीं।...प्रदीप के बापू उ-उ-उ!"

प्रदीप की माय उजागिर की छाती से मुँह सटाकर बिलखने लगी। उसे लगा, विवाह के बाद आज पहली बार वह अपने घरवाले के साथ अपने पुरुष के साथ सुहागरात मना रही है।...अंग-अंग में सिहरन...लहरें...तूफान...प्रदीप के बाबू, मुझे मार...डा...लो...मार...डालो!!

सड़क से एक ट्रक हड़बड़ाती हुई गुजर गई।

[धर्मयुग / जून, 1962]

रोमांस-शून्य प्रेम-कथा की एक भूमिका

आज वह 'हल्दी-चिरैया' फिर आई है? बरसात-भर यह रोज इसी तरह समय-असमय आएगी और किसी पेड़ की डाली पर भीगती हुई या पंख सुखाती हुई—सुरीले-स्वर में एक लम्बी पंक्ति दुहराएगी! संस्कृत-श्लोक की कड़ी—का कस्य परिवेदना! स्पष्ट! हू-ब-हू!!...पता नहीं क्या बोलती है! पवित्रा को अचरज होता है, यहाँ के लोग इस 'पाखी' का नाम नहीं जानते। पूछने पर मुँह बिदकाकर कहेंगे—पता नहीं क्या नाम है। हल्दी-चिरैया नाम पवित्रा ने ही गढ़ लिया है!

यही एक पखेरू है, जो उसके देश में नहीं होता। या, होता भी हो तो पवित्रा ने कभी नहीं देखा। सचमुच इस 'देश' में कुछ भी ऐसा नहीं, जो पवित्रा के 'देश' में नहीं था। पेड़, फल, फूल, फसल, जानवर, पंछी...सिर्फ, एक 'हल्देपाखी' को छोड़कर।...माँछराँगा को यहाँ के लोग मछलोकनी कहते हैं। पवित्रा के गाँव का अर्थात् 'पूवबंग' का 'पेंचा' ही यहाँ का उल्लू है, यह उसने यहाँ आकर जाना। उल्लू को वह भालू के जैसा कोई जानवर समझती थी। लोगों के नामों में लाल, प्रसाद और झा तथा नारायण लगा देने से क्या होता है, चेहरे तो नहीं बदलते? लेकिन, इस 'कॉलोनी' (नबीनगर गाँव) के सैकड़े-निन्नानबे लोग ऐसे हैं जो पवित्रा की इस राय से सहमत नहीं। वे कहेंगे—की मुश्किल दीदी ठाकरुन...परछाद-टाइटेल अपने गाँव के किसी आदमी के नाम में लगा दो, देखोगी फिट ही नहीं करेगा! नाम के माफिक चेहरा भी होना होगा दीदी ठाक...! की मुश्किल!!

गाँव बसने के बाद पवित्रा एक दिन गाँव के लोगों को समझा रही थी—हम लोगों का भाग्य अच्छा है कि हमें इस जिले में बसाया गया। यहाँ धान और पाट की खेती होती है। हम भी अपने 'देश' में धान और पाट की खेती करते थे। यहाँ के लोग भी मछली-भात खाते हैं। गाँव-घर, बाग-बगीचे, पोखरे और नदी, सबकुछ अपने ही 'देश' जैसा...।

सूखी हुई कायावाले हरलाल साहा ने तीखी आवाज में विरोध किया था—से हुति पारेना...ऐसा होना असम्भव है! कहाँ अपना देश और अपने देश की मिट्टी और अपने देश का चावल और कहाँ इस अद्भुत देश का सब 'आजगूबी व्यापार'!... पता नहीं, तुमने क्या देखा है दीदी ठाकरुन! यहाँ की मछली में क्या वही स्वाद है, जो 'पद्दा के इलिच' (पद्मा नदी की हिलसा मछली!) में...?

हरलाल साहा की बात पर सभी इस तरह मुस्कुराए मानो वह सबके दिल की बात कर रहा हो।

गाँव में ट्यूबवेल गाड़ने के लिए सरकारी आदमी आया है। वह बंगाल से आए हुए शरणार्थियों के लिए कई गाँव बसा चुका है, यानी गाँवों में ट्यूबवेल लगवा चुका है। इसलिए, 'पूव बंगाल' की बोली 'कुछ-कुछ' समझने का दावा करता है। उसे देखते ही हरलाल साहा ने आँख टीपकर अपनी बात बन्द कर दी। सभी चुप हो गए।

किन्तु वह सरकारी आदमी चुप नहीं रहा। उसने मुस्कुराकर सीधे पवित्रा से पूछा—"यह लोग 'अपना देश-अपना देश' क्या बोलते हैं? देश का क्या मतलब? क्या माने?"

...देश का माने आर केया होगा...देश का माने देश...हरिधन मोड़ल को इस ट्यूबवेल गाड़नेवाले 'खुदे मनिब' (क्षुद्र-अधिकारी) से न जाने क्यों चिढ़ है...'माइयाँ-छायला' (लड़कियाँ) देखते ही बात करने के लिए इसकी जीभ 'सुड़सुड़ाती' रहती है। मानो हर बात का माने खोजता है बेटा!

...देश का माने देश, तो क्या हिन्दुस्तान अपना देश नहीं है? आप लोगों का देश नहीं है?

...हिन्दुस्तान कैसे 'आपना-देश' होगा?

काला चाँद घोष चतुर नौजवान है। उसने अपनी भारी और मोटी हँसी से बात को हल्का करने की चेष्टा की—हे-हे-हे-हे! अरे बाबू, आप देश का जो माने बूझता है 'आसल' में हम लोगों का देश का माने वो नेंही है। देश का माने? जैसे बांग्ला-देश, बिहार-देश, उड़ीसा-देश! वैसे माफिक। हे-हे-हे-हे!

"तो प्रदेश बोलिए। प्रान्त कहिए।"

छिदामदास सरकारी कर्मचारियों से बातें करने का अवसर ढूँढ़ता रहता है। उसने दाँत निपोरकर कहा—ओवरसियेर बाबू—यह देश बोलिए, प्रदेश बोलिए या कि प्रान्त कहिए—अब तो जो भी है सो बस यही नोबीननगर ग्राम!

सरकार-आदमी न जाने क्यों ठठाकर हँस पड़ा था। छिदामदास की बुद्धिमानी देखकर पवित्रा मुस्कुराई थी और उस ट्यूबवेल-फिटर साहब की नजर शुरू से अन्त तक पवित्रा पर ही गड़ी हुई थी। जेब से बीड़ी निकालकर बाँटने के बाद सभी के मुँह के सामने, बारी-बारी से सच्च-सच्च लाइटर जलाकर बीड़ी सुलगा दिया, फिटर साहब ने।

वह अपने काम पर चला गया। छिदामदास ने कहा—देखा? फिटर साहेब को ओवरसियेर बाबू कह देने से कितना खुश हुआ?

सभी अपने देश की हँसी हँसे थे—जी खोलकर, एक साथ! किन्तु पवित्रा बोली थी—जो भी कहो, वह ठीक ही कहता था। देश माने हिन्दुस्तान अर्थात् भारत।

...दीदी ठाकरुन, देश माने हिन्दुस्तान की कयरे हॅय बुझाइया दिन...कैसे देश माने हिन्दुस्तान हो? हम लोगों के इस गाँव का नाम है नोबीननगर और यहाँ के लोग कहते हैं पाकिस्तानी-टोला?...की केरे हय बुझाइया दिन! काला चाँद घोष की माँ वाजिब बात कहती है!

अधेड़ गोपालदा बहुत कम बोलनेवाला आदमी है। मैट्रिक तक पढ़ा हुआ है और गाँव में स्थापित होनेवाले स्कूल का उम्मीदवार मास्टर है। उसने टोका था—काला की माँ! साइनबोर्ड लगने दो गाँव के बाहर। स्कूल चालू होने दो एक बार; तब देखना, फिर कैसे लोग पाकिस्तानी-टोला कहते हैं, हमारे इस नोबीननगर को!

छिदामदास अपने पेट से गंजी को तनिक ऊपर की ओर सरकाकर पेट पर हाथ फेरते हुए बोला था—आसल चीज है यह साला पेट! ई बेटा पेट का वास्ते जो कुछ सुनना पड़े, कहना पड़े—सब कबूल!

...हल्दी-चिरैया फिर बोली—का कस्य परिवेदना!

नोबीननगर नहीं—नबीननगर!

न नोबीननगर, न नबीननगर। इस गाँव का सही नाम है नबीनगर।

राज्य के पुनर्वास-उपमंत्री मुहम्मद इस्माइल नबी ने, इस गाँव के शिलान्यास समारोह के अवसर पर बोलते हुए कहा था—यह सब उस बापू की महिमा है कि मेरे-जैसे अदना खिदमतगार, जनता के इस छोटे सेवक के नाम पर आज नगर बसाया जा रहा है।...

इसके बाद डिप्टी-मिनिस्टर नबी साहब ने वीराने को बसाने और बसे को उजाड़ने की बात पर एक शेर पढ़ा था। गाँव के अधिकांश लोगों ने जिसका कोई मतलब नहीं समझा। लेकिन, तालियाँ खूब जोर से बजाई थीं...

बसे को उजाड़ना?

पवित्रा इस नए बसे हुए गाँव नबीनगर की एक झोंपड़ी में लेटी हुई अपने उजड़े गाँव में पहुँच जाती है—जिला मैमनसिंघ के जुमापुर गाँव में।

...पवित्रा के पिता, जुमापुर गाँव के एकमात्र हिन्दू-जमींदार! एकमात्र ब्राह्मण परिवार। एकमात्र सवर्ण हिन्दू!

गाँव में तीन और जमींदार थे। तीनों मुसलमान। मुसलमानों की तेरह टोली और हिन्दुओं के—सब मिलाकर—ढाई मुहल्ले। गाँव के सभी लोग—हिन्दू-मुसलमान—पवित्रा के पिता को 'पिता ठाकुर' कहते थे। और पवित्रा की हवेली का नाम मशहूर था—ठाकुरबाड़ी!

काशीनाथ चटर्जी—पवित्रा के पिता—बंगला और संस्कृत के ही पंडित नहीं, उर्दू और फारसी के भी अच्छे जानकार थे।...जुमापुर की 'मजलिस' में दूर-दूर

के मौलवी और मुल्ले आते थे और 'पिता ठाकुर' उन लोगों से घंटों इस्लाम की बारीक बातों पर बहस करते। घर में, जब किसी बात पर उन्हें तरस आता तो वे प्राय: फारसी का कोई पद्य दुहराते थे। उस समय सारे घर में एक दबी हुई हँसी खेल जाती। किन्तु, जब उसका अर्थ ठेठ बंगला में सुनाया जाता, तो व्यंग्यवाण से घायल शिकार छटपटाकर रह जाता। माँ चिढ़कर कहती—तुम हर बात में 'कलमा' पढ़कर जीतना चाहते हो...!

...कलमा...कादिर...कासिम...कासिम नहीं—कासिमदादा...कासिमदादा नहीं, कसाई!

...कादिर अब्बा के घर, हर साल 'ठाकुरबाड़ी' से दो बार सौगात भेजे जाते। ईद और दुर्गापूजा में। अपने पिता के साथ पवित्रा बचपन से ही ईद के मौके पर कादिर अब्बा की हवेली में जाती। कासिम, शमीम, शबनम—कादिर अब्बा के सभी बच्चे दुर्गापूजा में 'ठाकुरबाड़ी' आते थे।

...किन्तु, इस बार 'ईद' के दिन पवित्रा नहीं गई। कासिमदादा खुद आए। पवित्रा ने हँसकर कहा था—ईद मुबारक कासिमदादा!

...कासिमदादा ने इधर-उधर देखकर कहा था—चाँद तो मैंने अभी देखा है। कासिमदादा क्या बक रही हो?...तुमी आमार चाँद!...किन्तु, कासिमदादा चाँद तो आकाश में रहता है।

...उसी बार पवित्रा ने अपने पिता से स्पष्ट शब्दों में कह दिया था—बाबा, यह कासिमदादा बड़ा फ़ाजिल...माने...बदमाश हो गया है।

...बाबा उन दिनों गांधीजी की तरह सप्ताह में एक दिन मौन व्रत रखते थे। उन्होंने लिखकर उत्तर दिया था, कागज के एक टुकड़े पर—बदमाश हो या शैतान—प्रेम से सबको जीता जा सकता है। प्रेम सदा विजयी होता है!...आसल जिनिस होलो भालोबासा! गांधीजी बलेछेन...!!

...इसके बाद, एक रात को अचानक महा विनाश लीला शुरू हुई।...आग... मार...काट...बन्दूकों की आवाजें...ईद का जशन...फुलझड़ी...बन्देमातरम्...गांधीजी की जय...पवित्रा के पिता की आवाज ठाकुरबाड़ी में मँडरा रही है...आग की लपलपाती हुई लपटों में पवित्रा ने देखा था—कासिम ढूँढ़ रहा है। कोथाय?—कहाँ है वह?

...फिर, पवित्रा ठाकुरबाड़ी से निकलकर कैसे बागदीपाड़ा में पहुँच गई, वह नहीं जानती। उसकी आँखें खुली थीं—हिन्दुस्तान के एक शरणार्थी कैम्प में—कटिहार स्टेशन पर। होश में आते ही पवित्रा ने पूछा था—बाबा कहाँ हैं? माँ कहाँ? और लोग कहाँ हैं?...किसी ने कोई जवाब नहीं दिया। उसने फिर कोई सवाल नहीं किया। एक लम्बी साँस लेकर वह चुप हो गई। तभी से वह चुप है। सभी अपने गाँव और गाँव के लोगों की, बिछड़े हुए आत्मीय-स्वजनों की चर्चा करते हैं। वह मुँह बिदकाकर मुस्कुराती रहती है अर्थात्—क्या मूर्खता-भरी बातें करते रहते हैं लोग!

...जिला मैमनसिंघ, गाँव जुमापुर!

नबीनगर कॉलोनी के सैकड़े-पचहत्तर-निवासी एक ही जिला और गाँव के रहनेवाले हैं! पवित्रा को छोड़कर सभी पिछड़ी जाति के लोग हैं—सतगोप, काँदू, नम:शूद्र, कैवर्त और बागदी।

योगेशदास बारिसाल से आया है, शारदा बर्मन और माखन त्रिपुरा जिले के निवासी थे—बेतिया शरणार्थी कैम्प में जुमापुरवालों के दल में आ मिले, इनके परिवार!

...तीन-चार शरणार्थी कैम्पों में, कई वर्षों तक जुमापुरवालों का दल, पवित्रा के बल पर ही टिका रहा। जुमापुर का एक बच्चा भी दल से बिछुड़कर कहीं जाना नहीं चाहता। और, पवित्रा के कारण ही उन्हें कोई कष्ट नहीं हुआ—कहीं भी। जुमापुरवालों के सारे अभाव-अभियोग की सुनवाई सबसे पहले होती है।...दीदी ठाकरुन की आज्ञा के बिना न तो कोई रेशन का एक दाना छू सकता था और न सरकारी-सहायता का एक पैसा। वे कहते—जाने दीदी ठाकरुन!

...और, हर जगह पवित्रा को एक जोड़ी आँखें घूरती रहतीं। उन आँखों से कासिम झाँककर कहता—यहाँ है। मेरा चाँद। पवित्रा सुनती, कासिम कह रहा है—तुम जो कहोगी—करने को तैयार हूँ। आग में कूदने कहो, पानी में डूबने कहो!

...पवित्रा हुक्म देती—चावल, दूध, बिस्कुट, दवा, कपड़े जल्दी भेजो!... कैम्प सुपरवाइजर की बदली करो।...रिलीफ-क्लर्क को बर्खास्त करो!!...कासिम कहता—जो हुक्म! जैसी मर्जी! लेकिन, लेकिन...मेरी अर्जी? यानी, कम-से-कम एक बोसा भी नहीं?

ऐसे सवालों पर पवित्रा मुँह बिदकाकर मुस्कुरा देती अर्थात्—नानसेन्स!... किन्तु, बेतिया कैम्प के इन्स्पेक्टर की आँखों से झाँकता हुआ कासिम अधीर होकर टूट पड़ा था—चाँद को पकड़ने।

...पवित्रा मुँह बिदकाकर हँसती रही और एक दर्जन जुमापुरी शरणार्थियों ने मिलकर इन्स्पेक्टर का सिर मूड़ दिया, मुँह पर कालिख और चूना पोतकर कैम्प से बाहर निकाल दिया था—समारोह के साथ।

...इसके बाद सबसे बड़े अफसर की आँखों में कासिम की झलक पाते ही पवित्रा ने हुक्म दिया था—जुमापुरी-शरणार्थियों को ऐसी जगह में भेजो, जहाँ वे मछली-भात पेट-भर खा सकें। धान उपजा सकें, पाट की खेती कर सकें।

...सबसे बड़े अफसर ने कहा—जो हुक्म! सभी जुमापुरी पूर्णियाँ जाएँगे।

आँखों की खिड़की से कासिम ने झाँककर कहा—किन्तु, तुमको मेरे साथ जाना होगा। मेरे दिल में एक वीरान जगह है, तुम अपना घर वहीं बाँधो।...पवित्रा मुँह बिदकाकर हँसती रही, गाड़ी पूर्णियाँ की ओर चली—सभी जुमापुरी-शरणार्थियों को लेकर।

...और पूर्णियाँ पहुँचकर आर. ओ. साहब के पी. ए. यानी रिहेबिलेशन आफिसर के पर्सनल असिस्टेंट की आँखों में देखा—कासिम विराजमान है, पहले से ही।

...इसलिए, सबसे अच्छी जगह और अच्छे इलाके में जुमापुरवालों की 'कॉलोनी' बसाई गई। जहाँ की धरती उपजाऊ है, जहाँ की नदियों में हर किस्म की मछलियाँ हैं। गोड़ियर गाँव के दक्षिण गैरमजुरवा जमीन पर 'कॉलोनी' की नींव खुद आर. ओ. साहब ने डाली! उस दिन, कासिम आर. ओ. की आँखों में था। पी. ए. ने आँख उठाकर देखने का साहस भी नहीं किया।

एक सरकारी लिफाफा हाथ में लेकर गोपालदा चिल्ला रहे हैं—सभी भाई-बहन सुन लीजिए। मंजूर हो गया! हो गया मंजूर। स्कूल हो गया।

पवित्रा को अचरज होता है, बहुत कम बोलनेवाला, कम सुननेवाला और कम सोनेवाला गोपालदा इधर इतना 'बकबक' क्यों करने लगा है? स्कूल तो होना ही था। इस तरह चिल्लाने की क्या जरूरत?

उसने गोपालदा के सारे उत्साह को अचानक बुझा दिया, मानो—गोपालदा, स्कूल तो हुआ मगर आपके पोख्ता-साइन-बोर्ड का क्या हुआ? स्कूल का नाम पाकिस्तानी-स्कूल तो नहीं रख देंगे, हाकिम लोग?

गोपालदा ने इस बार ध्यान से—एक-एक शब्द पर जोर देकर पत्र पढ़ना शुरू किया—गोड़ियर गाँव के पाकिस्तानी टोला में स्कूल खोलने के प्रस्ताव पर...?

इससे आगे वह नहीं पढ़ सका। उसका गला भर आया—सचमुच, यह पाकिस्तानी टोला नाम अब कभी नहीं मिटेगा?...गोड़ियर...गोड़ियर...चूल्हे में जाए यह गोड़ियर गाँव।

...नहीं, गोपालदा! ऐसा नहीं कहते। सभी गाँव फूलें-फलें। पवित्रा ने समझाया—गोड़ियर गाँव के साथ आपका नोबीननगर भी चूल्हे में चला जाएगा।

कालाचाँद घोष अब तक चुप था। उसको अपनी कीर्तन-पार्टी में दिलचस्पी है। स्कूल खुले या गाँव का नाम बदले! उसने गोपालदा की ओर देखकर गाना शुरू किया—

नोबीननगर नेंई बाबा—
नोबीनगर बोलो
पाकिस्तानी टोलार नामे—स्कूल
का रजिस्टर खोलो
बोलो हरि बोलो!

सभी हँस पड़े और गोपालदा फूट-फूटकर रो पड़ा। पवित्रा ने आँखों से ही कालाचाँद को डाँटा।

गोड़ियर गाँव।

पन्द्रह घर मैथिल ब्राह्मण, चार परिवार राजपूतों के—यह हुआ गोड़ियर गाँव का बाबूटोला। बीस घर ग्वाले, आठ कैवर्त्त, तेरह घर गोढ़ी। गोड़ियर गाँव का

असल नाम इसी गोढ़ीटोला से हुआ—जहाँ गोढ़ी (मछली पकड़नेवाली जाति) लोग रहते हों—गोढ़िहार। गोढ़िहार से हुआ गोड़ियर। गोड़ियर गाँव का सबसे सुखी और सम्पन्न परिवा गोढ़ी का ही है। तालेवर गोढ़ी के यहाँ रुपया 'गन्ध' करता है अर्थात् सुँगठी (सूखी मछलियाँ) की तरह जमे हुए पैसे से गन्ध निकलती है।

ब्राह्मण टोली में चौधरी परिवार और राजपूतों में गिन-गूँथकर बस एक ही ऐसा घर है, जिनके पास थोड़ी जमीन है। बाकी लोग यजमानी, पहलवानी, गाड़ीवानी, घोड़ा लदाई, दुकान, नौकरी, खेत-मजदूरी और चोरी करके जीवनयापन करते हैं।

'कॉलोनी' में स्कूल खुलने की खबर गोड़ियर गाँव के सभी टोलों में तुरन्त पहुँच गई। तालेवर गोढ़ी के दरबार में मुँहलगुए और चापलूसों की भीड़ लगी हुई है। धानुकटोले का मोहना दफादार चूँकि सरकारी आदमी है, इसलिए वह गैर-कानूनी बातें नहीं करता कभी। उसने कहा—गाँव के लोग दस साल से चिल्ला रहे हैं। स्कूल-स्कूल। मगर स्कूल के नाम पर एक चटसार भी नहीं खुला, अब तक। उधर देखिए, पाखिस्थनियाँ सबको आए छः महीने भी नहीं हुए हैं, मिडल स्कूल खोलने का औडर पास हो गया!

सभी ने एक ही साथ अचरज से कहा—क्या-आ-आ-आ? स्कू-ऊ-ऊ-ऊ-ल? पाखिस्थनियाँ-टोला में?

इसके बाद कुछ देर तक खामोशी छायी रही। सभी की आँखें वृद्ध तालेवर गोढ़ी पर जा अटकीं। तालेवर गोढ़ी ने हाथ की 'सुमरनी' को, 'सत नाम-सहसर-नाम' कहकर झोले में रख दिया। और निर्विकार-चित्त से कहा—जो सचमुच अपने बच्चों को पढ़ाना चाहते हैं, उनके लिए सरकार जरूर स्कूल खोलेगी। इसमें अचरज करने की क्या बात है?

—वाजिब बात। वाजिब बात!

तालेवर गोढ़ी की वाजिब बात सुनकर सभी के चेहरे मुर्झा गए।...आज बुढ़वा 'खखुवाया' हुआ है, शायद। आज कोई काम बनने की उम्मीद नहीं।

तालेवर गोढ़ी ने लोगों के मुरझाए हुए चेहरों को फिर खिला दिया। बोला—भैया, तुम लोग कहाँ हो? पाखिस्थनियाँ सब भला बसेगा? बसने का होता तो ये जहाँ बसे हुए थे, वहाँ से भागते ही क्यों?

"वाजिब बात। वाजिब बात।"

दोनों सौतेले भाई—जयराम सिंघ और रामजय सिंघ—आजकल तालेवर गोढ़ी के बिना-पैसा के लठैत हैं। जयराम सिंघ बोला—साला, जहाँ-जहाँ कॉलनी बसाया—वहाँ जाकर देखिए। ई बंगलिया सब देखने में 'निबोलिया' लगते हैं, लेकिन 'भीतरे-भीतर' बड़े 'मारखू' होते हैं। रातों-रात सिमेंट, लोहा-लक्कड़ बेचकर गाँव-के-गाँव 'परेट' (अर्थात् भाग गए)। सिसुआ में, महिचन्दा में—सब जगह यही हाल हुआ कॉलनी का।

"कामचोर हैं सब।"

"फैशन देखा है?"

"साला, जनाना भी खड़ाऊँ पहनकर चलेगी। धरती पर पैर नहीं देगी, कभी।"

"धरती पर पैर कैसे दे? सरकार बहादुर का रुपया है, घर की मुर्गी है चाहे दाल बनाओ..."

पंडित रामचन्दर चौधरी अब तक चुप थे। खैनी थूकते हुए बोले—यदि स्कूल का रुपया हजम करके पखिस्थनियाँ लोग नहीं भागे, तो मेरा नाम रामचन्द्र चौधरी नहीं—कुकुरचन्द्र चौधरी कहना। जितने निठल्ले और कामचोर लोग थे, सभी रिफूजी हो गए हैं। मगर पंजाबी-रिफूजी ऐसे नहीं। पटना में, जबीशन रोड के बगल में, लौलीसेन के सामने एक पंजाबी-रिफूजी की पकौड़ी की दुकान थी। जब हम लोग अपील करने के लिए हायकोठ गए तो बूढ़ा-बूढ़ी दिन-रात पकौड़ी और घुघनी बेचता था। और जब केस का जजमेंट सुनने गए तो देखा कि न पकौड़ी है न पकौड़ी की दुकान और न बूढ़ा, न बूढ़ी है...!

"कहाँ चले गए? सरकारी कर्जा खाकर भाग गए?"

"नहीं भाई, वे क्यों भागेंगे? भागें ये बंगाली रिफूजी। अब क्या बतलावें? कहाँ तो टीन की टूटी हुई 'छती' और कहाँ तीन मंजिला बिल्डिंग...!"

"ब्लिडिंग क्या?"

मोहना दफादार ने पूछनेवाले को 'ब्लिडिंग' का अर्थ समझा दिया है और बात की छोर को अपने हाथ में ले लिया—चौधरीजी ठीक कहते हैं। मेहनत के नाम से इनका भूत भागता है और दिन-रात एक जगह गोल बाँधकर बैठेंगे और बीड़ी 'धकेंगे' और हमेशा कचर-पचर करके आपस में बहस करेंगे। सभी को 'सालार बेटा साला' कहेंगे...।

चौधरी रामचन्दर को मोहना दफादार की यह आदत अच्छी नहीं लगती। बात के बीच में बोलने का साहस? वे झुँझलाकर बोले—सालार बेटा साला कहता है तो कौन-सी बड़ी कहता है! साला तो जैसे बिहार में, वैसे बंगाल में। अजी, कॉलनी का छोटा-छोटा बच्चा भी हम लोगों के लड़कों को कहता है—असब्बो, जोंगूली, खोट्टा...

"असब्बो माने?"

मोहना दफादार खुद 'असब्बो' का अर्थ नहीं जानता। कैसे समझाए? मतलब पूछनेवाले को?

रामजय सिंघ बोला—मगर सारे कॉलनी में एक ही जनाना ऐसी है कि देखिए तो बस देखते ही रह जाइए—एकटक!

इस बार मोहना दफादार एक सरकारी बात बोला—अरे हाँ! वह औरत नहीं, चाबी है चाबी! सभी हाकिम से मुँहा-मुँही बोलती है और हाकिम लोग गुम हो जाते हैं।...दारोगा साहब कह रहे थे, उस पर नजर रखना। शायद कौमनीस है।...

"कौमनीस क्या?"

तालेवर गोढ़ी ने कहा—कौमनीस का माने भी नहीं जानते? अजी, जिसको हिन्दी में कमसिन कहते हैं, उसी को उर्दू में कौमनीस कहते हैं।

मोहना ने बाधा डालने की चेष्टा की—नहीं, नहीं...।

इस बार पंडित रामचन्दर चौधरी चिढ़ गए—मोहना, तुम एक साल की दफादारी में ही तालेवर भाई की बात को नहीं काट सकते। एक तुम्हीं अर्थ समझानेवाला हो इस गाँव में?

मोहना बोला—कौमनीस का माने कमसिन है। मगर ऐसा कमसिन...।

मोहना को किसी ने बोलने नहीं दिया।

सामने की सड़क से नबीनगर-कॉलोनी के फेरी करनेवाले लड़कों का एक झुंड गुजरा—गले और पीठ पर टीन के कनस्तर लटकाए। बिस्कुट, लेमंचूस, गमछा की फेरी करने के लिए ट्रेन और बस से दूर-दूर तक जाते हैं। फिर रात को दस-ग्यारह बजे तक लौटेंगे।

पवित्रा 'ऑफिस-घर' के दक्षिण में कटहल के छोटे पेड़ के पास खड़ी है...न जाने कहाँ देख रही है। न जाने क्या देख रही है!!

गोपालदा ने पवित्रा का ध्यान भंग किया—की देखसेन?...स्कूल की जगह देख रही है। और देखना नहीं होगा। हम लोगों के नोबीन-नगर के स्कूल का साइट—एकदम फस्ट क्लास...।

"नहीं गोपालमास्टर! मैं कुछ और ही देख रही हूँ। आपको भी दिखलाती हूँ, अभी। सभी जुमापुरवालों को बुलाकर दिखलाना होगा।"

"क्या?"

पवित्रा हँसी। बोली—इधर आइए! यहाँ खड़ा होइए।...अब, देखिए—वहाँ उस...उधर नहीं, सीधे—दूर, उस टेढ़े पेड़ को। देख रहे हैं न? अब, उससे भी दूर जो काला जंगल दिखलाई पड़ रहा है...और टाइल-खपड़े के वे घर—खजूर के दोनों पेड़ों के उस पार—देखा?...अच्छा, बोलिए तो गोपाल मास्टर—हम लोगों के जुमापुर गाँव से अछिमुद्दिनपुर हाट जैसा दिखलाई पड़ता था...मान लीजिए आप जुमापुर गाँव के 'ठाकुर पोखरे' पर पूरब मुँह खड़े हैं और दूर दिखलाई पड़ रहा है—अछिमुद्दिनपुर हाट का काला-जंगल। वह पेड़, ठीक ऐसा ही टेढ़ा पेड़ उस रास्ते में भी था। और खजूर का जुड़वा-गाछ...आपको याद है?...देखिए तो? बोलिए तो?

गोपालदा ने आँखों के ऊपर तलहथी रखकर दूर तक दृष्टि दौड़ाई और फिर अपनी आँखों को रगड़ा। फिर देखता ही रहा—ए की लीला?

—मैं कल से ही देखकर हैरान हूँ।

गोपालदा एक-डेढ़ मिनट तक चुपचाप खड़ा देखता रहा, फिर न जाने कैसे सबकुछ भूल गया। उसे लगा, वह जुमापुर गाँव के ठाकुर पोखरा पर खड़ा होकर अछिमुद्दिनपुर हाट की ओर देख रहा है। पीठ की ओर है 'ठाकुरबाड़ी'—काशीनाथ चटर्जी की ड्योढ़ी।...गोपालदा अभी तुरत पाठशाला से लौटा है। कुछ जरूरी बातें करनी हैं सेक्रेटरी (पिता ठाकुर) से। बाग्दीपाड़ा में पाठशाला खोलने की बात हो रही है और कादिर जमींदार का बेटा कासिम विरोध कर रहा है। लोगों को भड़का रहा है। पिता ठाकुर, अछिमुद्दिनपुर गए हैं, 'गोरूगाड़ी' (बैलगाड़ी) पर।...टेढ़े पेड़ के पास 'गोरूगाड़ी' देखकर गोपालदा का कलेजा धड़क उठा था—पता नहीं, कमिटी में किसकी जीत हुई? पिता ठाकुर का कोई प्रस्ताव कभी नहीं गिरा। इस बार देखा जाए। ठाकुरबाड़ी चबूतरे पर खड़ी पवित्रा पुकार रही है—गोपाल मास्टर, बाबा अब आ ही रहे हैं। यहाँ आकर बैठिए न...!

"गोपाल मास्टर, की होलो?"

"पाठशाला नहीं खोलने दिया तो...आमि हांगार-स्ट्राइक कोर्बो!"

"लेकिन, स्कूल की मंजूरी तो मिल गई है। कल मकान बनानेवाला ठेकेदार भी आ रहा है।"

"कोथाय?...सालार बेटा साला कादिरेर बेटा कासिम, तार साला जालिम... आमि हांगार...!"

"क्या बक रहे हो मास्टर?"

"मैं बक रहा हूँ?"

अचानक गोपाल मास्टर को किसी ने नबीनगर कॉलोनी के ऑफिस-घर के सामने लाकर पटक दिया। उसकी आँखों से आँसू की झड़ी लग गई—ए की देखाले दीदी ठाकरुन?...यह क्या दिखलाया तुमने? यह कैसे हुआ?

—सोचती हूँ, गाँव का रुख इस ओर कर दिया जाए। जैसा जुमापुर में था।

" 'आलबत्त' (अवश्य) बदल दीजिए।"

गोपाल मास्टर को इतनी बड़ी बात मिल गई और वह चुपचाप खड़ा रहेगा? उसने जुमापुर के एक-एक निवासी को नाम ले-लेकर पुकारना शुरू किया—देखे जास—देखे जास—आकर यहाँ देखो—अपनी जननी जन्मभूमि की एक झलक—देखे जास!

छिदामदास, कालाचाँद घोष, हरेराम, हरिधन, राखाल विश्वास, हरलाल साहा, लखीकान्त सरकार—सभी दौड़े आए—भूत-ऊत तो नहीं?

खेत-खमार से लौटे हुए और हाट-बाजार से आए हुए लोगों को गोपालदा चौरस्ते पर—कॉलोनी के बाहर ही—चेतावनी दे देता है—एक अद्भुत-व्यापार! दीदी ठाकरुन एक 'मजा' की चीज दिखलाएगी।...चल! चल!!

पवित्रा ने कालाचाँद से भी उसी तरह खड़ा होने को कहा—हाँ, तुम एक बार आँखों को मूँदकर कल्पना करो कि तुम जुमापुर के ठाकुर पोखरे पर खड़े होकर

अछिमुद्दिनपुर हाट की ओर देख रहे हो—सामने पूरब की ओर। फिर, आँखें खोलो। लो, आँखें बन्द करो।

कालाचाँद हँसा—आँख मूँदने से क्या होगा? पैर जो इस 'पर-भूमि' पर है!

"तुम मूँदो भी। और, जैसा कहा है...।"

आँखें खोलकर कालाचाँद ने कुछ देर तक पूरब की ओर देखा और उसका चेहरा पीला पड़ गया।...उसी जुड़वाँ खजूर के पेड़ पर चढ़कर उसने 'टीया' (तोता) के दोनों बच्चों को उतारा था—राम-लखन का जोड़ा।...अछिमुद्दिनपुर हाट का आलूचौप खाने के लिए वह घर से पैसे चुराकर हर 'हाटबार' को भाग जाता था।...वह, वहाँ जो बगुल उड़ रहे हैं, वही है 'बीबी दीघी'—मछलियों से भरी हुई छोटी नदी। उसी के किनारे मुहर्रम का मेला लगता है। जंगल के उस पार अछिमुद्दिनपुर गाँव है। जंगल के पास वह...दरगाह है। उसी जंगल से, एक दिन हजारों लोग जुलूस बनाकर निकले थे।...बन्दे मातरम्! बन्दे मातरम्!! महत्ता... गांधी की जै!

पवित्रा ने हँसकर पूछा—नारा क्यों लगा रहे हो?

कालाचाँद ने भरे गले से कहा—दीदी ठाकरुन, इस पर-भूमि में—

पवित्रा ने डाँट बताई—फिर 'पर-भूमि' कहते हो?

—नहीं दीदी ठाकरुन! यह तो...सचमुच जुमापुर में ही हैं हम लोग।...जुगीदा आप नहीं समझिएगा। बारिसाल का नहीं—जुमापुर गाँव की छवि देखना चाहते हैं जो—देखे जास, देखे जास!!

पच्चीस साल और इससे अधिक उम्रवालों ने उस दिन बार-बार जुमापुर गाँव की छवि देखी। अपने 'देश' की झलक!!

लखीकान्त सरकार, मंसूर साहेब की दुकान में नौकरी करता था। रोज सुबह उठकर हाट की ओर जाने के पहले, पूरब की ओर देख लेता—ठाकुर-साँड तो नहीं हैं, उधर? ठाकुर-साँड लखीकान्त को देखकर आगबबूला हो जाता था। लाल रंग का कोई कपड़ा नहीं—लीग के झंडे के लिए मंसूर साहेब की दुकान में गाँठ-के-गाँठ कपड़े आए थे। उसी कपड़े का कुर्ता, मंसूर साहेब ने अपनी दुकान के सभी नौकरों को बनवा दिया था। जिस दिन लखीकान्त उस कपड़े का कुर्ता पहनकर निकला, सदा शान्त रहनेवाला ठाकुर-साँड उसे देखकर ऐसा बिगड़ा कि लखीकान्त की जान पर बन आई।...किसी तरह उस दाहिनेवाले खजूर पर चढ़कर, दो घंटों तक वह लटका रहा...।

पन्द्रह साल के लड़के-लड़कियों की बुद्धि में कोई बात नहीं आ रही!

इनमें से अधिकांश का जन्म भागते समय—खानाबदोशी की हालत में विभिन्न कैम्पों में हुआ था—मालदह, कटिहार, पटना, बेतिया के कैम्पों में। इसके बावजूद वे उन खुले खेतों की ओर, खजूर के पेड़ों को, काले जंगल को, लाल खपरैलवाले

घरों की ओर टकटकी लगाकर देख रहे हैं...वह अछिमुद्दिनपुर क्यों होने लगा, वह परवाहा गाँव है। कल ही उस गाँव से बिस्कुट बेच आया है, अन्दू!

जुमापुर-निवासी शरणार्थियों को रात-भर नींद नहीं आई—यह क्या दिखला दिया दीदी ठाकरुन ने? रात के अन्धकार में भी—वही झलक? हू-ब-हू अछिमुद्दिनपुर हाट की रोशनी! ऐसी ही झिलमिलाती हुई रोशनी!!

रात-भर, जब तक वे जगे रहे, जुमापुर में ही रहे। वहीं की याद, वहीं की चर्चा। किसी ने खाया—कोई यों ही लेटा रह गया।

रात के तीसरे पहर में, नींद के साथ सपने आए—सभी को।

सुबह में एक-दूसरे के सपने की बात सुनते और एक लम्बी साँस छोड़कर चुप हो जाते। राखाल ने कहा, आज वह खेत पर नहीं जा सकेगा। रात-भर उसकी 'खुड़ी' (चाची) पुकारती रही है—ओ रे राखाल! को थाय गेलि रे!!

तीस जुमापुर-निवासियों में बीस स्त्री-पुरुषों ने उस दिन कोई काम नहीं किया। किन्तु, फेरीवाले नौजवानों और किशोरों ने समय पर अपना काम किया—एक-दूसरे को पुकारकर बुलाया। नहाया-धोया और अपनी-अपनी झोली-टोकरी, कनस्तर और बक्से लेकर निकले—चल रे! साढ़े आठ-टा बाजलो।...गाड़ी फेल होने पर आज 'बस' नहीं है, फिर।

फेरी करनेवाले नौजवानों का 'दलपति' है—बिश्टू। ट्रेन में, चेकर और गार्ड से मिलकर, अपने साथियों के दुख-दर्द की कहानी सुनाकर, ट्रेन में फेरी करने का मौखिक 'औडर' लेना, बस के ड्राइवर और कंडक्टरों को खुश रखना और सामूहिक खर्च का हिसाब रखना बिश्टू का काम है। महाजन भी उसकी 'जामिन' (जमानत) माँगते हैं।

कॉलोनी से बाहर निकलकर उसे याद आई, दीदी ठाकरुन ने बुलाया था। कोई चिट्ठी भेजनी है कहीं।

पवित्रा ऑफिस-घर में एकत्रित लोगों को समझा रही थी—काम पर नहीं जाने का क्या कारण? क्या मतलब?...देखो, 'देश' की याद—अपनी जन्म-भूमि की याद करते-करते हमारा हृदय कुंठित हो गया है। किसी काम में जी नहीं लगता। हमें किसी चीज से प्यार नहीं—न यहाँ की धरती से, न यहाँ के लोगों से और न यहाँ के पशु-पक्षी से। किसी चीज पर विश्वास जमता ही नहीं। इसीलिए, भगवान ने सोचा कि चलो, इन्हें अपनी लीला दिखला दो ताकि ये यहाँ की मिट्टी को प्यार कर सकें, यहाँ के मनुष्य-सी प्रीति जोड़ सकें। जुमापुर और नबीनगर एक ही है...।

बिश्टू आकर चुपचाप खड़ा हो गया। पवित्रा बोली—नहीं बिश्टू! तुम जाओ। मेरा काम हो गया।

सभी चले गए। पवित्रा अपने काम का लेखा-जोखा लेने लगी—चार टेबुल-क्लाथ, दो आसनी, दो दर्जन गिलास ढँकने के नेट-कवर, पाँच बटुए! दो महीने का उत्पादन—बस इतना ही?

पवित्रा कॉलोनी-मेम्बर है। जिला-कॉलोनी-कमिटी के कई महत्त्वपूर्ण विभागों से उसका सम्बन्ध है। हर महीने में एक बार उसे 'सदर' जाना पड़ता है। परसों आवश्यक बैठक है। वह चाहती थी, बिश्टू के हाथ एक पत्र भेजकर...।

...कालाचाँद की माँ फिर कहाँ आ रही हैं?

"क्या है काला की माँ?"

"कुछ नहीं। एक बात पूछने आई हूँ।"

वह बैठ गई, चटाई पर। पवित्रा ने पूछा—क्या बात है?

उधर, योगेशदास की बेटी सन्ध्या, दीदी ठाकरुन के सिखाए नए गीत का 'रियाज़' कर रही है—देशे-देशे मोर घर आछे, आमि सेई घर खुजि मरिया...!!

कालाचाँद की माँ का रंग-ढंग देखकर पवित्रा समझ गई, आज यह बूढ़ी सचमुच कोई गम्भीर बात पूछने आई है।...कालाचाँद की माँ, 'ठाकुरबाड़ी' की नौकरी करती थी। पवित्रा के घर की बहुत-सी बातें जानती है। वह यह भी जानती है कि जुमापुर की विनाश-लीला के पीछे धर्म और जाति नहीं—क्योंकि, इलाके-भर के लोगों ने 'पिता ठाकुर' को एक दिन पूर्व तक विश्वास दिलाया था—आप निश्चिन्त रहें। यहाँ कुछ नहीं होगा। काला की माँ ने ही बेतिया कैम्प में चुपचाप बतलाया था—कासिम भाले की नोक पर 'विनोद' का कटा हुआ सिर लेकर सबसे आगे था। विनोद मुखर्जी। लखिमपुर के राय साहब विकास मुखर्जी का बेटा—जो 'पिता ठाकुर' के नाम अपने बाप का गुप्त सन्देश लेकर आ रहा था। अथवा—उसके मन में जो बैठी हुई थी, उसी की सुधि लेने आ रहा हो।...अछिमुद्दिनपुर हाट पर कासिम ने उसे देखा और भुलावा देकर अपने घर ले गया।

कालाचाँद की माँ बोली—दीदी ठाकरुन! एक बात पूछूँ?...बुरा न मानिएगा। आप 'पढ़वा-पंडित' हैं। भूल-चूक हो—माफ कर दीजिएगा।

सबकुछ तो मिला। अपने देश का अन्न, 'चास-बास', माछ, 'तरी-तरकारी'—सबकुछ अपने जुमापुर गाँव में जैसा मिलता था—यहाँ भी मिलता है। हवा-पानी भी वही है।...लेकिन, 'मन के मानुस' के जैसा...कोई यहाँ नहीं? मुझे माफ करना—दीदी ठाकरुन!...तुमने एक बार कहा था—यहाँ भी सैकड़ों कासिम हैं।...

पवित्रा समझ गई, कालाचाँद की माँ क्या कहना चाहती है। पवित्रा को लगा, कालाचाँद की माँ ने उसके हृदय के सबसे 'स्पर्श कातर' स्थल को छू दिया।

नबीनगर के आकाश पर, कौओं का एक झुंड बेतरह शोर मचाता हुआ—चक्कर मारने लगा।

पवित्रा ने अपने को सँभाल लिया। उसने मुस्कुराने की चेष्टा की—काला की माँ, अचरज की बात! 'मन के मानुस' जैसा भी 'मानुस' है यहाँ। अपने मन की बात—आँखों में लिखकर, वह भी ले आता है। आँखों से ही जवाब उसे मिलता है...।

काला की माँ बोली—देखने में हू-ब-हू विनोद बाबू-जैसा है न? मैं बतलाऊँ? वह...वह 'खबर के कागज' का बाबू?

पवित्रा इस बार हँस पड़ी। कालाचाँद की माँ ने कहा—मैंने ठीक ही पकड़ा है?...किन्तु विनोद बाबू की तरह...माने...उसने कुछ कहा नहीं है? आपने...आपने... दीदी ठाकरुन, सब भगवान की लीला है। लेकिन, बात आँखों में...

"काला की माँ! सबसे अचरज की बात सुनोगी? विनोद की तरह हँसता-बोलता है, तुतलाता है।...मिठाइयों में इसको भी सर्वप्रिय है—चन्द्रपुलि!"

"दीदी ठाकरुन! मैं तुम्हारे पाँव पड़ती हूँ। भगवान ने शायद उन्हें ही फिर भेजा है, मन की बात कहने के लिए।"

मन की बात वह कह चुका।

"तुमने क्या जवाब दिया, दीदी ठाकरुन?"

...तुम पागल हो गई हो काला की माँ? तुम क्या चाहती हो, खोए हुए धन को पाकर—मैं फिर खो दूँ!...मैं सिर्फ पवित्रा नहीं—मैं आग हूँ, मैं तलवार हूँ, मैं बर्छी हूँ, मैं-मैं...जहर हूँ...साँपिन हूँ...वह मुझे पाकर अथवा मेरे मन को पाकर कितनी देर तक जी सकेगा?...और, तुम लोगों को छोड़कर मैं कहीं जाऊँगी तो कितने दिनों तक—तुम लोग मुझे अपने दरवाजे से इस तरह ठेलकर बाहर नहीं फेंक देना! और...तुम...तुम काला की माँ—मेरी माँ हो! भगवान के लिए, फिर कभी ऐसी बात मुँह से न निकालना।...वह...उसे यह बात...इस बात की भनक भी नहीं लगे... दुहाई...उसे जीने दो! नहीं तो, तुम लोगों की दीदी ठाकरुन...!

पवित्रा दहाड़ मारकर रो पड़ी।

कालाचाँद की माँ उसके उमड़ते हुए आँसू को पोंछते हुए खुद रो पड़ी।—नहीं माँ! मैं तुझे अपने कलेजे से सटाकर रखूँगी। अपनी 'खुकुमणी' (बिटिया) को आँखों में बिठाकर रखूँगी।...तुमी जे आमार प्राण!!

[नई कहानियाँ / दिसम्बर, 1963]

...तल मधेश तिर!
...जहाँ बगैर तेल की रोशनी जलती है
रेलगाड़ी—जहाज!
जहाँ कोई काम नहीं करना पड़ता है
हाथ में बन्दूक लेकर दिन-भर खड़ा रहो—
रात में पहरा दो
'इंडियन करेन' मिलता है—
हाथ-पैर की अँगुलियों को मिलाकर जितना होता है
उससे भी ज्यादे!
...घर से निकलो और अँगरेजी सरकार का
'इन्दरजाल' देखो—
धन-धन अँगरेजी सरकार!
पानी मा जहाज चलाये को
आकाश मा जहाज उड़ाये को!!

रसूल मिसतिरी
दिल बहादुर दा'य
नेपथ्य का अभिनेता

रसूल मिसतिरी

बहुत कम अर्से में ही इस छोटे-से गँवारू शहर में काफी परिवर्तन हो गए हैं। आशा से अधिक और शायद आवश्यकता से भी अधिक।

स्कूल और होस्टल की भव्य इमारत को देखकर कोई कल्पना भी नहीं कर सकता है कि आज से महज आठ साल पहले अधिकांश क्लास पीपल के नीचे लगते थे, बरसात की रात में होस्टल के छात्र—'टूट टाट घर टपकत—खटियो टूट'—की पुनरावृत्ति करते थे।

शहर-भर का कूड़ा जिस स्थान पर फेंका जाता था, वहीं आज विशाल टाउन हाल है, क्लब है और पुस्तकालय है।

गफूर मियाँ का चमड़े का गोदाम 'तस्वीर-महल' हो गया है। कभी उस गली से गुजरने के समय भगिया मेहतरानी भी होंठ सिकोड़कर नाक पर आँचल डाल लेती थी और आज तो स्वच्छता और पवित्रता की पुतली मिस छाया भी उस गली में मन-ही-मन गुनगुनाने की चेष्टा करती है—'हमको हैं प्यारी हमारी गलियाँ।'

खलीफा फरीद की फटफटानेवाली फटीचर सिंगर-मशीन और उनकी कैंची की काट-छाँट के दिन लद गए हैं। 'माडर्नकट-फिट' के 'लत्तू मास्टर' का जमाना है।

'रेस्ट्राँ' और 'टी-स्टालों' की संख्या तो 'शाक-भाजी' की दुकानों से भी बढ़ गई है। युद्ध और महँगी के बावजूद नई-नई 'स्कीमें' बन रही हैं—बिगड़ रही हैं। शहर का पूरा कायापलट हो गया है।

लेकिन सदर रोड में—उस पुराने बरगद के बगल में रसूल मिस्त्री की मरम्मत की दुकान को तो जैसे जमाने की हवा लगी ही नहीं। कोई परिवर्तन नहीं। कुछ नवीनता नहीं। फटी हुई दरी पर बैठकर मरम्मत के काम में मग्न रसूल और उसका बेटा रहीम; दोनों के बैठने की जगह भी बदली नहीं। आसपास में मरम्मत के लिए आई हुई चीजें, साइकिल के पुराने चक्के, ट्यूब, सीट, पैडिल, चेन, हैंडल, ब्रेक, पेट्रोमेक्स, स्टोव, हारमोनियम, ग्रामोफोन वगैरह, इर्द-गिर्द बिखरे हुए औजार, छोटे-बड़े पेंच; एक काठ के पुराने बक्स में प्रायः सभी चीजों के पुराने पुर्जे, रेंच, रेती, छेनी, हथौड़ी, पेचकश, टूटे स्प्रींग आदि। पास में ही एक छोटी-सी पुरानी आलमारी में पुराने और नए डिजाइनों के छोटे-बड़े बिगड़े हुए टाइमपीस, डनलप-ट्यूब के

दो-तीन खाली डब्बे, छोटी-बड़ी कितनी ही चीजें—पर सब पुरानी और बिगड़ी हुई। आलमारी के ऊपर पुराने ग्रामोफोन का एक चोंगा औंधाया हुआ, दीवाल पर डनलप और गुड्-इयर तथा वाच कम्पनियों के 34, 36 और 38 के पुराने कैलेंडर, मिस कज्जन की एक फटी हुई रंगीन तस्वीर, दो दीवाल घड़ियाँ—एक बिना डायल की, दूसरी बिना पेंडुलम की। बिना पेंडुलमवाली घड़ी। पता नहीं कितने दिनों से तीन बजा रही है; दूसरी अपने आन्तरिक यंत्रों का प्रदर्शन कर रही है, उसकी स्प्रींग के पास ही मकड़ी ने अपनी जाली लगा दी है।

दूसरी ओर रहीम बैठा चुपचाप काम कर रहा है। टीन की कुर्सी पर बैठकर ग्राहक अपनी बिगड़ी हुई चीज को बनते देख रहा है।

सामने के बरगद के तने पर, जहाँ रोज नई दुकानों के विज्ञापन, दवाइयों के पर्चे, नेशनल बार-फांट के नारे, सिनेमा के इश्तहार चिपकाए रहते हैं, एक पुरानी टीन की तख्ती न जाने कितने वर्षों से लटक रही है, जिस पर टेढ़े-मेढ़े अक्षरों में लिखा हुआ है—'रसूल मिसतिरी—यहाँ मरम्मत होता है।'

इस साइनबोर्ड पर बहुत दिनों से पढ़े-लिखे लोगों की मंडली ने टीका-टिप्पणी की है, व्यंग्य कसे हैं और रसूल के सामने संशोधन के प्रस्ताव रखे गए हैं, पर आज भी वह तख्ती उसी तरह लटक रही है। हाँ किसी शैतान लड़के ने खल्ली से उस पर लिख दिया था—'यहाँ आदमी की भी मरम्मत होती है'—सो उसे भी मिटाने की कोई आवश्यकता शायद नहीं समझी गई।

रसूल मिस्त्री!

मझोला कद, कारीगरों की-सी काया और नुकीले चेहरे पर मुट्ठी-भर 'गंगा-जमनी' दाढ़ी। साठ वर्ष की लम्बी उम्र का कोई भी विशेष लक्षण शरीर पर प्रकट नहीं हुआ। फुर्ती-चुस्ती जवानों से भी बढ़कर। सादगी का पुतला—मोटिया कपड़े की एक लुंगी और कमीज। पान, चाय और बीड़ी का भक्त। कभी हाथ पर हाथ धरकर चुपचाप बैठना, वह जानता ही नहीं। 'गप्पी' भी नम्बर एक का, पर अपनी जिम्मेदारी को कभी न भूलनेवाला। काम के साथ ही साथ वह बातचीत का सिलसिला भी जारी रख सकता है।

'ठुक्-ठुक्-ठुक्, ठुक्-ठुक्-ठुक्'

"तो समझे न जी, दोजख-बहिश्त, सरग-नरक सब यहीं है, यहीं। अच्छे और बुरे का नतीजा तो यहीं मिल जाता है। रामचन्दर बाबू को देखो न!...अरे रहीम! जरा पेचकश फेंकना तो...रामचन्दर बाबू...अरे भई छोटावाला! छोटावाला! रह गए पूरे 'भोंक्' तुम, इससे भला...हाँ यही।"

रहीम!

रसूल मिस्त्री का एकमात्र पुत्र। साँवला-सा हट्टा-कट्टा जवान, परम पितृ-भक्त और आवश्यकता से अधिक नम्र। बाप की मौजूदगी में कभी उसे मुँह खोलकर बोलते नहीं देखा गया। जहाँ दो-चार आदमी काम लेकर आए कि उसकी सहिष्णुता की परीक्षा आरम्भ हो जाती है। छोटी-सी गलती पर भी रसूल मियाँ पिनक उठते हैं, दिन-भर काम में जुटे रहने पर भी आलसी, कामचोर, लापरवाह और कभी-कभी आवारे की उपाधि भी उसे मिल जाती। रसूल मियाँ बकते रहते और वह शान्त होकर चीजवाले को समझाता रहता—"इसका स्प्रींग टूट गया है और होल्डींनट..." बस रसूल मियाँ इसमें भी अपनी टाँग अड़ा देते—"देखें कहाँ क्या हुआ है...हुँ, वाह रे लड़के! सिरिफ इसपिरिंग टूटा है। अच्छा ले हम नया इसपिरिंग फिट कर देते हैं, होल्डिंग-नट भी बदल देते हैं, मशीन चलाकर रिकाट (रेकॉर्ड) बजा दे तो समझें कि हो गया पक्का मिसतिरी। अरे उलुवा! बैलेंस कैसे ठीक होगा बैलेंस!" रहीम अपने होंठों पर एक सलज्ज मुस्कान लाकर निगाहें नीची कर लेता।

शहर से दो मील पूरब एक छोटी-सी बस्ती में मिस्त्री का घर है। मिस्त्री के पूर्वज कभी खुशहाल किसान थे, पर आज तो जायदाद के नाम पर तीन झोंपड़ियाँ और मवेशियों में कुछ बकरियाँ और मुर्गे-मुर्गियाँ रह गई हैं। आमद का यह हाल है कि जिस दिन दुकान बन्द उस दिन खाना बन्द और खर्च नबाबी। तीसों दिन कबाब और कलिया, हलवे और सेवइयाँ ही पकती हैं। बेटा और पतोहू तो कुछ कहने से रही। रह गई बुढ़िया, सो वह बेचारी अपनी जवानी के दिनों से ही काट-कपट, कम खर्च और संचय के सभी तरीकों को आजमाकर हार गई है। मियाँ रसूल की उमरखैय्यामी फिलासफी के आगे उसकी कोई भी दलील न कभी टिकी और न कभी उसकी कुछ सुनी ही गई। पर वह है कि बोलने से अब भी बाज नहीं आती। ज्यों ही रहीम के हाथ में किसी चीज की पोटली देखती, पूछ ही तो बैठती—"पोटली में का हौ रहीम?"

"कलेजी है।" रहीम भिनभिनाकर उत्तर देता।

"कित्ता है? सेर-भर?...का भाव दिया? आ अल्ला! दू रुपए सेर? आग लगे ऐसी जीभ में! दू रुपए सेर कलेजी? हम पूछे हैं तोसे रहीम कि अल्ला तोरे कब अक्किल दि हैं? ओके (मियाँ) सिर पर तो खैभूत सवार है खैभूत? तोरे मुँह में अल्ला-ताला ने बोली न दिया है।"—बुढ़िया बैठकर कलेजी के शौक को कोसती रहती, रहीम चुपचाप वहाँ से खिसक जाता। बुढ़िया की गोद में बैठा हुआ पोता कलेजी की पोटली की ओर बार-बार झपटता और बुढ़िया उसको बार-बार रोकती—"हाय-हाय! हमरे त कुछ न सूझे है।" घंटों वह बड़बड़ाती रहती—बाप-बेटे दोनों की बुद्धि मारी गई है, जमाना देखकर नहीं चलते, खाने-पीने के पीछे लोगों की जो दुर्गति हुई है—आँखों

देखी घटनाओं का उदाहरण दे-देकर यह साबित करती कि ऐसे चटोर मरने के समय कफन के लिए भी कुछ नहीं छोड़ जाते आदि।—वह अपनी किस्मत को ठोंकती रहती कि ठीक इसी मौके पर मियाँ रसूल आ पहुँचते। सबसे पहले जवाब तलब करते कि कलेजी अब तक इस तरह क्यों पड़ी हुई है। बुढ़िया मुँह लटकाए चुप रहती। रसूल मियाँ अन्दर जाकर मिर्जई खोल आते, ओसारे पर जमकर बैठ जाते। पतोहू गुड़गुड़ी दे जाती, दो वर्ष का नटखट पोता करीम दादी की गोदी को छोड़कर दादा की गोद में आकर बैठ जाता और दादी की ओर उँगली दिखलाकर तोतली बोली में दादी की शिकायत करने लग जाता—"खित् खित् बुहिया (खिट-खिट बुढ़िया)।" इनाम में लेमनचूस और बिसकुट पाकर, जोर-जोर से पुकार-पुकारकर दादी को चिढ़ाने लगता है—"है खित् खित् बुहिया, है खित् खित् बुहिया।"

रसूल मियाँ गुड़गुड़ी में कस लगाते हुए गम्भीर हो जाते; फिर पूछते—"हम तोरे पूछे हैं रहीम की अम्माँ, कि आखि' तेरी यह रोज-रोज की खिट-खिट की आदत कब छूटेगी! जब देखो तब वही हाल, जब सुनो तब वही बात। आखिर हम पूछे हैं कि तोरे लाज-शर..."

"चुप रहअ्, लाज शरम के बात मत ओलअ्"—बुढ़िया तड़क उठती। "चुप करनेवाली की ऐसी तैसी"—रसूल मियाँ भी गर्म पड़ जाते—"हम तो सौ बार नहीं हजार बार कहेंगे कि तोरे लाज-शरम जरा भी नहीं, सब धोकर पी गई है। तेरा बस चले तो सबको फाका कराके छोड़े। शौक से कभी कोई चीज लाओ कि बिना 'खिट-खिट' किए चैन नहीं।"

"खित् खित् बुहिया"—करीम बिस्कुट खाते-पीते किलकारी भरकर बोल उठता। बेचारी बुढ़िया रो देती। अल्ला-ताला उसे उठा लें, अब कौन-सा दिन देखने के लिए वह जी रही है। वह इस घर की कौन है, वह क्यों बोले, नेकी की बात कहने से वह बेहया हुई, बेशरम हुई...। पतोहू कलेजी की पोटली लेकर काटने लग जाती। रहीम अपनी कोठरी से निकलकर बाहर चल देता, बुढ़िया बैठी सिसकती रहती।

"रसूल काका हैं घर में?"—बाहर से कोई आवाज देता।

"कौन है? फकरुद्दीन! अन्दर आओ, क्या बात है?" रसूल मियाँ गुड़गुड़ी की नली मुँह से हटाते हुए जवाब देते।

"काका, रशीद को दिन से ही पेट-मुँह दोनों चले हैं। दवा तो सुनवाइए नहीं करे है। देह भी ठंडा...?"

"तो दिन से कान में तेल डालकर सोया काहे था??"—रसूल मियाँ बीच में ही बात काटकर उठ खड़े होते!—"चलो देखें। कुछ नहीं होगा, 'खट्टा-मिठा' खाई है, ठीक हो जाएगी।" कहकर वे अन्दर चले जाते।

"इस्मैला कैसा है रे फखरू!"—बुढ़िया पूछती।

"तोरे दुआ से अब अच्छा है काकी। तू तो अब कभी आती भी नहीं। इस्मैला की माँ कहे कि काकी नाराज है।"

"दुर पागल। नाराज काहे होवे। करीम्माँ के मारे फुर्सत मिले तब तो।"

रसूल मियाँ जेब में छोटी-बड़ी शीशियाँ ठूँसकर निकल पड़ते—"चल!" बुढ़िया अपने ही अपने बोलती—"जरा ठिकाने से देखिह, जो दवा नहीं रहे शहर से मँगा लिह।"

दादा के चले जाने के बाद करीम मियाँ धीरे-धीरे दादी के पास आकर बैठ जाते और बेमतलब की हँसी हँसकर सन्धि का प्रस्ताव करने लग जाते। यदि दादी अर्धभुक्त बिस्कुट लेकर भी सन्धि कर ले तो कोई हर्ज नहीं।

"चल हट शैतान! जा अपने दादा के पास। बड़ा आया है वहाँ से बिस्कुट देकर फुसलाने। हम तो खिट-खिट बुढ़िया हैं।" कहकर वह रूठी-सी रहती। पर मियाँ करीम अच्छी तरह जानते हैं कि इन मौकों पर क्या करना चाहिए। जबर्दस्ती गोदी में बैठकर अनुपस्थित दादा की शिकायत करने लग जाते—"दादा फकअ्... दादा चटो...(दादा फक्कड़, दादा चटोर)।" दादी के होंठों में छिपी मुस्कान को वह लक्ष्य कर लेता और अजीब भाषा में हँस-बोलकर दादी को रिझाने लग जाता, जिसका यह अर्थ हो सकता है कि दादा के साथ तो क्षणिक सन्धि सिर्फ बिस्कुट के लिए हुई थी। देखा! कैसे दादा से ठगकर बिस्कुट ले लिया। इसी को कहते हैं राजनीतिक दाँव-पेंच।

कलेजी काटते-काटते अम्मी आँख दिखाकर कहती—"अच्छा आवे हैं तोरे दादा। सब ठगपनी तोरे आज बाहर करवावे हैं।"

करीम मियाँ भला अम्मी की बात को कैसे बर्दाश्त करें? अम्मी तो घर-भर में सबसे कमजोर और हेय प्राणी है। करीम मियाँ ने उसकी खुशामद न कभी की है और न करेगा। और उसकी यह हिमाकत कि धमकी दे? थोड़ी देर गम्भीर होकर चुप रहने के बाद मुस्कुराती हुई अम्मी को आप डाँट देते—"चुप फूह (चुप फूहड़)।"

"आये दे दादा को"—अम्मी फिर धमकी देती। इस बार करीम मियाँ पाजामे से बाहर हो जाते। दादी की गोद से उठ खड़े होते और आस-पास प्रहार करने योग्य किसी वस्तु की तलाश करने लग जाते। मोटी लाठी को उठाने में असफल होकर, खाली हाथ ही अम्मी पर धावा बोल देते। बाल पकड़कर घसीटने लग जाते। अम्मी चिल्ला उठती—"छोड़ शैतान, छोड़। नहीं कहूँगी दादा से, छोड़।"

दादी हँसती हुई जाकर उसे पकड़ लाती। करीम मियाँ अपनी भाषा में धमकी देते—"फक्कड़ दादा को, अब्बा को और तुमको मारकर घर से निकाल दूँगा।"

अगर अम्मी मुँह चिढ़ा देती तो फिर मैदाने-जंग में उतरने का उपक्रम करने लग जाते, पर दादी रोक देती। सिर्फ दाँत कटकटाकर, बलबलाकर बैठ जाते। दादी

और अम्मी इस संकेत को समझती हैं। बुढ़िया कहती—"आज दूध पिये के बख़त तोरे हे रुलाके छोड़ेगा—याद रखियो।"

करीम ने इधर कुछ दिनों से एक नया तरीका निकाला है। दूध पीने के समय वह रह-रहकर इसका प्रयोग करता है। अम्मी चीख उठती है—"अम्मा रे!" और अपनी सफलता पर, अम्मी की चीख पर करीम खिलखिलाकर हँस पड़ता है।

रसोईघर में पुतोहू कलेजी पकाती रहती, बुढ़िया पुकारकर कहती—"देखना ज्यादे कड़ा मत कर देना, नहीं तो खाने के समय तूफान खड़ा कर देगा।" दो-तीन बार बाहर से 'नमक-मिर्च-मसाले' के सम्बन्ध में चेतावनी देने के बाद वह खुद रसोई में पहुँच जाती। पुतोहू की गोदी में करीम को देते हुए बोलती—"जा बाचा जा, मैं देखूँ सालन।" पुतोहू मुस्कुराती हुई रसोई से बाहर हो जाती। गाँव में चक्कर लगाकर रहीम अपनी कोठरी में वापस आ जाता। स्वामी-स्त्री और बेटा, तीनों जने मिलकर पुराने जापानी ग्रामोफोन पर कमला झरिया का गीत सुनने में मशगूल हो जाते—"अदा से आया करो पनघट पर जब तक रहे जिगर में दम।"

रसूल मियाँ जब लौटते तो हाथ में 'बसन्ती ताड़ी' की लबनी रहती। आँगन में दस्तरखान बिछ जाता। ऊँघते हुए करीम मियाँ भी उठ बैठते—रिकाबी, बधना और गिलास घसीट-घसीटकर दादा के पास ले जाते। तीनों जने मिलकर, तृप्तिपूर्वक रोटी-कलेजी खाते रहते, बीच-बीच में ताड़ी का दौर चलता रहता। बुढ़िया पास में बैठकर परोसती रहती।..."वाह सालन तो खूब बना है।"—सुनते ही बुढ़िया निहाल हो जाती।

करीम मियाँ भी एकाध घूँट पीकर झूमने लगते। लबनी में बची हुई ताड़ी बुढ़िया को सुपुर्द करते हुए रसूल मियाँ फर्माते—"एक गिलास होई है, बहू को दे दे। आजकल तो एकदम चमगुदड़ी हो गई है। एक गिलास रोज पी ले तो देह लौट आए। ताड़ी है, ठट्ठा नहीं है। अरे हाँ, हाँ, तूने कभी पी ही नहीं तो जानेगी क्या?"

कुछ देर के बाद ही झोंपड़ियों में नींद का साम्राज्य छा जाता। कभी-कभी रसूल मियाँ को रात में भी उठकर 'कॉल' में जाना पड़ता था और सारी रात रोगी के पास बैठ बितानी पड़ती थी।

सुबह चुपचाप नाश्ते के बाद ही रसूल मियाँ शहर को चल पड़ते। दोपहर का खाना रहीम लेकर आएगा। घर से चलने को तो वे चल देते ठीक समय पर, लेकिन खाना लेकर रहीम उनसे अक्सर पहले ही पहुँचता। घर से निकलते ही गाँव-भर के शादी-विवाह, झगड़े-पंचायत, रोग-शोक, दवा-दारू आदि के सम्बन्ध में सलाह लेते-देते बारह बज जाते। गाँव से बाहर होकर, खेतों में काम करते हुए लोगों से 'खेती-बारी' के सम्बन्ध में दो-दो बातें नहीं करें यह भला कैसे हो सकता है।

"अरे मँहगू, तेरा मेलावाला बाछा कहाँ है?"

"का कहें मामा! आज दो दिन से न घास खाता है न पानी पीता है। भगवान जाने क्या हो गया है।"

बस रसूल मियाँ लौट पड़ते। बाछा को देखकर रोग तजबीज कर—'जड़ी-बूटी' बतला देते। सिर्फ इतना ही नहीं, किसके बगीचे में, किस पेड़ के आस-पास वह जड़ी मिलेगी, यह भी बतला देते या स्वयं जाकर ला देते।

दुकान पर पहुँचकर, अपनी जगह पर बैठते-बैठते अपने आप ही बोल उठते—"ओह! बड़ी देर हो गई।" फिर रहीम के काम को कुछ मिनट गौर से देखकर कहते—"ला, इधर दे, देखें। तब तक तुम भोला की घड़ी को देखो तो।"

टूटी कुर्सी पर बैठे हुए व्यक्ति ने कहीं पूछ दिया कि 'कौन भोला', तो काम के साथ ही साथ भोला की जीवनी शुरू हो जाती—"अजी, वही भोला। कंगरेसी भोला। है मालूम? जेल में ही बी.ए. पास कर लिया। खूब लड़का है भोला भी... यह देखिए, आपकी घड़ी का हियर इसपिरिंग इतना कमजोर है कि क्या कहा जाए? इसीलिए कहते हैं कि सस्ता रोवे बार-बार।...मगर भोला है अपनी धुन का पक्का। वैसे तो बहुत लड़कों को देखा है..."

सुननेवाला अपरिचित भोला की लम्बी-चौड़ी दास्तान की भूमिका ही सुनकर धीरज खो बैठता—"भई, किस भोला की इतनी तारीफ किए जा रहे हो। अरे वही लम्बा-लम्बा बालवाला...?"

"अरे साहब नहीं"—बात काटकर रसूल मियाँ कहते—"लम्बे बालोंवाला तो अबनीन्दर है अबनीन्दर। वह भी भोला का ही साथी है। वह भी एक अजीब लड़का है। कविस्स है, है मालूम? कबित लिखने में उस्ताद है। गौ-जैसा सीधा लड़का है, देखने से मालूम होता है आवारा है मगर..."

"ए हो रसूल काका! चल्अ देख्अ ता"...युवती ग्वालिन सुबुकती हुई आकर खड़ी हो जाती—"देख्अ त्अ भला रसूल काका, दूध के बरतन फोड़ देलन, हाथ पकड़के लक्को-झक्को...?"

"अरे कौन? कौन?"

"छत्तीश बाबू के बेटा।"

"सतीश बाबू से नहीं कहा?"

"छतीश बाबू उलटे हमरे मारे दौड़लन—भाग हरामजादी।" रसूल मियाँ की त्योरियाँ चढ़ जातीं। काम छोड़कर बड़बड़ाने लगते—"जितना अमीर है सब एक नम्बर का चोट्टा है चोट्टा। जाओ तुम जरा सौदागर सिंघ को बुला ला तो रे सुदमियाँ।" सुदमियाँ ग्वालिन आँसू पोंछती चली जाती पर रसूल मियाँ की बलबलाहट जारी ही रहती—"बड़ा रुपया का गर्मी हो गया है, औरत की इज्जत पर हाथ उठावेगा? शैतान कहीं का..."

"अरे मिसतरी, इन छोकड़ियों को कम मत समझो। एक ही खेली-खिलाई होती है। भला ऐसी जवान लड़की को शहर में दूध बेचने के लिए आने की क्या जरूरत?..."

"चुप रहिए साहब! यह लड़की मेरी बेटी दाखिल है। गाँव की लड़कियाँ बड़ी सीधी होती हैं, समझे? आपके शहर के तरह नहीं...होतीं। मैं पूछता हूँ, दूध की आमदनी से ही जहाँ पेट चलता हो, घर में इस लड़की को छोड़कर सब बीमार हों तो डॉक्टर को बुलाने, दूधर बेचने जवान लड़की नहीं आवे तो कौन आएगा? बतलाइए! और भले आदमी का यही धरम है कि दूसरे की बहू-बेटी को मुसीबत में देखकर उस पर जुल्म करे!"

सुदमियाँ आकर कहती—"सौदागर काका घर पर नहीं हैं।" रसूल मियाँ सुदमियाँ के साथ अकेले ही चल पड़ते।

बेला ढलने के बाद कहीं वे वापस आते और बड़बड़ाते हुए दुकान में प्रवेश करते—"बच्चू चलें एक दिन देहात। सरे आम सड़क पर नहीं पिटवा दिया तो रसूल नाम नहीं।" फिर दुकान के एक कोने में बैठी कुंजड़िनों से पूछते—"क्यों अब्दुल की माँ, आज बड़ा सबेरे हो गया?" बस कुंजड़िनों की टोली टूट पड़ती—"कब से बैठे हैं, जरा हिसाब कर द बुढ़ऊ।"

"ठहरो-ठहरो। एक-एक करके। हाँ तोरे कित्ता करेला रहा हमीदन?...तेरह सेर। क्या भाव बेची?...चार आने?...हाँ, तो तेरह चौका बावन। बावन आना के सवा तीन रुपया। देखें पैसा?...हाँ ठीक है। अच्छा तुम्हारा परवल?...ऐ साहब! उधर रहीम को दिखलाइए, हमको अभी फुर्सत नहीं है। देखते हैं नहीं?"

हिसाब-किताब करते, खोटे-खरे पैसों की जाँच करते शाम हो जाती। रहीम काम बन्द कर चलने की तैयारी करता। "अरे इन लोगों को साथ लेते जा रहीम, शाम हो गई न! मैं जरा उधर से होता आऊँगा।" कुंजड़िनों की टोली के साथ रहीम चल पड़ता। धेनूसाह की दुकान पर पहुँचकर कुंजड़िनें दो पैसे की जलेबी और सकरपाला लेने में ही घंटों की देर लगा देतीं और रहीम सड़क पर खड़ा चुपचाप सबों की प्रतीक्षा करता रहता।

रसूल मिस्त्री के यहाँ मरम्मत की हुई चीज पक्की होती है। सब चाहते हैं कि रसूल मियाँ के यहाँ ही अपनी बिगड़ी चीजों को बनवाएँ। "पर वह दुकान पर जमकर बैठता है कहाँ, और जब बैठता भी है तो अधूरा काम बेटे के सिर पर पटक कहीं चल देता है।" यही लोगों की शिकायत है। वह जरा खरा आदमी है, साफ-साफ बात करना जानता है। इसीलिए गाहक कम आते हैं। वह छोकरा रघ्घू पहले मियाँ के यहाँ ही नौकर था, आजकल मरम्मत की दुकान खोलकर मालामाल हो गया है। पर रसूल मियाँ की दुनिया जैसी थी, आज भी वैसी ही है।

आज से दस-ग्यारह वर्ष पहले की बात है। मैं 'स्टोव' मरम्मत कराने रसूल के यहाँ पहुँचा। स्टोव खोलकर वह देख ही रहा था कि एक अधेड़ देहाती ने आकर भर्राए स्वर में कहा—"गहना तो नहीं छोड़ता है, कहता है और सूद लाओ..."

सुनते ही रसूल मियाँ काम छोड़कर उठ खड़े हुए। मैंने टोका—"फिर स्टोव!"

"कल होगा।"

"तो मैं स्टोव ले जाता हूँ।"—मैंने जरा चिढ़कर कहा। "ले जाओ जी!"—रसूल ने कड़ककर जवाब दिया—"यहाँ किसी की इज्जत पर पड़ी है और किसी को काम की सूझी है। बेचारे की बेटी का आज रात में गौना है। गहना बन्धक पड़ा है। महाजन छोड़ता नहीं..."

मैं अपना स्टोव लेकर, मन-ही-मन प्रतिज्ञा करके वापस हुआ कि कभी इसकी दुकान में न आऊँगा और न अपने दोस्तों को आने दूँगा।

पर आज रसूल मियाँ को अच्छी तरह पहचान चुका हूँ। बचपन की उस प्रतिज्ञा पर आज भी मुझे दुख है। सायकिल मरम्मत के लिए दी है। पन्द्रह दिनों से लौट रहा हूँ, रसूल मियाँ से भेंट ही नहीं होती। रहीम कहता है कि उन्हीं से ठीक होगा। किसी दिन संयोग से भेंट भी होती है तो देखता हूँ उनके जिम्मे सायकिल मरम्मत से भी जबर्दस्त काम है। "फटेहाल औरतों को कपड़ा दिलाना है। सात दिन से लौट रही हैं। भीड़ में दम घुटवाकर, कत्तार में खड़ी होकर भी खाली हाथ लौट आती हैं।"

किसी दिन सुनता हूँ—गाँव में मलेरिया जोर से फैला हुआ है, कुनैन मिलता नहीं, इसलिए मिस्त्री कई जड़ी-बूटियों का काढ़ा बनाकर आज गाँव-भर में बाँट रहे हैं।

रोज चुपचाप लौट आता हूँ और रोज उस बरगद के तने पर लटकती तख्ती को पढ़ लेता हूँ—"रसूल मिसतिरी—यहाँ मरम्मत होता है।" खल्ली से किसी शैतान लड़के ने जो लिख दिया है—"यहाँ आदमी की भी मरम्मत होती है।"—उसका मन-ही-मन समर्थन करके भी भूल जाता हूँ कि सायकिल के बिना मुझे बड़ी तकलीफ उठानी पड़ रही है।

[मासिक विश्वमित्र / फरवरी, 1946]

दिल बहादुर दा'य

अभी उस दिन फिर दिल बहादुर की याद आ गई।...आँखों के आगे उसकी सूरत हँस गई! और दिल बहादुर की नेपाली हँसी...!

जिस दिन उसे पहली बार देखा—वही मुस्कुराहट!

1942, जन-आन्दोलन के समय की बात है। दिन में दर्जनों बार जेल का फाटक झनझनाकर खुलता—गिरोह-के-गिरोह घायल, आधे घायल लोग दाखिल होते। सुबह का आया हुआ आदमी शाम तक बहुत पुराना हो जाता। किन्तु जब-जब जेल का बड़ा फाटक झनझनाता—जेल के सभी प्राणियों की निगाह उधर मुड़ जाती। नारे लगते—हो-हल्लड़ भी हो जाता कभी-कभी। आगन्तुक गिरोह के घायलों की मरहमपट्टी होती, उसे अस्पताल में दाखिल कराया जाता...। इसी तरह के एक गिरोह में एक दिन दिल बहादुर के दर्शन हुए। सबसे पहले उसी पर निगाह पड़ी, मानो वह गिरोह का दसवाँ या पन्द्रहवाँ व्यक्ति नहीं—पहला व्यक्ति हो।...खाकी हाफ पैंट और एक गंजी! 'कैला' [गोरा नहीं—चरका रंग का] रंग, बगैर भौंहों और पपनियोवाली कोड़ी की तरह आँखें और ओठों पर नेपाली हँसी। हाँ, नेपाली हँसी। रामलीला में 'मुखड़ा' के मुँह पर जैसी अर्थ-भावहीन मुस्कुराहट रहती है—वैसी ही हँसी!

पहड़िया, नेपलिया, मोरंगिया, परबतिया, किरवा और न जाने किन-किन नामों से उसे लोग पुकारते—वह हमेशा मुस्कुराकर जवाब देता या टाल देता। लेकिन 'भूत' कहने से वह बहुत चिढ़ता। वह कब बिगड़ता है, गुस्सा होने पर उसकी कैसी मुद्रा होती है—यह समझना बड़ा कठिन था। इसलिए कई बार लोगों के कपाल पर उसके नाखूनों ने दूज के चाँद की तरह दाग बना दिये थे! अचानक ही वह टूट पड़ता था—जंगली बिल्लियों की तरह। उछल-उछलकर वह हमला करता और मुँह से 'फियूँ-फियूँ या छिऊँ-छिऊँ' आवाज निकालता। उसके तेज नाखूनों में जहर था, मेरे एक सहयोगी को पाँच महीने तक मरहमपट्टी करवानी पड़ी थी!

धीरे-धीरे ऐसा हुआ कि दिल बहादुर को लोगों ने 'बायकाट' जैसा कर दिया। तरकारी में कीड़ा है, इसलिए तरकारी 'बायकाट' करो की तरह—जेल कमिटी में कोई प्रस्ताव-उरसताब तो 'पास' नहीं हुआ था—लेकिन एक-एक कर सबों की

राय थी कि दिल बहादुर से कोई बातचीत नहीं करे। दिल बहादुर पर इसकी कोई प्रतिक्रिया नहीं हुई। दोपहर को जब हम सोये रहते या ताश खेलते रहते तो वह वार्ड से बाहर पेड़ के नीचे बैठकर शून्य आसमान की ओर निहारता रहता। मैंने कई बार देखा था कि पेड़ पर बैठी चिड़ियों को वह मुँह चिढ़ा रहा है। पेड़ की डाली पर बैठी हुई चिड़िया बोलती—कूँई-कू-कू-कुँई, और दिल बहादुर जवाब देता—"हू-हू-हू-हू!"...मुझे उसकी इस हरकत को गौर से देखते देखकर पास खड़े वार्डर साहब ने कहा था—"ससुर पगला है।"

"हुँ! पगला है!"—न जाने क्यों मुझे ऐसा लगा था वार्डर ने मुझे ही पगला कहा था। दूसरा होता तो उस दिन 'पगली घंटी' बज जाती!

और जिस दिन 'पगली घंटी' बजी!

...हजारों-हजार बागियों को एक जगह रखने का मतलब ही है, महीना में एक दो बार 'पगली घंटी!' ...इसके लिए हम हमेशा तैयार रहते थे —जेल अधिकारियों की तरह!

'टू-टू! टू-टू!!'—पहले जेल में अन्दर से सीटी बजती है।

'ढन-ढन ढनांग-ढनांग!'—फिर बाहर की घंटी घनघनाती है।

'खच-खटाक्!'—जेल का लोह कपाट झनझनाता।

'एबोठान!'

'किक मार!'—कर्कश कंठ की कमांड!

'फट्-फट्—चट्-चट्...!' —एक हाथ में रायफल और दूसरे में बेंत लेकर सिपाही लोग दौड़े।

एक-एक कर सभी वार्ड के फाटकों को पहले ही बन्द कर दिया है! हर वार्ड की खिड़की पर बन्दूक ताने एक सिपाही खड़ा है।...खड़-खड़ाक्—एक-एक कर वार्ड खुलते हैं, सिपाहीजी लोग घुसकर मारते हैं।

चीख-कराह आह! नारों के बीच आफिसरों की गालियों की आवाजें दूसरे वार्डों तक पहुँचती है।...दिल बहादुर मेरे ही वार्ड में रहता था। हम सभी अपने कम्बलों पर गुरुकुल के विद्यार्थियों की तरह—'सन्ध्या' करने की मुद्रा में बैठे थे। बहुतों के चेहरे बन रहे हैं—बिगड़ रहे हैं। मेरे बगल में एक वृद्ध सज्जन थे—उन्होंने न जाने क्यों कम-से-कम पचासों बार अपनी टोपी...। और मैं दिल बहादुर पर नजर गड़ाये बैठा था। उसके चेहरे पर वही मुस्कुराहट थी! वह कभी-कभी उठकर इधर-उधर टहलना चाहता, लेकिन एक ही साथ सबों की हल्की डाँट सुनकर बैठ जाता—'ऐ सिस्!'

दिल बहादुर का मुझसे हमेशा अच्छा ही रिश्ता रहा था। इसलिए मैंने उसे अपने पास बुला लिया। उसने 'फिक्' से मुस्कुराकर पूछा—"के हुन्छ:?" (क्या होगा?)

मैंने हाथ के इशारे से कहा—'मारेगा!'

"मारेगा तो हम पनि [भी] मारेगा!''—दिल बहादुर ने बहुत सरल ढंग से जवाब दे दिया।

"उसे समझाइए, नहीं तो मुफ्त में..."—कहनेवाले की बात भी पूरी नहीं हो पाई थी, हमारा फाटक झनझनाया—'खड़-खड़ाक्!'

मुझे याद है, मैंने फिर भी चेष्टा की थी—"दिल बहादुर एस्तो न गर!" (दिल बहादुर, ऐसा मत करो!)

लेकिन मारपीट शुरू हो गई थी। फिर—लाठियों की आवाज, आह-कराह, चीख-पुकार, नारे और ऑफिसरों की बरसती हुई गालियाँ..!

'फोंय-फूँइ-फियों-छियों-छियों'—दिल बहादुर लड़ रहा है।

मानो मारपीट की लय में कुछ बेसुरा बज गया हो। अचानक गति रुक गई...सबों की निगाह दिल बहादुर पर थी। दिल बहादुर एक सिपाही को दबोचकर छाती पर बैठा मुँह से 'फियों-फियों छियों-छियों' आवाज कर रहा है। महाभारत में दुःशासन की छाती पर बैठकर खून पीते हुए भीम की तस्वीर की तरह! सारे वार्ड का हिस्सा अकेले मार खाकर दिल बहादुर जेल अस्पताल में दाखिल हुआ!

दिल बहादुर से मैं खास कुरा (खास भाषा नेपाली) में बातें करता था, इसलिए उसे जो कुछ भी कहना या पूछना होता, तो मेरे पास आ जाता। दोपहर को जब हम तास खेलते रहते तो वह बगल में बैठकर कटी हुई पत्तियों को लेकर इधर-उधर करता और बीच-बीच में बोलता—'थीरी एसपेड—नो बीड!'

दिल बहादुर अपने को नेपाली के 'तीन नम्बर पहाड़' का रहनेवाला बतलाता था। ...गाँव के सभी नौजवान एक-एक कर तल 'मधेश तिर' (नीचे हिन्दुस्तान की ओर) चले आए। उसके गाँव के भक्त बहादुर ने कहा था, साथ ले चलेंगे 'लखलौ', मगर दिल बहादुर की माँ बीमार हो गई, इसलिए वह उसके साथ नहीं जा सका था। माँ को जब आराम हो गई तो एक दिन दिल बहादुर चल पड़ा तल मधेश तिर।... जहाँ बगैर तेल की रोशनी जलती है! रेलगाड़ी, जहाज! जहाँ कोई काम नहीं करना पड़ता है। हाथ में बन्दूक लेकर दिन-भर खड़ा रहो, रात में पहरा दो!... 'इंडियन करेन' (इंडियन क्वाइन) मिलता है—हाथ-पैर की अँगुलियों को मिलाकर जितना होता है, उससे भी ज्यादे!

'पलटन' में यदि नाम लिखा गया तो फिर क्या कहना है! मौज-ही-मौज है! रोज खस्सी (बकरे) का मांस और रकसी! सुबदार बाबू हर साल गाँव में आते हैं

और गाँव के लड़कों को 'पलटन' के मौज की कहानियाँ सुनाते हैं—मेम लोगों का बनाया हुआ स्वेटर कितना बढ़िया होता है। कुछ काम नहीं, खाओ-पीओ-पैरेड करो!...पैसा? जो झूठ बोले गाय का 'रगत' पिये—एक ही साल में बत्तीसों दाँतों में सोना मढ़वा न लो तो कहना...। गाँव में तो सिर्फ बूढ़े-बूढ़ियाँ, जवान औरतों और बच्चों की जगह है। जवान आदमी भला घर में रहेगा?... 'खुखरी भिड़ेर काँछा, जानू पर्छ जर्मन को धावै मा!' (खुकरी से लैश होकर जर्मनी के मोर्चे पर जाना होगा।)...और गाँव में रखा ही क्या है—पाँच मन सुतुला (नारंगी) का 'डोको' दिन भर ढोओ तो एक पचन्नी मिलती है!...घर से निकलो और अँगरेज सरकार का 'इन्दरजाल' देखो—

धन-धन अँगरेजी सरकार!
पानी मा जहाज चलाये को
आकाश मा जहाज उड़ाये को!!

यानी पानी और आकाश में जो जहाज चलाता है, वह अँगरेजी सरकार 'धन्न' है!!

घर छोड़ते समय दिल बहादुर का दिल भी थोड़ी देर के लिए भर आया था, अर्थभावहीन आँखें भी सजल हो गई थीं।...सुनते हैं फल्गू में भी बाढ़ आती है!... सन्तोला के पेड़ की डाली पकड़कर सानो माँ [छोटी माँ] मुँह बाये खड़ी थी!... तीन दिन—तीन रात दिल बहादुर पहाड़ी रास्तों पर चलता रहा—चट्टियों में रात काटता, पके हुए जंगली गुलर खाता और झरनों का पानी पीता हुआ दिल बहादुर एक दिन जोगबनी पहुँचा।...शाम को जूट मिल का भोंपा जब बज उठा तो दिल बहादुर का दिल अचानक धड़क उठा, उसका हाथ स्वयं ही खुकरी की बेंट पर चला गया था। और जब हजारों हजार बिजली के बल्ब एक ही साथ जल उठे थे तो उसकी आँखें मारे खुशी के बन्द हो गई थीं। स्टेशन के प्लेटफॉर्म पर लेटे वह बार-बार आँख मूँदता और खोलता था! रात भर उसे नींद नहीं आई थी। रह-रहकर उठ बैठता और झ्याउरे की कड़ी जोड़ता—गुनगुनाता—

"यो झिल्को झलमली राती
कोई छै न साथी
जानू छ मलाई टाढ़ा...।"

यानी इस चमकती हुई रात में साफ देखता हूँ—मेरा कोई भी साथी नहीं, दूर जाना है मुझे...।

गाँव के बड़े-बूढ़ों ने कहा था—"पहले ही पड़ाव की सुन्दरता पर भूल मत जाना। जितना आगे बढ़ोगे, उतना अच्छा! दिल बहादुर जब कटिहार आया तो वह कुछ देर तक 'अवाक्' होकर देखता ही रह गया। सैकड़ों रेलगाड़ियों के

इंजन!...पूरब-पच्छिम, उत्तर-दक्खिन—चारों ओर गाड़ी जाती है। वह किधर जाए? स्टेशन पर ही सुना कि कलकत्ता-लखलौ, वगैरह जानेवाली गाड़ियों के सड़क खराब हो गए हैं। रात में कटिहार के धर्मशाला के मैनेजर ने उसे धर्मशाला में रहने के लिए कहा। ...पूछा—'दरबानी' करेगा?...ऊँ हूँ, नहीं करेगा—पलटन मा जायगा—लखलौ!...अच्छा-अच्छा, लखलौ जाना! रात में इसी ओसारे पर सो रहो।

सुबह को उसकी आँखें खुलीं, तो चारों ओर पलटन-ही-पलटन! धर्मशाला के सभी यात्रियों को पकड़-पकड़कर रस्सी से बाँधा जा रहा है। दिल बहादुर को 'दोरंग' [दारोगा को वह दोरंग ही कहता था] ने पूछा—"रेल लैन काटा?"

दिल बहादुर ने जवाब दिया—"हाँ, जोगबनी में भी काटा, यहाँ भी काटेगा।"

मैंने टोका—"क्यों ऐसा कहा?"

दिल बहादुर की आँखें घुड़कीं—"किन!..जोगबनी मा पैसा तीरेर रेल लैन कटाये...।" [जोगबनी में पैसा देकर 'रेल लैन' कटाया सो?]

दिल बहादुर 'रेलवे टिकट' की बात कर रहा था!

—"खुकरी पनि [भी] लियो! रुपया-पैसा लियो। थुनि पनि दियो। कस्तो मुजी यो दुरंग!"...वह दाँत कट-कटाकर हँस पड़ता!

एक दिन दोपहर को लेटकर बातें करते समय उसने पूछा—"खोय साथी! यो सुराज भन्ने क्या हो?"

सुबह से तीन घंटों तक द्वन्द्वात्मक भौतिकवाद क्लास में बैठे रहने के बाद दोपहर को जरा आराम करने के समय जब दिल बहादुर ने 'सुराज' का मतलब पूछा तो मन कुढ़ गया। लेकिन दिल बहादुर के ओठों पर हँसी थी!....

मैंने उसे 'सुराज' का अर्थ समझाने की चेष्टा करते हुए कहा था—"हमारे देश के सुराज की लड़ाई में तुमने साथ दिया है, तुम्हारे देश में जब लड़ाई होगी तो हम भी साथ देंगे।...त्यसो न भये, फेरि कस्नो साथी!

कभी-कभी मैं उसे झ्याउरे गाने के लिए कहता। झ्याउरे नेपाली लोकगीत की एक किस्म है, जिसे पहाड़ी राह में चलनेवाले यात्री गाते हैं। चलते-चलते जी बहलाने के लिए गा लिया। जंगलों में लकड़ी काटनेवालियों से 'गीत' में ही 'सवाल-जवाब' किया। भूली हुई राह के बारे में पूछा। कभी-कभी प्रतिद्वंद्विता इस हद तक बढ़ जाती है कि यात्री 'बोको' उतारकर रख देता है और (अदृश्य) दूर जंगल में गाती

हुई (अदृश्य) स्वास्नी माँछे (स्त्री) के हर सवाल का जवाब देता जाता। जो हारे सो जीतनेवाले के साथ चले!...

दिल बहादुर तन्मय होकर झ्याउरे गाता और बीच-बीच में रुककर जीभ से 'चक्' आवाज करके कहता—"जवाब देनेवाला कोई है नहीं। ऊँह!"

गाते समय उसके चेहरे का रंग उतर आता था—कान लाल हो जाते थे...

पुरुष स्वर कहता है—"भयाल मा बसे के सान्छौ नानी?
जौ केराब भूटे को?"

[खिड़की पर बैठ कर क्या खाती हो—जौ और मटर का भूँजा है क्या?]

जवाब : "कइले मा पनि बिरसने छैन
नली ले कूटे को!"

[मुझसे बातें मत करो—मुझे जो मार लगी है वह मैं कभी नहीं भूल सकती!]

सवाल : "कान को बाली हाथ को बाला
ला उँदी किन ना?"

[लकड़ी काटते समय तेरे कान की बाली हिलती-डुलती होगी और हाथ का बाला बजता होगा।...क्या कहा, तुम यह सब नहीं पहनती? क्यों नहीं पहनती? मैं बनवा दूँगा।...क्यों नहीं पहनती?]

जवाब : "रे मूला बगे को पानी बीते को जौबन
फकैर आऊँदै न!"

[अरे बेवकूफ! अपना रास्ता नापो! बात तेरे समझ में नहीं आती?...बहा हुआ पानी और बीती हुई जवानी को कैसे वापस बुलाने को कहते हो?]

—"हो-हो! मुँजी बूढ़ी को संग मा.."

पाँच-सात महीने के बाद एक दिन दिल बहादुर की पुकार जेल गेट पर हुई!...गेट का पहरा जब तक उसके नाम की पुर्जी अन्दर लावे, सारे जेल में यह बात फैल चुकी थी।...हर रविवार को जेल के बाहर मुलाकातियों की भीड़ लगी रहती। जेल के अन्दर जब पुर्जी जाती तो सब उसमें अपना नाम खोजते, दौड़ते। खाना छोड़कर अपने घरवालों का मुँह देखने के लिए दौड़ पड़ते! हाँ, उस भेंट को 'मुँह दिखौवल' ही कहना होगा।...दिल बहादुर से कौन मिलने आया?

"दा'य! को आए को छ?"—मैंने खुश होकर पूछा।

"को आए को छ!...कुन्नी!" [पता नहीं!]

तुरत ही वह लौट आया। मैं दौड़कर उसके पास गया। भीड़ जम गई।

"कौन आया था?"

"कुथी! कुन हाकिम थियो!"

"क्या पूछा?" —मैंने कहा।

"मलाई भने—माफी माँग।...मइले भने—तुम पनि माफी माँग। खुकरी लियो, पैसा लियो, थुनि पनि दियो। तुम पनि माफी माँग!" [उसने कहा—माफी माँगो! ...मैंने कहा—तुम भी माफी माँगो। खुकरी लिया, पैसा लिया, जेल दिया। तुम भी माफी माँगो।]

—हो-हो-हो-हो! वाह, खूब जवाब दिया! वाह रे बहादुर!

इसे क्या कहिएगा—

1947 में जब विराटनगर मजदूर आन्दोलन के समय नेपाली मिलेटरी की संगीनों से घायल होकर और भारत सरकार द्वारा गिरफ्तार होकर जब पूर्णियाँ जेल पहुँचा तो हमें वही वार्ड मिला, जिसमें हम 1942 में थे।...दिल बहादुर की याद आई थी और मन-ही-मन मैंने दिल बहादुर को सन्देश दिया—"दिल बहादुर दा'य! मैंने कहा था न, तुम्हारे देश की लड़ाई में मैं भी साथ दूँगा!"

पता नहीं, दिल बहादुर दा'य कहाँ है?...कहीं भी रहे—उसकी याद आती है।

पिछले महीने काठमांडू के एक होटल में अकेला बैठकर चाय पी रहा था। नौजवानों का एक दल आकर बगलवाली मेज पर बैठ गया। मेरी ओर थोड़ी देर तक देखने के बाद एक ने अपने साथियों से कहा—"यो मुजी मधिशेहरू..." [इन कम्बख्त हिन्दुस्तानियों ने...।]

उस नौजवान को मैं क्या कहता! झगड़े से मैं हमेशा डरता हूँ!...मुझे दिल बहादुर की...दिल बहादुर दा'य कहीं भी हो, मैं शपथ खाकर कह सकता हूँ कि उसके दिल में मेरे प्रति कोई बदगुमानी नहीं आई होगी! और न कभी आएगी। होटलों में बैठकर बात करनेवाले नेपाली नौजवानों और तीन नम्बर पहाड़ी के नौजवान में बहुत फर्क है न!...

दिल बहादुर होता तो 'फिक्' से हँसते हुए आँखें मूँद लेता और कहता—"भने को कुरा असल ने हो!"

[अप्रकाशित। रचनाकाल—1952 (सम्भवत:)। सम्पादक द्वारा संवर्धित व 'साक्षात्कार' (भोपाल) के सितम्बर-अक्टूबर, 1985 के अंक में प्रकाशित।]

नेपथ्य का अभिनेता

यद्यपि उसे पहले भी पच्चासों बार देख चुका हूँ, किन्तु उस दिन देखकर चिहुँक-सा उठा। चकित हो गया। लगा, जैसे बिना मौसम के कोई फूल या फल देख रहा होऊँ। सावन-भादों के किचकिच में, लगातार बारिश में ई कहाँ से आ गया? क्यों?

मैं ही नहीं, उसे देख सभी परिचित-अपरिचित अकचकाकर रुक जाते हैं। कोई-कोई उसके टेबुल के निकट जाकर कुछ पूछ भी लेता है और मैं यह भी देखता हूँ कि वह घोर अनाटकीय ढंग से छोटा-सा उत्तर दे देता है।

मुझे यह समझने में कोई गलती नहीं हुई कि लोग उसे फारबिसगंज की इस छोटी-सी चाय की दुकान की एक बाँहवाली कुर्सी पर बैठा देखकर क्यों कुछ देर के लिए अकचकाकर रह जाते हैं।

मैंने मन-ही-मन अटकल लगाई—प्राय: तीस-इकतीस वर्ष पहले, इस व्यक्ति को पहले-पहल देखा था—सन उन्नीस सौ उनतीस में। उसी साल पहले-पहल गुलाबबाग मेला में इतना सटकर हवाई जहाज देखा था कि सन-ईस्वी अभी तक झक-झक मन में याद है। सन उन्नीस सौ उनतीस में मैं आठ-नौ वर्ष का था। उसी वर्ष गुलाबबाग मेला में कलकत्ता की मशहूर थियेटर कम्पनी आई थी और लोगों की अपार भीड़ जमा हुई थी—तिल धरने की भी जगह नहीं थी। मंच पर ही गाड़ी आती-जाती थी—इंजिन सहित, पुक्का फाड़ती, धुआँ उगलती हुई और लाल-पीली रोशनी में अनेक परियाँ नाचती हुईं...एह!

जीवन में पहले-पहल थियेटर देखकर कितना उत्तेजित हो गया था—आज भी वह दिन अभी तक मन में है! कितना आश्चर्यजनक!

किन्तु जब स्कूल खुला, तो सहपाठी बकुल बनर्जी ने मेरे मन को छोटा कर दिया था। यद्यपि वह भी उन दिनों आठ-नौ वर्ष का ही था, किन्तु बहुत ही तेज, जन्मजात आर्ट क्रिटिक! उसके कथनानुसार इस नकली कम्पनी में पिछले साल नागेसरबाग मेला में आई असली कम्पनी के निकाले हुए सब लोग थे। बकुल ने कहा था कि नागेसरबाग मेला में आई कम्पनी की बातें सब कोई जानता है... चौबीस घंटे के भीतर-भीतर कम्पनी को मेला छोड़कर चले जाने का हुक्म कलक्टर साहब ने दिया था। कलक्टर साहब का कहना था कि यदि दो दिन भी यह कम्पनी

मेला में रह गई तो पूरा जिला दरिद्र हो जाएगा, कंगाल हो जाएगा। किन्तु बकुल मुझे उदास देखकर बोला था—"तब भी एक बात है इस कम्पनी में—जिस मानुष ने रेलवे पोर्टर का पार्ट किया हाई, वह नागेसरबाग मेला में आया हुआ कम्पनी में भी यही पार्ट करता था, यानी वेंटिग रूम में सोए हुए लड़िका को मारता था, छूरा से...उसको तो नकली नेही कहने सोकते।"

आज भी मेरे मन में उस समय की सभी बातें हैं...गुलाबबाग मेला...पंजाब मेल का रेलवे पोर्टर...लड़के का खून...बकुल की बातें...

करीब चार या पाँच वर्ष उपरान्त सिंहेश्वर मेला में आई हुई उमाकान्त झा कम्पनी में इस व्यक्ति को पुनः देखा था! बिल्वमंगल नाटक में चिन्ताबाई की मजलिस में भोथिया के बाबाजी के भेष में—"काया का पिंजरा डोले रे, साँस का पंछी बोले" गाता हुआ बड़ा ही सुरगर कंठ था। गुलाबबागवाली कम्पनी में लड़के की हत्या करनेवाला, माने हत्यारे का पार्ट करनेवाला, बाबाजी के गेरुआ वस्त्र में। अपनी बोली वह अधिक देर तक नहीं छुपा सका—मैं भट्ट से तुरन्त पहचान गया। किन्तु जब वह पारसी नौटंकी के एक दृश्य में कवित्त पढ़ रहा था—मृदंग कहै धिक है, धिक है...मंजीर कहै किनको-किनको!...तब हाथ नचायके गणिका कहती—इनको-इनको-इनको—इनको!...उस समय मुझे तनिक भी शंका नहीं रह गई। खूब फरिछाकर पहचान गया था बाबाजी को—वही था, जो गुलाबबाग मेला कम्पनी में वेटिंग-रूम में सूतल लड़के के छुरा भोंकने के पहले काँपते हाथ और थरथराते छुरे को देख, पागल जैसा बड़बड़ा उठा था—"क्यों मेरे हाथ! तू क्यों थरथरा रहा है? तू तो केवल अपने मालिक का हुक्म अदा कर रहा है। मत काँप मेरे खंजर...वक्त बरबाद मत कर! शिकार...सोया है चादर तानकर! ले तू भी अपना काम कर!"

बस की डुग्गी पर बड़ी जोर से चोट पड़ी थी, सभी हड़बड़ा गए थे—यह सबकुछ मेरे मन में है।

उसके बाद फिर तीसरी बार—आद्याप्रसाद की नाटक कम्पनी के 'श्रीमती मंजरी' खेला में अँगरेज जज का भेष बनाकर टेबुल पर हथौड़ा ठोंककर शान्ति स्थापित करता हुआ यह व्यक्ति बोला था—"वेल मोंजरीबाई! हाम टुमको सिड़ीमटी मोंजरी का खेटाब डेटा हाइ। आज से टुमको सिड़ीमटी मोंजरी बोलेगा। हम बोलेगा, साब बोलेगा, समझा?" और इस दृश्य के उपरान्त कुछेक क्षणों में वही गीत गाता हुआ स्टेज पर आया था—"काया का पिंजड़ा डोरे रे"—अपनी उसी पुरानी तर्ज में।

मुझे इसे पहचानने में कहीं गलती नहीं हुई। सब जगह उसे चीन्ह गया।

कितनी बार इसे देखा है, परन्तु ऐसा बेमौसम में नहीं। अनटैम नहीं। और झरते हुए सावन-भादों में नहीं। प्रायः इसे मेला के मौसम (असमय) में देखा था अर्थात् कार्तिक से चढ़ते बैशाख तक। इसलिए आज अचानक इस चाय की दुकान पर बैठा देखकर मैं चिहुँक उठा—उस पर इस झँयसी में।

एक अन्दाज़ लगाया—दस-ग्यारह साल बाद इसे इस इलाके में देख रहा हूँ, इसी से एक विस्मय हुआ और एक उत्सुकता।

वह दुकान की कुर्सी पर बैठा था अवश्य, पर था अन्यमनस्क, उदास, उखड़ा हुआ, अपने में खोया हुआ। बादलों की झड़ी वह बहुत देर से एकटक देख रहा था।

वह...वह...हत्यारा पोर्टर, बाबाजी...अँगरेज जज...उपदेशक...सिपाही...डाकू... अन्धा...फकीर...तथा आदि, आदि, आदि—सब एक ही व्यक्ति...एक ही व्यक्ति!

बहुत जोर से बिजली चमकी, बादल जोर से बरसने लगा और बहुत देर के बाद उसने वही मुद्रा बनाई, जिस मुद्रा में 'काया का पिंजड़ा' वाला गीत गाता था स्टेज पर!

इतने समय के बाद मेरी नजर उसकी पहनी हुई बुश्शर्ट पर पड़ी। कार्टून की छाप मिट रही थी, मैल जम रही है। नई डिजाइन की टूटी चप्पल। वह उचककर गम्भीर दृष्टि से चायवाले की ओर ताकते हुए बोला, "एक इधर भी..."

उसकी बोली सुनकर यह समझने में रत्ती-भर भी भ्रम नहीं रहा जो हत्यारा पोर्टर, या दहलानेवाला भयंकर डाकू था, या रोबीला अँगरेज जज, या शान्त उपदेशक आदि का पार्ट करता था, अब बूढ़ा हो गया है।

चाय उसे भी मिली और मुझे भी।

एक घूँट चाय पीते-पीते मुझे एक बात याद आई कि उन दिनों रात के स्टेज के एक्टर को दिन के उजाले सड़क पर या मेले में चलता देखकर कितना विस्मय होता था। किस तरह उन लोगों का बोलना, बात करना अद्भुत लगता था—विचित्र, किन्तु अच्छा।

याद आया—फारबिसगंज मेले की एक थियेटर कम्पनी के कुछ ऐक्टरों के पीछे बहुत देर से घूम रहा था। एक पानी की दुकान पर सब खड़े हुए, पीछ मैं भी खड़ा हुआ। उस दल में काफी लोग थे। लैला, मजनूँ और फरहाद, राजा, डकैत के हाथ से राजकुमारी को छुड़ानेवाला राजकुमार और प्रयोजन पड़ने पर जल्लाद बननेवाला और सबके साथ यह 'काया का पिंजड़ा' गानेवाला। मुझे पीछे खड़ा देखकर यह बोला था, "क्यों बे छोकरे, इस तरह क्यों घूम रहा है पीछे-पीछे? पाकेट मारेगा क्या?"

उस छोटी अवस्था में भी मेरा मन समझ गया था कि आत्म-सम्मान पर आघात पड़ा है। अहं जाग गया। कड़ाका उत्तर दिया, "आपके पॉकेट में है ही क्या, जो कोई मारेगा?"

"क्यों?" वह अप्रतिभ होकर बोला था, "तू यह कैसे जानता है कि मेरा पॉकेट खाली है?"

यद्यपि उन दिनों मैं अपने स्कूल की सबसे ऊपर की क्लास में पढ़ता था और मास्टर साहब के आदेशानुसार प्रत्येक अपरिचित से अँगरेजी में ही बात करने का अभ्यासी हो चुका था, किन्तु फिर भी मैंने खड़ी बोली में ही उत्तर दिया, "क्यों रात जो भीख माँग रहे थे—दाता तेरा भला हो!"

सब ठठाकर हँस रहे थे और बोले थे, "छोकरा तेज है।"

अब मुझे अँगरेजी झाड़नी पड़ी थी, "यू सी मिस्टर—रेलवे पोर्टर-ऐक्टर-डोंट से मी छोकरा, आइ एम मैट्रिक स्टुडेंट, यू नो?"

इतनी पुरानी बात याद आने से मेरे होंठों पर हँसी फैल गई। प्रश्न उठा मन में कि अभी यह किस कम्पनी में काम करता है? क्या अब भी यह उसी तरह रोबीला डायलाग बोलता है? वैसे ही वेटिंगरूम में लड़के पर खंजर चलाता है, वैसा ही... वैसा ही...।

मेरा ध्यान भंग हुआ। उसकी चाय खत्म हो गई थी। वह मेरी टेबुल से सटकर खड़ा हो गया था। पूछा, "आप मुझे पहचानते हो सेठ?"

उसकी बाँह पकड़कर बैठाते हुए बोला, "मैं सेठ नहीं हूँ। खालिस आदमी हूँ। कहिए, आजकल किस कम्पनी में हैं? इस बेमौसम में आपको इस इलाके में देखकर मुझे काफी आश्चर्य हो रहा है।"

"साहेब, अब कहाँ की कम्पनी और कैसा थियेटर! सबको फिलम खा गया।" उसने हँसने की निरर्थक चेष्टा की।

"आपने कितनी कम्पनियों में काम किया है?"

"साहेब, पन्द्राँ।" लगा, जैसे उसके मन में सबकुछ सँजोकर रखा हुआ हो। निमिष मात्र के उपरान्त मेरी ओर शून्य दृष्टि से ताकता हुआ बोला, "नौ साल की उम्र में पहली बार स्टेज पर उतरा था—क्रिशन के रोल में।"

मुझे अनुभव हुआ कि मेरे सामने बीते युग का एक शेषांक बैठा है—'पारसी थियेटर' का एक टूटा हुआ अभिनेता।

सिगरेट बढ़ाते हुए पूछा, "तो आजकल क्या करते हैं आप?"

वह एक क्षण चुपचाप मेरी ओर ताकता रहा, फिर सिगरेट सुलगाता हुआ बोला, "क्या करूँगा साहब! वह जो किसी शायर ने कहा है कि इश्क ने कर दिया

निकम्मा..." उसने हँसने का असफल अभिनय किया, "दस साल बाद इस इलाके में आया हूँ। क्या नाम बताया लोगों ने—मिथिला देश। साहेब, इस इलाके में नाटक के काफी शौकीन लोग हैं...जाने को तो फिल्म में भी गया। पर जी नहीं लगा।"

इतना कहकर कनखी से एक बार इधर-उधर ताककर, फिर दयनीय दृष्टि से मेरी ओर देखता हुआ धीमे-से सकुचाता हुआ बोला, "साहेब, एक्सक्यूज मी, फॉर लास्ट टू डेज आइ एम हंगरी, वेरी हंगरी। माँगने की हिम्मत नहीं होती किसी से..."

उसका यह अँगरेजी डायलाग घोर अनाटकीय था। मैं कुछ कहने को ही था कि चेहरे पर आज्ञा मानने का भाव प्रदर्शित करता हुआ गिड़गिड़ाने के स्वर में बोल उठा, "हुकुम हो, तो कुछ पेश करूँ...अब तो यही एक सहारा बचा है, ड्रामे के पुराने शौकीन मिलते हैं, सुना देता हूँ, जी हल्का हो जाता है और कुछ...।"

वह अपने अपूर्ण वाक्य को छोड़, कोने में रखी अपनी अटैची कूदकर ले आया। एक काली लुंगी बाहर कर मुँह झाँप लिया। फिर लुंगी का परदा उठाया, तलवार कट मूँछवाला एक विचित्र चेहरा बाहर आया। मद्धिम स्वर में वह बोला, "यह एक उदास-निराश नौजवान प्रेमी का डायलाग है।" एक बार वह खखसा, पुनः बोलना शुरू किया, "जालिम चपला! यह क्या किया। तुमने मेरे दिल के हजार टुकड़े कर दिए! जालिम! तूने यह क्या कर डाला, क्या कर डाला, चपला...चपला...चली गई तूँ चपला। चली गई तूँ मुझे तड़पता छोड़कर...।"

इसके बाद हिचकियाँ लेते हुए उसने जो संवाद कहे, वह मैं नहीं कह सकूँगा।

दुकान में लोगों की भीड़ लग गई थी। चारों किनारों से लोग झुक-झुककर देख रहे थे। सबके चेहरे पर एक विचित्रता और कुतूहल का भाव था। किन्तु सभी चुप्प, स्तब्ध! बाहर बादल रह-रहकर गरज उठता था।

उसने पुनः अपने चेहरे पर लुंगी का परदा गिरा लिया, मानो अपने को ग्रीनरूम में ले गया हो। इस बार बड़ी-बड़ी मूँछवाला सरदार बनकर बाहर आया। परदा उठा, वह गरजा, "क्यों वे बदकार! बता कहाँ है राजकुमार? कहाँ है, मक्कार की औलाद...!"

हठात् उस जोशीले संवाद की उठा-पटक में नकली दाँत का सेट छिटककर मुँह से बाहर आ गया।

इसी क्रम में उसने दर्जनों मुखड़े बनाए, कितने ही प्रकार के रास-संवाद सुनाए और अन्त में टोपी को भिक्षा-पात्र बनाकर लोगों की ओर ताककर बोला, "दाता तेरा लाख-लाख भला हो, आना-दो आना...दो पैसे ही सही...।"

मेरा पैर धरती से स्पर्श कर गया। जैसे कहीं थोड़ी चोट लगी हो, एक झटका लगा हो। इस व्यक्ति ने अपनी कला के जादू से कितने वर्ष पीछे धकेल दिया था।

मैं पुनः वर्तमान में लौट आया। देखा, बकुल बनर्जी मेरी ओर एकटक ताक रहा है—थोड़ा-थोड़ा होंठों के किनारे से मुस्कुराता हुआ।

बकुल उसे जोर से पूछ बैठा, "क्यों ऐक्टर मोशाय, काल इतना मेहनोत से चान्दा कर दिया, सो बस एक ही रात में भट्टी में फूँक दिया? बाह रे मोशाय!"

जन्मजात आर्ट-क्रिटिक मेरा सहपाठी बकुल बनर्जी आज भी कला और कलाकार को पहचानने का धन्धा उसी प्रकार करता है। सब दिन एक जैसा ही रहा वह! मेरी ओर ताकता हुआ बकुल बोला, "तू भी इसका बात में फँस गए। मुझसे काल यह कह रहा था—फॉर टू डेज आइ एम हंगरी...।"

नहीं जानता क्यों, मुझे उस वक्त बकुल की यह बात अच्छी नहीं लगी। उसे चुप रहने का इशारा किया और फुसफुसाकर पूछा, "बकुल, इसकी डोलती हुई काया के पिंजड़े में जो पंछी बोल रहा है, उसकी बोली को सुनकर तुमको कुछ नहीं लगा? ठीक-ठीक बताना!"

बकुल जैसे अवाक् रह गया हो। निमिष मात्र स्तब्ध रहा, फिर धीरे-से बोला, "कुछ नहीं लगता, तो काल्ह ठो सारा दिन क्यों इसके साथ भीख माँगता, चोन्दा तो भीख ही हुई।" उसने एक निःश्वास छोड़ा, फिर कहने लगा, "क्या बताएँ, कैसा लगा? लगा...तुम्हारे अथवा अन्य मित्रगणों के साथ भागकर रात-भर थियेटर देखने गया हूँ, होस्टल से।"

मैंने कहा, "हाँ बकुल, मुझे भी कुछ ऐसा ही लगा।"

इसी बीच वृद्ध ऐक्टर ने अपने दूसरे, पुराने प्रसिद्ध गीत की पहली पंक्ति आरम्भ कर दी—

"सुबह हो गई निकल गए तारे—
मुझे छोड़ो चलो मेरे प्यारे!"

हठात् पुनः हम लोगों के मन में मेला का मौसम जगमग करने लगा।

मैथिली से अनुवाद : भारत यायावर

[रविवार / 3-9 मार्च, 1985]

समाजवादियों ने
यहाँ के किसानों को
न जाने कैसे समझा दिया कि
अब जमींदारी प्रथा नहीं रह सकती
और जमीन पर
जोतनेवालों का हक होना चाहिए
और
किसान-मजदूरों के राज का
मतलब ही है—असली सुराज।

पार्टी का भूत
धर्मक्षेत्रे-कुरुक्षेत्रे
प्रतिनिधि-चिट्ठियाँ

पार्टी का भूत

यारों की शक्ल से अजी डरता हूँ इसलिए
किस पारटी के आप हैं? वह पूछ न बैठें।

सूखकर काँटा हो गया हूँ। आँखें धँस गई हैं, बाल बढ़ गए हैं। पाजामा फट गया है। चप्पल टूट गई है। आशिकों की-सी सूरत हो गई है। दिन में चैन नहीं, रात में नींद नहीं आती। आती भी है तो बुरे सपने देखकर जग पड़ता हूँ। जी नहीं, आप जो सोचते हैं—वह बीमारी नहीं। यदि वह रहती तो कम-से-कम बेकारी और इन्तजारी में मजे तो लूटता। यह तो 'राँची' का टिकट कटानेवाला रोग है। चूँकि यह दिन दूर नहीं, इसलिए अपनी बीमारी का इतिहास प्रकाशित कर देना, मैं अपना कर्तव्य समझता हूँ। क्योंकि इसके बाद 'न जाने मैं कहाँ और तू कहाँ', की दशा में यह सम्भव नहीं। बात यह है कि मेरे सिर पर 'पार्टी का भूत' सवार है। इसने मुझे कहीं का न रखा। बहुत कम उम्र से ही इसने मुझे अपना शिकार बना लिया है।

पाठशाला से ही प्रारम्भ करता हूँ।

एक दिन पिताजी के पास बैठकर 'आमोद-पाठ' पढ़ रहा था। गाँव की पाठशाला के गुरुजी आए। बहुत देर तक इधर-उधर की बातें करने के बाद गुरुजी ने नम्रतापूर्वक दाँत निपोरते हुए पिताजी से कहा—"लड़ाई-झगड़ा जो कुछ भी है, आप लोगों में है। मेरा क्या कसूर है। आप लोग बड़े आदमी ठहरे। जिस प्रकार एक जंगल में दो सिंह, उसी प्रकार एक गाँव में दो...हें...हें...यह तो भगवान का नियम है। लेकिन पाठशाला तो कुछ उनकी (विरोधी पार्टी के नेता की) नहीं है। पाठशाला में तो मैं हूँ, मेरे लिए जैसे आपके बच्चे..."

"आप नहीं समझते पंडितजी," पिताजी ने बात काटते हुए कहा—"पाठशाला उसी पार्टी की है। अपने लड़के की बात छोड़िए, गाँव के लड़कों को भी मैं उसमें नहीं भेज सका तो इसमें हमारी पार्टी की बेइज्जती है।"

गुरुजी ने पुनः दाँत निपोरते हुए कहा—"सो तो है, सो तो है। मैं तो...आप विश्वास कीजिए...मैं तो आपकी सेवा करना चाहता हूँ।" गुरुजी बलपूर्वक खाँसकर, इधर-उधर देखकर पिताजी से निम्न स्वर में कुछ तथ्य की बातें करने लगे। फल यह हुआ कि मुझे और मेरे गाँव के लड़कों को पाठशाला में पढ़ने जाने की आज्ञा मिल गई।

दूसरे दिन मैं अपने साथियों के साथ पाठशाला में दाखिल हुआ। गाँव-समाज, पास-पड़ोस, टोले-मुहल्ले, जाति-बिरादरी में, यहाँ तक कि कचहरी की 'बार लाइब्रेरी' में भी यह खबर बिजली की तरह फैल गई। तरह-तरह के प्रश्न पूछे जाने लगे।

"तो क्या अब गाँव में एकता हो गई?" गाँव के गवाही पेशा करनेवालों ने माथा ठोंक लिया।

"अब खान-पान, शादी-ब्याह भी चलेगा?"—बिरादरी के कर्णधारों के पेट में चूहे कूदने लगे।

"यह जो फौजदारी चल रही है, इसको उठा लिया जाएगा—क्या?" वकीलों ने लम्बी साँस ली।

किन्तु हुआ कुछ भी नहीं। पार्टियाँ बनी रहीं और पाठशाला में पार्टी कायम हुई। छुट्टी के बाद ढेलेबाजियाँ, छोटी-मोटी लड़ाइयाँ, मार-पीट होने लगी। गुरुजी की छड़ी, जहाँ तक कर सकती, शान्ति स्थापित करती। लड़ाई-झगड़े में मैं सक्रिय रूप से न तो भाग ही लेता था और न मुझ पर गुरुजी की छड़ी ही पड़ती थी, पर इसमें सन्देह नहीं कि मैं अपनी पार्टी की विजय चाहता था। मंत्रणा दिया करता था। इसलिए मेरे लड़ाके, मुझे अपना 'हीरो' समझते थे।

इन लड़ाई-झगड़ों के बीच, एक दिन पाठशाला में दाखिल हुई 'चन्दू', विरोधी पार्टी की एकमात्र कन्या। उस दिन छुट्टी के बाद मैंने अपनी पार्टी के लड़कों को समझा दिया कि लड़ाई-झगड़े से कोई फायदा नहीं, उसी दिन से लड़ाई-भिड़ाई बन्द हो गई। उसी पार्टी की ओर से एक आध बार इसकी चेष्टा हुई भी, पर इस पार्टी की लापरवाही देखकर वे हतोत्साहित होकर चुप रह गए।

आज 'यौन विज्ञान' की कुछ पुस्तकों को पढ़कर अच्छी तरह समझ गया हूँ कि उन दिनों 'चन्दू' की ओर मैं इतना आकर्षित क्यों हुआ था। 'लैला मजनूँ' की कहानी तो पाठ्य-पुस्तकों में नहीं थी, पर इतिहास कथामाला में 'पृथ्वीराज-संयुक्ता' की कहानी मैंने अवश्य पढ़ी थी। मैं पृथ्वीराज की तरह 'चन्दू' को प्राप्त करना चाहता था। एकान्त में एक दिन मौका पाकर, मैंने चन्दू से कहा—"चन्दू! पृथ्वीराज और संयुक्ता की कहानी..."

"मुझसे मत बोलो! तुम उस पार्टी के हो। हटो।"—उसने डाँट बताई।

"नहीं, नहीं—मैं उस पार्टी का नहीं हूँ।" मैंने गिड़गिड़ाकर कहा।

"तब?"—वह जाते-जाते रुक गई।

"मैं तुम्हारी पार्टी का हूँ।"—मैंने कह दिया।

"सच?"—वह मेरे पास चली आई। मैंने उसका हाथ पकड़कर कहा—"सच।"

फूल की झाड़ी में, मेरी पार्टी का हट्टा-कट्टा लड़ाकू रजना छिपा हुआ बैठा था। उसने प्रकट होकर, दाँत पीसते हुए मेरी ओर देखकर कहा—"धोखेबाज!"

मेरी संयुक्ता और पृथ्वीराज की कहानी अधूरी रह गई। चन्दू हाथ छुड़ाकर चली गई। पृथ्वीराज के बदले, इतिहास में सिर्फ रामकथा पढ़नेवाले भी, मुझे जयचन्द कहने लगे।

हा.ई. स्कूल।

पाठशाला की पढ़ाई समाप्त करके शहर के हा.ई. स्कूल में पहुँचा। सौभाग्यवश या दुर्भाग्यवश मेरे पिताजी के वकील एक बंगाली सज्जन थे। अपने मुवक्किल के पुत्र को आपने सहर्ष अपने परिवार में सम्मिलित कर लिया। बंगालियों से घनिष्ठता तो हुई ही, साथ ही बंगला भाषा और बंगला-संगीत की ओर भी मैं झुका। दो-तीन वर्षों के बाद तो स्वयं मुझे सन्देह होने लगा कि मैं अ-बंगाली हूँ! कुछ दिन के बाद ही 'बंगाली-अबंगाली' की लड़ाई छिड़ी। दोनों ओर से खुलकर गालियाँ दी जाने लगीं।

अबंगाली कहते—"बंगाली जाति डरपोक! नीच!"

बंगाली प्रत्युत्तर में कहता—"छातूखोर, खोट्टा।"

क्रोधित अ-बंगाली सीमा का उल्लंघन कर जाते। गालियाँ सुनकर मैं सिहर पड़ता। छी: रवीन्द्र, जगदीश वसु, शरत् और सुभाष भी तो बंगाली हैं!!

बंगाली भी ईंट का जवाब पत्थर से देता। मेरे अन्दर का अ-बंगाली बंगाली को डाँट देता।

बंगाली मित्रों ने मेरे सम्बन्ध में राय दी—"जाइ होक, हिन्दुस्तानी शेषे हिन्दुस्तानी ई!"

अ-बंगाली दोस्तों ने मेरी पीठ कोंचते हुए कहा, कहो—"देख लिया न इनकी दोस्ती! कमीना कौन..."

"चुप भी रहो।"—झल्लाकर इनका भी मुँह बन्द कर दिया।

"यह बात है?"—कहकर अ-बंगालियों ने सर्वसम्मति से यह प्रस्ताव पास कर ही दिया—"बंगालियों की गाली की हम परवाह नहीं करते क्योंकि वे जो कुछ कहते या करते हैं, प्रान्तीयता के नाम पर। किन्तु, अ-बंगाली होकर भी जो बंगालियों का पक्ष लेते हैं, वे दगाबाज हैं, मक्कार हैं, मीरजाफर हैं। हमें वैसे व्यक्तियों से कोई सम्बन्ध नहीं रखना चाहिए।"

कॉलेज की कहानी जरा लम्बी है, मगर है दिलचस्प।

स्कूल से इन विशेषणों से विभूषित होकर कॉलेज में पदार्पण किया। प्रान्तीयता के फेर में न पड़ने की प्रतिज्ञा मैंने पहले ही कर ली थी।

'फर्स्ट-इयर' तो देखते-सुनते बीत गया। सेकेंड-इयर में पहुँचकर मैंने चोला बदलने की सोची। विशेष कोई परिवर्तन नहीं, सिर्फ धोती छोड़कर पाजामे में आ गया और डेढ़ इंच गले की पट्टीवाला लम्बा कुर्ता बनवा लिया। एक शुभ दिन को वेश बदलकर सिनेमा-हाउस की यात्रा मैंने की। ताँगे पर बैठे हुए मेरे सहयात्री सज्जन ने मेरा नाम, इयर, कम्बीनेशन, होस्टल और रूम नम्बर पूछने के बाद जब पूछा कि "आप किस पार्टी को 'बिलोंग' करते हैं!" तो मैं घबरा गया।

"सी.पी. (कम्यूनिस्ट पार्टी)?" उन्होंने मुस्कुराकर पूछा।

"जी हाँ।" मैंने पाँच मिनट का मामला समझकर कह दिया।

"आई-सी"—कहकर हँसते हुए उन्होंने बेरहमी से एक धौल जमा दिया। मैं चौंक पड़ा।

"वी आर कामरेड्स, डरो मत।"—वे, मेरे कन्धे पर हाथ रखकर प्यार-भरे शब्दों में, बोले।

उस दिन 'काश्मीर-केबिन' का बिल तो उन्होंने चुकाया, सिनेमा के फर्स्ट-क्लास का टिकट भी खरीद दिया।

दूसरे दिन ज्यों ही क्लास में पहुँचा, मेरे अन्तरंग मित्र विनोद ने आकर मुस्कुराते हुए कहा—"वाह! पक्के सोशलिस्ट मालूम पड़ते हो?"

मैंने कहा—"जो भी कह डालो?"

विनोद बोला—"जो भी कह डालो नहीं, होना होगा।"

"क्या होना होगा?"—मैंने आश्चर्यित होकर पूछा।

"मेम्बर! और क्या? मैं तो समझता था कि तुम किसी पार्टी-पालटिक्स से दिलचस्पी नहीं रखते। लेकिन देखता हूँ तुम कोरे नहीं हो।" वह मुस्कुराने लगा।

मैं आज भी नहीं समझ पाया हूँ कि विनोद ने मुझमें किन गुणों को देखकर पार्टी से दिलचस्पी रखनेवाला पक्का व्यक्ति समझा। जो भी हो, जिस दिन मेरा नाम स्टूडेंट फेडरेशन (कम्यूनिस्ट-ग्रुप) के रजिस्टर में दर्ज हुआ उसी दिन मेरे पास यह भी सूचना आ गई कि मैं स्टूडेंड फेडरेशन (सोशलिस्ट-ग्रुप) की वर्किंग कमिटी में ले लिया गया हूँ।

सिर्फ दो ही पार्टियों की बात रहती तो कोई बात नहीं थी, एक दिन तीसरी पार्टी के भी चक्कर में पड़ गया।

"क्यालक्याटा-क्याफे' (साइनबोर्ड के अनुसार) में बैठकर चाय पी रहा था। मेरे हाथ में बंगला की एक मासिक पत्रिका थी। मेरी बगल में मेरी ही उम्र के एक सज्जन चाय पी रहे थे। उन्होंने कई बार मुझे और मेरी हाथ की पत्रिका को घूरकर देखा और अन्त में पूछ ही लिया—"आपनी बांगाली?" छातूखोर की उपाधि से बचने के लिए मैंने कह दिया—"आग्ये हाँ।"

"ओ! एखाने पोड़ेन? की पोड़ेनः?"

"सेकेंड इयर आर्ट्स।"

'भालो" कहकर उन्होंने काफे के एक कोने में बैठकर बहस करते हुए युवकों को पुकारकर कहा—"उहे! हाबू, भोला, कालू नीलू, फेला! तोमरा से दिन बलले जे सेकेंड इयर आर्ट्स से कोनों मेम्बर नाय। एइजे इनी..."

"ताइना की ताइना की"—कहते हुए ये सबके सब बहस छोड़कर दौड़ आए और मुझे घेरकर बैठ गए। फिर चाय का आर्डर हुआ, बातें हुईं, मिलने-मिलाने के वादे हुए। आर्गेनाइज करने पर जोर दिया गया। सबसे मजे की बात तो यह रही कि मैं उन लोगों की पार्टी का नाम जाने बिना भी, हाँ-हाँ, करता गया। उसमें से एक युवक ने बढ़कर मैनेजर से कुछ कहा फिर मेरे पास आकर धीरे-से बोला—आज धेके कनसेशन। बुझलेन! पार्टीर काफे तो! एरा जानतो ना जे आपनी ब्लाकेर मेम्बर।

उस दिन से फारवर्ड ब्लाक के नाम पर 'क्यालक्याटा क्याफे' में मैं कनसेशन रेट पर 'चाय कटलेट' पाने लगा।

रविवार को आराम से लेटकर 'गोदान' पढ़ रहा था कि विनोद ने, धड़धड़ाते हुए, आकर कहा—"अजी ओ वर्किंग कमिटी के मेम्बर साहब! कुछ पता भी है? कामरेड रामप्रताप आ रहे हैं। आज कमिटी की अर्जेंट मीटिंग है, चार बजे। समझे! और कल पार्क में सभा होगी।...अरे! यह क्या पढ़ रहे हो, गोदान? सिली!"

"क्यों?" मैंने महान आश्चर्य प्रकट करते हुए पूछा।

"इट्स ए रिएक्शनरी बुक!...अच्छा चार बजे आते हो तो?"—कहकर वह जैसे आया था वैसे ही चला गया और मैं डिक्शनरी उठाकर 'रिएक्शनरी' का अर्थ ढूँढ़ने गया।

ठीक साढ़े तीन बजे मैं सज-धजकर निकला। फाटक पर एक प्रियदर्शिनी 'अप-टु-डेट' युवती माली से पूछताछ कर रही थी। मैंने अपनी चप्पल से लेकर पंजाबी तक पर सरसरी निगाह डाल ली। माली ने मुझे देखते ही मेरी ओर दिखाकर कहा—"वही हैं।" वह मुस्कुराती हुई बढ़ी, मेरे पास आकर एक 'कामरेडी अभिवादन' करके मेरे हाथ में एक पत्र देकर बोली, "अरजेंट लेटर"। मैंने पत्र खोलकर पढ़ा—"... सोशलिस्ट लीडर रामप्रताप आ रहे हैं। अपनी पार्टी ने उसे चार स्टेशन बढ़कर काला झंडा दिखाने का प्रस्ताव पास किया है। आप मिस रोस्सा के साथ अभी चले जाइए। कल सुबह से ही वहाँ के मेम्बरों को लेकर प्लेटफार्म पर तैयार रहिएगा।

पंजाब मेल के आते ही 'रामप्रताप मुर्दाबाद' आदि पार्टी के नारों के साथ काला झंडा दिखा दीजिएगा। सेक्रेटरी।" पत्र समाप्त करके मैंने प्रतिवाद के लिए, आँखें जो उठाईं, तो सारा शरीर पुलकित होकर रह गया। मैंने स्वप्न में भी कल्पना नहीं की थी कि मिस रोस्सा जैसी सुन्दरी, मेरी ओर कभी उस मोहक दृष्टि से देखेंगी। नेपोलियन एक आला दिमाग का आदमी था, मानना पड़ा। मैंने फिर एक बार आँखें उठाईं। वह मुस्कुराती हुई, मिश्री से भी मधुर स्वर में बोली—"चल रहे हैं न?"

"चलिए।" मैंने मस्ती में झूमते हुए कहा।

ताँगे पर बैठकर हम लोग स्टेशन की ओर चल पड़े। कुछ क्षण के लिए मानो मुझे होश हुआ—'यह मैं क्या करने जा रहा हूँ! जिनके लिए मेरे हृदय में अगाध श्रद्धा है उन्हीं का अपमान...? वह भी बेमतलब का। नहीं-नहीं, यह मुझसे नहीं होने का।'

"आप सिगरेट नहीं पीते?"

"........."

"आप सिगरेट नहीं पीते?"

"जी?...जी नहीं।"—मेरा ध्यान भंग हुआ।

"क्या सोच रहे थे कामरेड?"—उसने मेरी—आँखों में आँखें डाल दीं।

"सोच रहा था कि...जी मैं कुछ नहीं सोच रहा था।"—मेरी आँखें बरबस झुक गईं।

"जाइए, मैं नहीं विश्वास करती। आप सोच तो कुछ जरूर रहे थे। मुझसे मन की बात क्यों छिपाते हैं? खैर, आप जो भी सोच रहे हों।...क्या आप सिगरेट... एकदम नहीं पीते?"

"जी" एकदम माने...एकदम नहीं। पीने का आदी यानी 'हैविच्युएटेड' नहीं हूँ।

"तो पीजिए न!"—उसने अनुनय-भरे स्वर में कहा।

ताँगेवाले ने उतरकर सिगरेट का टीन ला दिया। टीन काटकर अदा से मेरी ओर सिगरेट बढ़ाने और माचिस जलाने तक की क्रिया उन्होंने ही की। सिगरेट सुलगाकर मैंने पूछा—"और आप?"

"मैं नहीं पीती।"—किसी खास सिनेमा स्टार की तरह उसने बड़े अन्दाज से गरदन हिलाई। मैं मुँह बाये देखता रहा।

"आपके आश्चर्यित होने का कारण मैं समझ रही हूँ। बात यह है कि कई चीजों के सम्बन्ध में मेरी खास राय है।"—पूछिए तो कहूँ की मुद्रा बनाकर वह मुस्कुराती रही।

"जैसे?"—मैंने, सिगरेट का धुआँ बाहर की ओर फेंकते हुए, पूछा।

"धुआँ उधर क्यों फेंक रहे हैं?"—उसने उलाहना दिया।

"तो किधर फेंकूँ?"

"नहीं। मेरी ओर फेंकिए!"—बच्चों की भाँति वह मचलकर बोली।

"आपकी ओर?"

"जी हाँ। मैंने अभी कहा न कि कुछ चीजों के सम्बन्ध में मैं खास राय रखती हूँ। सिगरेट को ही लीजिए न। मैं तो बिना सिगरेट के धुएँ की सुगन्ध के, पुरुषों के साथ की आशा भी नहीं कर सकती। सिगरेट पुरुषों के पीने की चीज है और उसकी सुगन्ध स्त्रियों के उपभोग की चीज है।" अपनी राय नम्बर एक को वह बड़ी गम्भीरतापूर्वक सुना गई। मैं सिगरेट की फिलासफी में डुबकियाँ लेने लगा। दुनिया को भूल गया। वह फिर बोली—"और दूसरी राय मैं नहीं बताती।"—'मैं रूठ गई, मनाओ साजन' की मुद्रा उसने बनाई।

"बतलाइए न!" मेरी बोली में भी रंग उतर आया।

"पहले आप बतलाइए कि आप उस समय क्या सोच रहे थे?"

"मैं सोच रहा था..."

"हाँ-हाँ, कहिए।"

"क्या बताऊँ?"—मैंने उसकी ओर देखकर मुस्कुरा दिया।

"आप बड़े वो हैं। ऐसी बातें करते हैं, मानो नए और कोरे मेम्बर हों।"

"मैं सोच रहा था कि मैं...आप..."

"बस, मैं समझ गई।"—वह खिलखिला पड़ी। इतनी देर के बाद मुझे दुनिया, सड़क, राही, दुकान और ताँगेवाले की याद आई। अप्रतिभ होकर इधर-उधर देखने लगा।

"बगल क्या झाँक रहे हैं। आप बताना तो खूब जानते हैं। बड़े आए हैं दुनिया की ओर इशारा करके मेरी परीक्षा लेने। सुनिए, मेरी दूसरी राय पुरुषों की दाढ़ी के सम्बन्ध में है। मैं 'डेली शेव' (दैनिक हज़ामत) के पक्ष में नहीं। एक दिन के बाद एक दिन की बनी हुई दाढ़ी...।"

'सिगरेट-धुआँ-फिलासफी' से वह 'दाढ़ी-फिलासफी' जरा कम गहरी थी। मैं गड़ाप से जमीन तक पहुँच गया। मेरे मुँह से निकल ही पड़ा—"माई गॉड..." फिर तुरन्त स्मरण हुआ कि हम कम्युनिस्ट हैं और भगवान की लीला देखिए कि आप ही आप शब्द पूरा हो गया '...रेज' पर जाकर।

"माइ-गाडरेज! मतलब?"—वह पूछ बैठी।

"गाडरेज! गाडरेज नम्बर एक, चाबी ट्रेड मार्क, स्वदेशी याने 'गाडरेज शेविंग-स्टीक'।"—मैंने अपनी हाजिर-जवाबी के लिए मन-ही-मन भगवान को धन्यवाद दिया।

"ओ! दाढ़ी बनाने की बात सुनकर आपको शेविंग-स्टीक की बात याद आ गई। क्या आप गाडरेज यूज करते हैं?"

"जी।"—मैंने थककर संक्षिप्त उत्तर दिया।

"लेकिन..."

ताँगा स्टेशन पर पहुँच चुका था। ताँगेवाले ने टोका—हुजूर, गाड़ी प्लेटफारम पर लग गई।

ट्रेन में बैठकर, कुली को पैसे देने के पहले उन्होंने सिगरेट का टीन मेरी ओर बढ़ाया। गाड़ी ने सीटी दी और मैंने 'भक्क' से खिड़की के बाहर धुआँ फेंका तथा अपनी गलती के लिए आँखों से ही क्षमा माँगकर, लगातार चार-पाँच बार उनके चेहरे पर धुएँ का गुब्बारा फेंक दिया। उसकी आँखें धुएँ के मीठे अत्याचार को सहती हुई, झिप गईं, पर उसकी लम्बी नुकीली नाक, पुलकित होकर सिगरेट-सौरभ का उपभोग करती रही।

दूसरे दिन प्रात:काल।

गाड़ी आकर प्लेटफार्म पर लगी। और मैंने, अपनी पार्टी के दो दर्जन मेम्बरों (जिनमें अधिकांश किशोर और किशोरियाँ थीं) के साथ नारा लगा ही दिया—"रामप्रताप मुर्दाबाद।" काले झंडों से प्लेटफार्म भर गया।

"रामप्रताप, कांग्रेस का पुछल्ला!"—यह नारा मिस रोस्सा ने लगाया।

"रामप्रताप, कांग्रेस का दुम!" मैंने इसका हिन्दुस्तानी अनुवाद कर दिया।

यह तो नारा लगाने और झंडा दिखाने की बात थी, मिस रोस्सा के इशारे पर तो मैं किसी की गर्दन तक मरोड़ सकता था। एक-से-एक वजनी नारे लग रहे थे कि एक कम्पार्टमेंट का दरवाजा खुला। भव्य ललाट और प्रभावोत्पादक व्यक्तित्व लिए एक व्यक्ति दरवाजे के पास आकर खड़ा हो गया तथा मन्द-मन्द मुस्काने लगा। उस मुस्कान को पवित्र मुस्कान कह सकते हैं।

"यही है, यही है।" रोस्सा बोली।

"हूँ...।"

"रामप्रताप मुर्दाबाद।" रोस्सा ने नारा लगाया।

"......।" मैंने क्या दुहराया, यह मेरी समझ में नहीं आया।

गाड़ी चल पड़ी। वह व्यक्ति, उसी तरह मुस्काता, खड़ा रहा।

"लेकिन चेहरे पर जरा भी शिकन...।" मैं कह ही रहा था कि रोस्सा बात काटकर बोली—"अरे गांधी का चेला है न! सब पोपबाजी गांधी से इन लोगों ने सीखी है। जूते खाकर मुस्कुराना। हिस्! रँगे सियार!! बड़े चले हैं समाजवादी बनने! क्रान्ति करेंगे। ढोंगी।"

होस्टल पहुँचने के बाद मैं दो बातों की आशंका कर रहा था। प्रथम, विनोद से मैत्री-विच्छेद की, दूसरे इस पार्टी की ओर से अपने नाम 'रटी-स्टाई', 'छपी-छपाई' गालियों की। कुछ हो जाता तो कम-से-कम पिंड छूटने की उम्मीद थी। पर हुआ कुछ भी नहीं। विनोद ने आकर अनुपस्थिति के लिए उलाहना-भर दिया और घंटों सभा की सफलता की बातें करता रहा।

एक-दो महीने तक यही रवैया जारी रहा। कभी-कभी तो पढ़ाई-लिखाई छोड़कर भाग जाने की इच्छा होती। एक ही साथ तीन-तीन पार्टियों का मेम्बर होकर आखिर कब तक कोई अपनी इज्जत को सलामत रख सकता है।

'कलकटा काफे' के कनसेशन और क्रेडिट के आगे सभी पार्टियों को कुर्बान करने जाता, तो मिस रोस्सा की रसभरी आँखें राह रोककर खड़ी हो जातीं। एक दिन 'ब्लाक' के एक मेम्बर ने मुझे एकान्त में ले जाकर एक बंगला 'हैंड बिल' दिया और उसका हिन्दी अनुवाद करने का भार सौंप दिया। मैंने अनुवाद कर दिया। रात-भर में ही उसकी छपाई-सफाई भी हो गई। दूसरे दिन सुबह-सुबह मैं चौक से वापस आ रहा था। ताँगा रोककर 'हैंड बिल' का दो गट्ठर मुझे चुपचाप सुपुर्द कर दिया गया। बँटवाना भी पड़ेगा। बाँटनेवाले न मिलें, तो खुद बाँटना भी पड़ेगा, यह था पार्टी का आदेश। एक जमाना था, जबकि माता-पिता के आदेश को विशेष महत्त्व दिया जाता था, माता-पिता के आदेश पर लोग जंगल की खाक तक छानते थे। पर इस वैज्ञानिक युग में पार्टी के आदेश को ही विशेष महत्त्व दिया गया है। माता-पिता की आज्ञा का उल्लंघन करना तो क्रान्तिकारियों का धर्म ही है। सो इन परचों में गर्मागर्म बातें हों या 'एटम-बम' हों, बाँटना या बँटवाना पड़ेगा ही। ताँगा दूसरे चौराहे के पास भी नहीं पहुँचा था कि किसी की मीठी पुकार सुनाई पड़ी—"कामरेड।"

मिस रोस्सा! वह अपने ताँगे पर से उतरकर मेरे ताँगे पर आ गई। मानो मेरे ही लिए जोगन-सी वन-वन भटक रही थी। हम लोग सिलसिले से बात करने का पोज बना ही रहे थे कि दस कदम पर फिर ताँगा रोका गया। इस बार की रुकावट आखिरी रुकावट थी। सी.आई.डी. इंस्पेक्टर महोदय थे। हम दोनों को साथ पाकर आपने बेहद खुशी जाहिर की। उन्होंने आवश्यक़ता से अधिक नम्र होकर फर्माया—"माफ कीजिए, आप लोगों की तलाशी लूँगा।"

पास ही कोतवाली का एक छोटा दफ्तर था। हम लोग वहीं ले जाए गए। बाजाप्ता तलाशी होने लगी। मिस रोस्सा के हैंड बेग से कुछ सुगन्धित चिट्ठियाँ मय लिफाफे के निकलीं। मैंने आँखें बचाकर एक पत्र को देखा। शीर्षक था 'मेरी रानी'। कलेजा तो धड़क रहा था ही, आँखों की रोशनी भी गायब हो गई।

जब गट्ठरों की बारी आई तो मैं धम्म से एक टूटी कुर्सी पर बैठ गया। गट्ठर खुलने लगे। पुलिसवालों की बाँछें खिल गईं—"हियर यू आर।"

"कहिए साहब, इन गट्ठरों में शृंगार की सामग्रियाँ और साड़ियाँ थीं न? ये पर्चे कहाँ से आ गए"—इंस्पेक्टर साहब ने मुस्कुराते हुए चुटकी ली।

मैं चुप रहा। रोस्सा पीली पड़ गई, उसके मुँह से एक हल्की-सी चीख निकल पड़ी—"मेन्सेविख!!"

हम लोग स्थानीय जेल में पहुँचा दिए गए। 'लेडिज-वार्ड' की ओर जाती हुई क्रान्ति की मूर्ति मिस रोस्सा फूट-फूटकर रो पड़ी। जेल में पहुँचकर मैंने राहत की साँस ली।

दूसरे दिन एक पत्र में निकला—"स्टुडेंट-फेडरेशन (कम्यु. ग्रुप) के सदस्य कामरेड पी. राय तथा मिस रोस्सा आपत्तिजनक पर्चों के साथ गिरफ्तार!!"

दूसरे पत्र में खबर छपी—"स्टुडेंट-फेडरेशन (सोशलिस्ट ग्रुप) की कार्यकारिणी समिति के सदस्य कामरेड प्रफुल्ल आपत्तिजनक पर्चों के साथ गिरफ्तार।"

तीसरे पत्र ने लिखा—"अग्रगामी दल के प्रसिद्ध बंगाली कार्यकर्ता मिस्टर राय सरकार के मेहमान बना लिए गए।"

यदि सच पूछा जाए तो प्रथम श्रेणी के राजनैतिक बन्दियों को घर से भी बढ़कर जेल में आराम रहता है। खाना-सोना, पढ़ना-लिखना। किसी बात की फिक्र नहीं। सो जिन्दगी के दिन चैन से कटने लगे। रोस्सा तो दो दिन के बाद ही छोड़ दी गई। पर अदालत ने मुझे तीन वर्ष की लम्बी सजा दे दी। सोचा था, पार्टी के भयंकर भूत से पीछा छूटा। लेकिन 1942 का देशव्यापी आन्दोलन छिड़ा। जेल खचाखच भर गई। देखते ही देखते पार्टी की बीमारी भी फैल गई। मुफ्त का खाना, आराम से सोना और गला फाड़कर बहस करना—बस। जेल में कम्युनिस्टों की संख्या नहीं के बराबर थी। वे अपनी दाल गलाने की चेष्टा करने की भी हिम्मत नहीं करते थे। गांधी बाबा के भक्तगण तो चर्खा चलाने के सिवा अध्ययन, पठन-पाठन को भी पार्टी की ही चीज समझते थे। अत: वे इन झंझटों से कोसों दूर रहते थे। बहस करना तो दूर, जेल अधिकारियों के दुर्व्यवहारों के खिलाफ आवाज उठाने को भी वे हिंसा करार देते थे। सोशलिस्टों का बहुमत था और मैंने अपने को सोशलिस्ट कहने में ही अपना कल्याण समझा। कुछ दिनों के बाद मालूम हुआ कि कम्युनिस्ट पार्टीवाले अपने मेम्बरों की रिहाई के लिए अथक परिश्रम कर रहे हैं। उनके सुकर्मों को देख-सुनकर पूरा भरोसा हुआ कि वे अपने मेम्बरों को अवश्य छुड़ा लेंगे। अत: एक दिन छिपकर कम्युनिस्टों को याद दिला आया कि वे मुझे भूल न जाएँ। यों तो जेल में किसी प्रकार की तकलीफ नहीं थी फिर भी अपनी मुक्ति के लिए दिन-रात छटपटाया करता था। जेल से मुक्ति का अर्थ था पार्टी के दलदल से मुक्ति। इस दलदल से निकलने के लिए मैं जितनी ही चेष्टा करता था, उतना ही उसमें फँसता जाता था। दिन-भर भौतिकवाद पढ़कर ईश्वर की सत्ता को मिटाया करता था और रात में मसहरी के अन्दर भगवान से अपनी मुक्ति के लिए घंटों रो-रोकर प्रार्थना किया करता था। भगवान ने मुझ जैसे अनन्य भक्त की प्रार्थना सुन ली। मैं बीमार पड़ा। बीमारी ने रंग दिखलाया। पत्रों ने बारी-बारी से मेरी मुक्ति की माँग की। सरकार का ध्यान आकर्षित हुआ और मुझे, समुचित चिकित्सा के लिए जेनरल हॉस्पिटल भेज दिया गया। चिकित्सा होने लगी। वजन बढ़ने लगा, बुखार घटने लगा और सबसे बड़ी बात तो यह हुई कि पार्टी के भूतों से पिंड छूटा। ए.आर.पी. ट्रेनिंग के लिए

आई हुई सुशिक्षित प्रियदर्शिनी बंगालिन नर्सें मेरी तीमारदारी करती थीं। मैंने देखा कि वे सबकी सब मुझसे खिंची रहती हैं। एक दिन बड़ी चतुराई से इस मन-मुटाव के कारणों को जानने की चेष्टा की तो—पंचतंत्र की उस चक्रवाली कहानी की तरह—सिर पर पार्टी का चक्र सवार होकर नाचने लगा। मुझे गांधीवादी समझकर वे मुझसे चिढ़ती थीं क्योंकि गांधीवादियों ने सुभाष बोस को धोखा दिया था। मैंने, एक अज्ञात प्रेरणा से प्रेरित होकर गांधीवादियों की जरा निन्दा कर दी और उन लोगों ने मुझसे सैकड़ों प्रश्न पूछकर पता लगा ही लिया कि मैं फारवर्ड-बलाकिस्ट हूँ। फिर क्या था, 'क्षण-भर चैन न पाऊँ सजनवाँ तोरे बिना' के सभी लक्षण प्रकट होने लगे। सरकार ने मुझे शीघ्र ही छोड़कर बुद्धिमानी का परिचय दिया वरना मैं एक नई बीमारी का शिकार हो जाता।

मुक्ति पाकर मैंने प्रतिज्ञा की कि किसी पार्टी की चर्चा छिड़ते ही वहाँ से भाग खड़ा होऊँगा। चेष्टा तो मैंने खूब की पर एक पार्टी के हिमायती से भेंट हो ही गई। पुरानी जान-पहचान थी, टालना आसान नहीं था। बातें करते-करते आपने पार्टी की पिटारी खोल ही दी। 'बम्बई योजना' के विरुद्ध—राय योजना का घोषणा पत्र मेरे हाथ में देते हुए आपने फर्माया—"देखिए! यह रही कामरेड राय की योजना।' बहस करने से ही फँस जाने की पूरी आशंका थी और अपनी राय दिए गिना रायिस्ट महोदय से पल्ला छूटने की आशा नहीं। मेरे मुँह से—'अच्छी है' सुनकर ही आपने दम लिया।

घर पहुँचते-पहुँचते ही मैंने पत्रों में पढ़ा—"कामरेड प्रफुल्ल ने रिहा होकर बम्बई योजना पर वक्तव्य देते हुए बताया कि यह शोषकों की योजना है। राय योजना से इसकी कोई तुलना ही नहीं हो सकती। राय योजना सही अर्थों में शोषितों की योजना है।"

पढ़ाई-लिखाई की तो इतिश्री हो ही गई थी, घरवालों ने शादी का राग अलापना शुरू कर दिया। जेल जाने के पहले तो कन्या पक्षवालों का ताँता लगा रहता था, मैं एक कीमती सौदा समझा जाता था। किन्तु अब तो लोग मुझ-जैसे बेमतलब जेल चले जानेवाले को लड़की देना और लड़की को कुएँ में डाल देना, बराबर था। माँ और पिताजी की आरजू-मिन्नतों को मानकर मैंने अपनी राय दे दी। बुलाहट हुई। सज-धजकर पहुँचा एक दिन। भावी जामाता के अनुकूल ही आवभगत हुई। कन्या के पिता आधुनिक विचारों के कायल थे और वर्तमान संसार में कुछ अपनी भी राय रखते थे। कन्या देखने-दिखाने के बाद उन्होंने संसार की राजनीति पर भाषण देना शुरू कर दिया। वे सुना रहे थे, मैं सुन रहा था। कुछ देर के बाद मैंने अनुभव किया कि पर्दे के उस पार खड़ी जनता मेरा प्रवचन सुनने को अधीर हो रही है। मैंने सोचा कि कहीं ऐसा न हो कि मुझे 'हाँ में हाँ' मिलानेवाला समझकर लोग छाँट दें। अपनी

भावी पत्नी को देखकर मैंने कल्पना के संसार में, नए डिजाइन के कितने बंगले बना डाले थे। मुझे मैदाने-जंग में उतरना ही पड़ा। बातों का सिलसिला 'क्विट-इंडिया' तक पहुँच चुका था। मेरे भावी स्वसुर की राय थी कि कांग्रेस ने क्विट-इंडिया प्रस्ताव पास करके बच्चों की-सी गलती की। मुझे इसका विरोध करना ही पड़ा। वातावरण गर्म हो गया। पर्दे के उस पार की गर्मी का भी मैंने अनुभव किया। मेरी आवाज चौगुनी हो गई और मैंने यहाँ तक कह डाला कि—"हमारी मंजिल अब दूर नहीं। 1942 के बाद देश ने..."

"सुनिए!" मेरे एकमात्र भावी साले साहब ने अपनी कोठरी से निकलकर मुझे रोका, मैंने उनकी जवानी पर विश्वास करते हुए कहा—"कहिए मोहन बाबू! मैं गलत कह रहा हूँ!"

वे बैठ गए और बड़ी गम्भीरतापूर्वक बोलने लगे—"देखिए प्रफुल्ल बाबू! अब तक मैं चुपचाप आपकी बातें सुनता रहा। जहाँ तक मेरी शक्ति थी मैंने अपनी आत्मा को धोखा दिया यानी अपने को रोके रहा। लेकिन बातें यहाँ तक बढ़ गईं कि चुपचाप रहना मैंने सरासर नमकहरामी समझी।..."

"जरूर! अवश्य!"—मैंने उत्साहित होकर कहा।

"आपने अन्तिम कई बातें ऐसी कही हैं कि जो सोशलिस्टों की बातें हैं और एकदम भारत रक्षा कानून में आ जाती हैं। मेरा जहाँ तक अनुमान है कि आप किसी की ड्यूटी की महत्ता को अवश्य महसूस करते होंगे, इस अवस्था में भी मैं अपनी ड्यूटी नहीं बजा रहा हूँ यह मेरी नमकहरामी के सिवाय और कुछ नहीं तो..."—वे अपने पिता के सिगरेट केस से एक सिगरेट निकालकर सुलगाने लगे।

वृद्ध ने मुस्कुराते हुए मेरी ओर देखकर कहा—"वास्तव में यह पहला मौका है कि मैंने लल्लू को गम खाते देखा।"

"किस मुँह से बोलते हैं"—पर्दे के उस पार से आवाज आई—"लड़के की नई नौकरी है, तरक्की के लिए कोशिश करना तो दूर, बैठे-बिठाए बमवालों से रिश्ता जोड़कर नौकरी भी ले डूबने की तैयारी कर रहे हैं। मेरी लड़की क्वाँरी रहेगी, नहीं चाहिए मुझे ऐसा रिश्ता।"

सम्भवत: यह मेरी सास साहिबा की क्रुद्ध वाणी थी। मेरी समझ में कुछ नहीं आया कि माजरा क्या है। मुझे तुरन्त ही समझा दिया गया कि मोहन बाबू को खुफिया विभाग में नौकरी मिल गई है—1943 से। यह उनके दास-जीवन में पहला मौका था कि वे अपनी आँख-कान से देख-सुनकर भी भारत रक्षा विधान के मुजरिम को छोड़ रहे थे। मेरे साथ उन्होंने इतनी-सी रियायत अवश्य की कि मुझे दो घंटे का समय दे दिया।

मैंने सिर्फ पन्द्रह मिनट में ही तैयार होकर उनका घर तो 'क्विट' कर ही दिया साथ ही शादी की रही-सही आशा को भी 'क्विट' कर दिया। वह सौभाग्यवती

खिड़की पर खड़ी दयनीय मुद्रा बनाकर देखती रही। उसकी बड़ी-बड़ी आँखों में आँसू स्पष्ट दिखाई पड़ रहे थे; पर एक लम्बी साँस छोड़कर वापस आने के सिवाय और चारा ही क्या था!

इस छोटे-से 'व्यापारिक कस्बे' को पार्टी पालटिक्स से परे समझकर मैंने यहाँ एक छोटी-सी नौकरी कर ली। किन्तु अब आटे-दाल का भाव मालूम हो रहा है। यहाँ तो सैकड़ों पार्टियाँ हैं। अपने को किसी पार्टी से अलग रखकर एक कदम भी चलना मुश्किल है। महाशय 'क' से जरा हँसकर बात कर ली कि मिस्टर 'ख' की आँखों में चढ़ जाता है। पंडित 'ग' के यहाँ ट्यूशन करने जाता हूँ तो मुंशी 'घ' मुँह फुला लेते हैं। श्रीमान 'त' एक मिल-मालिक हैं, एक दिन मैंने उनका निमंत्रण स्वीकार कर उनके यहाँ जरा खीर क्या चख ली, कार्ल मार्क्स का सारा 'कैपिटल' कलंकित हो गया। बड़ी-बड़ी दुकानों की बात तो जाने दीजिए, फेरी लगानेवालों की भी पार्टी है। एक दिन बाजार से सिगरेट अचानक गायब हो गया। सिगरेट पीनेवाले लोहे की दुकानों में भी सिगरेट तलाश करते पाए जाते थे। मैंने अपने चाय और सिगरेटदाता श्री शिवजी से पूछा कि भाई तुम कहाँ से सिगरेट ले आते हो? तो उसने दाँत निपोड़कर कहा—"जी, अपनी पार्टी के लोगों के लिए क्या करें...हें...हें ब्लेकमार्केट से...।" समझने में देर नहीं लगी कि पार्टी की बदौलत ही मैं सिगरेट पी रहा हूँ और मैं उसकी पार्टी का ही हूँ।

जब से कांग्रेस ने चुनाव लड़ने की घोषणा की है, यार लोग रंग बदल रहे हैं। जिन्होंने सरकार बहादुर के सामने प्रतिज्ञा की थी कि कभी किसी पार्टी में भाग नहीं लूँगा, उन्होंने भी 1942 की धुली हुई, बक्स में बन्द, गांधी टोपी निकालकर पहनना शुरू कर दिया। 'कांग्रेस' शब्द को उच्चारण करने के पहले जो इधर-उधर देख लेते थे, वे ही आज राह रोककर चुनाव की चर्चा करने लग गए हैं। मैं भी अब अपने को किसी पार्टी का घोषित कर सकता हूँ। कम्युनिस्टों से मेरी कोई दिलचस्पी नहीं रह गई, क्योंकि मिस रोस्सा ने एक अमेरिकन सैनिक से शादी करके अपने अन्तर्राष्ट्रीय सिद्धान्त को कार्य में परिणत कर दिया है। सोशलिस्टों को लोग दामन पसारकर दुआएँ दे ही रहे हैं। ब्लाक और कांग्रेस में कोई मतभेद अब रहा ही नहीं। रास्ता साफ है। लेकिन पार्टी की चर्चा छिड़ते ही हृदय की गति बन्द होने को हो जाती है। दिमाग चक्कर खाने लगता है। कुछ स्थिर भी करूँ तो कैसे। दिन-भर में हजार बार प्रश्न पूछे जाते हैं—

"मि. 'ड' और 'ढ' दोनों इस बार कांग्रेस के टिकट पर खड़े होने की सोच रहे हैं। आपकी राय में दोनों में से कौन 'फिट' है?"

"मिस्टर 'म' पर तो अनुशासन की कार्रवाई हुई थी?"

"सुनते हैं? राजा साहब कांग्रेस के विरोध में खड़े हो रहे हैं!"

"अरे साहब! श्रीयुत 'श' तो हिन्दू सभा के टिकट पर खड़े होंगे। वे तो आपके घनिष्ठ मित्र हैं। मदद तो करनी ही पड़ेगी।" आदि-आदि।

मैं एकदम चुप्पी साध लेता हूँ। मेरी चुप्पी को इतना महत्त्व दिया जाने लगा है कि प्रत्येक पार्टी के मेम्बर मुझे अपनी विरोधी पार्टी का भेद जाननेवाला समझने लगे हैं। नाकों में दम है। मैं सभी पार्टियों का हूँ, मैं किसी भी पार्टी का नहीं हूँ! किसी एक पार्टी को वरण किए बिना गुजर नहीं, पर जब प्रश्न उठता है कि 'किस पार्टी को?' तो सिर चक्कर खाकर रह जाता है।

दिन में चैन नहीं, रात में नींद नहीं आती। आती भी है तो बुरे सपने देखने लगता हूँ। देखता हूँ कि मैं सड़क पर भागा जा रहा हूँ! शहर के आवारा लड़के मेरे पीछे टीन बजा-बजाकर दौड़ रहे हैं। सब चिल्ला रहे हैं—"आप किस पार्टी के? आप किस पार्टी के?" मैं चिढ़कर उन लोगों को मारने दौड़ता हूँ, लड़के ढेले फेंकते हैं, तालियाँ पीटकर हँसते हैं। सड़क पर दौड़ रहा हूँ। दर्जी चिल्लाकर कहता है—"सड़क 'क' पार्टी की है!" सड़क छोड़कर पगडंडी पकड़ लेता हूँ। नाई आवाज देता है—"पगडंडी 'ख' पार्टी की!" पगडंडी छोड़कर नाले में गिर पड़ता हूँ...चौकी पर से नीचे गिरकर नींद टूट जाती है। उठने की शक्ति शेष नहीं रह जाती है। काला ज्वर से पीड़ित सेवक बुद्धन किसी तरह उठाकर चौकी पर बैठा देता है। सान्त्वना देता है कि यह कुछ नहीं है। वह एक दिन गाँव जाकर अपने चचा को बुला लाएगा। वह झाड़-फूँककर सब ठीक कर देगा। मुझे भूत लगा है। आदि-आदि।

मैं भी मानता हूँ कि मुझे भूत सता रहा है। भूत-प्रेत को नहीं माननेवालों से मेरी प्रार्थना है कि वे कम-से-कम इस भूत पर अवश्य विश्वास करें।

[दैनिक विश्वमित्र / पूजा दीपावली विशेषांक
अक्टूबर, 1945 में प्रकाशित।]

धर्मक्षेत्रे-कुरुक्षेत्रे

भादों की रात। तुरत बारिस बन्द हुई है। मेढक टरटरा रहे हैं। साँप ने बेंग को पकड़ा है, बेंग की दर्द-भरी पुकार पर दिल में दया आने के बदले, भय मालूम होता है। आसपास की झाड़ियों में फैला हुआ अन्धकार और भी खौफनाक हो जाता है। उसी झाड़ी से एक गज की दूरी पर खड़ा करामत खाँ सिपाही, कमांडर के इशारे की प्रतीक्षा कर रहा है। बाँसों और पाट के खेतों में छर्रों की 'फुरहरी' जैसे जुगनू चमक रहे हैं। बीच-बीच में बिजली चमकती है। केले के पेड़ों से घिरे हुए झोंपड़े सामने में नजर आते हैं। जब-जब झोंपड़े दिखाई पड़ते हैं, करामत को अपने गाँव के अपने झोंपड़ों की याद आ जाती है।...कहीं उसके झोंपड़े के आसपास भी, रात में, इसी तरह पुलिस और मिलेटरीवाले बन्दूक ताने तो खड़े नहीं होंगे? कौन जाने?...और उसकी प्यारी बीवी अपनी बच्ची को छाती से सटाकर सोई होगी। माँ शायद जगी हो।...

लेकिन, करामत से पचास गज की दूरी पर, पाटों के झुरमुट में खड़ा 'गोरा' सिपाही 'टाम' यह सबकुछ भी नहीं सोचता है। झाड़ियों के छोटे-छोटे बरसाती जोंकों से वह परेशान है। इन जोंकों के खौफ से वह पेशाब भी नहीं कर पाता है। '...फ्... ब्लाडी।' बार-बार पतलून का बटन वह खोलता और बन्द करता है। उसकी क्रुद्ध निगाह आसपास की झाड़ियों की फुनगी पर लपलपाते हुए उन 'ब्लडी' हिन्दुस्तानी जोंकों पर और कान चौकस—बिगुल सुनने के लिए। बिजली चमकती है, गाँव के झोंपड़े नजर आते हैं। टाम को याद आती है 'जैक' की बात। कल 'जैक' रेड पार्टी में गया था। 'जशन' मनाया था जैक ने जी-भर। टाम के अन्दर का पशु भी धीरे-धीरे जागता है।...वह और पेशाब की हाजत को रोक नहीं पाता है।

टार्चसिगनल!—रेड करो!! नींद में विभोर गाँव में घुसता है—आगे-आगे करामत का जत्था और पीछे-पीछे 'टाम' की टुकड़ी।

...कुत्ते भूँकने लगे। सैकड़ों 'टॉर्च' की रोशनी जीभ लपलपाने लगी। खूँटे से बँधे हुए जानवर रस्सी तुड़ाकर भागे। 'भागो मट गोली मार डेगा'—दहल उठा गाँव। कुहराम शुरू हुआ। हजारों इंसान एक साथ रो पड़े। कुत्ते, इंसान, उनकी औरतें, उनके बच्चे!...

"वायनट—फिक्स!"

"चार्ज!"

"आह-ह!"...

कुहराम और बढ़ता है। आवाज और भी दर्दीली होती जाती है। कुत्ते और भी तेजी से भूँकने लगते हैं।

"कौन भागटा है!"

"फायर!"

"ट्ठाँय!...!"

बाँसों के झुरमुट में, पास के पेड़ों पर सोए हुए परिन्दे फड़फड़ाकर उड़ भागे। रात अँधेरी होने पर भी आसमान मुक्त है, वे पाँखें फैलाकर उड़ सकते हैं। जहाँ जी चाहे जा सकते हैं। मगर, धरती पर, गाँवों में, झोंपड़ों के इंसान? वे तो घिरे हैं!

"बाबा हौ, अरे बाप मरि गेल्हाँ रे बाप!"

"चंडन कुमार कहाँ है, बटाव?"

"हुजूर हमरा कुच्छू नै मालूम।"

"गाँडी का बच्चा, काला कुट्टा।"

"घरों में घुसकर खोजा जाय।"

भूखे कुत्तों की तरह टामियों की टुकड़ी टूट पड़ती है। पूर्वी मोर्चे पर मरने से पहले इन्हें खुलकर 'मौज' करने का हुक्म है। हिन्दुस्तानी सिपाही के जत्थे में करामत के सिवा सभी हँसते हुए बढ़े। इस बार औरतों और बच्चों की चीख-पुकार से आसमान भी रो पड़ता है। मूसलाधार बरसा में टॉर्च की रोशनी अजीब-सी मालूम होती है।...घर-घर में गोरे और काले सिपाही!

"हे सरकार..." एक घर के कोनों में से किसी के लम्बे बालों को पकड़कर बाहर घसीट लाता है एक गोरा। लम्बा बाल! औरत। गोरा उन्मत्त हो जाता है।

"आह..."

"सिस्...सटअप!"

"आँयग गि-गि-गि..." मुँह में कुछ ठूँस दिया गया शायद।

गोरा अँधेरे में उसकी छाती टटोलता है फिर तुरन्त उठ खड़ा होता है। बूट की एक ठोकर देकर बड़बड़ाता है—"फ्...ओल्ड बिच।"

फर्श पर पड़ी बुढ़िया बूट की ठोकर खाकर चिल्लाने की चेष्टा करती है "आँय गि-गि...।"

"माय री..."

टाम के हाथ एक चौदह वर्ष की बालिका पड़ती है। बरसा की रफ्तार और तेज हो जाती है। बिजलियाँ और जल्दी-जल्दी चमकने लगती हैं और फूल-जैसी बालिका के सीने पर बैठा इंसान और भी जानवर बनता जाता है। बिजली चमकती है—उसके सुन्दर मुखड़े को गोरा काट खाता है। बिजली चमकती, मुखड़े से लहू

की बूँदें टपकती हैं। बिजली चमकती है—बच्ची की निष्कलंक आँखें पथराती जाती हैं।...जमीन पर उसका शरीर निस्पन्द पड़ा रहता है। 'टाम' खड़ा होकर पतलून का बटन लगाता

है। फिर बिजली चमकती है—बच्ची की पलकें झिंपती नहीं, खुली की खुली ही रह जाती हैं...

घर-घर से दबोचे हुए मुँह से घिघियाने की आवाज आती है। बलिदान के समय पशु जिस तरह घिघियाते हैं। बच्चों के गले से खून निकल रहा होगा, उनकी रोने की आवाज से ऐसा ही मालूम होता है।...

करामत खाँ आर्म्ड फोर्स का सिपाही नं. 285 एक अँधेरी गली में चुपचाप खड़ा, नमकहरामी और नमकहलाली की सीमा पर झूलता है। वह गिनता है—उसके पास सिर्फ पन्द्रह गोलियाँ हैं। सिर्फ पन्द्रह?...उसकी बीवी, उसकी बच्ची, माँ...सामने कोई छाया उसे देखकर छिप जाती है—"जाने भी दो, कोई बेचारा जान बचाकर भाग रहा है।"—करामत ने पहली नमकहरामी की।

गाँव में कुहराम जारी है। मर्दों पर लाठियाँ, संगीन और कोड़े बरसते हैं। गाँव-भर की बुढ़ियाँ बूट की ठोकरें खा रही हैं, जवान औरतें घर-घर में, झोंपड़े-झोंपड़े में जमीन पर बेहोश, दम तोड़ती कराह रही हैं। और श्री पारस चौधरी, पास के गाँव के ही प्रमुख जमींदार, जो आदतन खद्दरधारी थे और जिन्होंने सिर्फ तारीख 10 अगस्त से मिल का कपड़ा पहनना शुरू किया था। ऐसे पारस चौधरीजी, एस.पी. साहब से कहते हैं, बार-बार कहते हैं—"घर घुसकर खोजा जाय, हुजूर, इस घर में देखा जाय, हुजूर, उसको पीटा जाय, हुजूर, वह भारी कांग्रेसी बदमाश है," उसी पारस चौधरी के कहने पर एक घर में आग लगा दी जाती है। छप्पर भीगा हुआ है, इसलिए आग धीरे-धीरे सुलगती है। किन्तु उस मुर्दार रोशनी से भी अँधेरा दूर हो रहा है। रोशनी में करामत कुछ देखता है और उसका झूलना मानो शेष हो जाता है...खुले आसमान के नीचे, कीचड़ में एक औरत हाथ-पाँव मार रही है... गोरा नहीं, काला सिपाही...? रामपरीक्षा सिंह?...और बगल में वह दो बरस की बच्ची गला फाड़कर रो रही है...रामपरीक्षा सिंह...उसकी बीवी...उसकी बच्ची... माँ...नमकहरामी...। वह निशाना लेता है—"ठाँय!"

करामत ने दूसरी नमकहरामी की। वह और चौदह बार नमकहरामी तो कर ही सकता है।...नमकहलालों से इस अकेला नमकहराम की जब मुठभेड़ होती है... ठाँय, ठाँय, ठाँय...!!

अन्त में वह नमकहराम ठीक-ठीक सोलह बार नमकहरामी करने का मजा पाता है। आ...अल्लाह...!

भादों की अँधेरी रात। जिस समय गाँव में लूट मची हुई थी, दो माईल दूर एक जंगल में 'आजाद दस्ते' की बैठक में हिंसा व अहिंसा के सवाल पर मतभेद हो चुका था। इलाके के पुराने और प्रतिष्ठित कांग्रेसी नेता श्री चन्दनकुमारजी, जिन्हें खोजने के लिए एक सारे गाँव का सत्यानाश कर दिया जाता है, अपने साथियों के साथ पूरे अहिंसक हो गए हैं और बाकी लोग अ. भा. कां. क. के 8 अगस्त के फैसले और एलान के मुताबिक अपने को अपना नेता मानकर, अपनी आत्मा की आज्ञा मानकर रायफलों, बमों, रिवाल्वरों और रुपयों का हिसाब-किताब कर रहे हैं। वे हिंसक हो चुके थे...।

करामत की पहली नमकहरामी के कारण, छिपकर भाग आनेवाला 'आजाद दस्ता' का दूत सतना दौड़ता हुआ खबर देता है—"गाँव पर फौजी हमला हो गया है।"

"मगर हम तो दूर हैं, सुरक्षित हैं।" चन्दनकुमारजी जवाब देते हैं क्योंकि वे उस समय अपने को सारे दल का नेता मानते थे।

"वे लूट रहे हैं!"

"वे तो करेंगे ही।"—चन्दनकुमारजी कहते हैं।

"वे औरतों को बेइज्जत कर रहे हैं!"

"क्या किया जा सकता है?" लाचारी जाहिर करते हैं चन्दनकुमारजी।

"गाँव-भर में एक औरत नहीं बची।"

"तैयार!" हिंसकों में से एक उठकर कहता है। सभी हिंसक उठ खड़े होते हैं। एक बढ़ता है, उसके पीछे सभी बढ़ते हैं। वे चले जाते हैं और चन्दनकुमारजी अपने दल के लोगों से कहते हैं—"गांधीजी की अहिंसा का मखौल उड़ानेवाले, इन मूर्खों को कौन समझावे। जाने दो...।" जंगल से बाहर निकलकर, नया कमांडर चार-पाँच शब्दों का एक भाषण दे डालता है—"यदि इन्हें छोड़ दिया गया तो हजारों-हजार गाँवों की ऐसी ही दुर्दशा करेंगे ये। हमने यदि आज डटकर मुकाबला किया तो फिर समझ लीजिए, कि ऐसी घटना फिर नहीं घट सकती।"

"और मिलिटरीवालों को बुला लाए थे पारस चौधरीजी।"—दूत 'सतना' कहता है।

"पारस चौधरी?"

डेढ़ दर्जन हिंसकों ने दाँत पीसा, मानो बिजली चमक उठी। आसमान में नए बादल उमड़-घुमड़ रहे थे।

गाँव में कुहराम थम गया था। कुछ औरतें धीरे-धीरे रो रही थीं और एकाध बच्चे रो रहे थे। जिस घर में आग लगाई गई थी, वह जलकर खाक हो चुका था, मगर आग लहलहा रही थी।

"मिलेटरीवाले घाट पार कर रहे हैं।"

"चलो।"

आसमान में जोरों से बादल गरज उठता है। मिलेटरी और मिलेटरी अफसरों को लेकर दसों नाव किनारा छोड़ रही थीं। नदी के किनारे ऊँचे कगार पर एक मेंड़ के बगल में लेटकर डेढ़ दर्जन 'हिंसक' हिंसा के लिए तैयार हैं।

"उन्होंने लूटा है!"

"ट् ठाँय, ट् ठाँय..."

"उन्होंने मारपीट की है, जुल्म किया है!"

"ट् ठाँय,...ट् ठाँय..."

"उन्होंने औरतों को लूटा है।"

"ट्-ठाँय, ट्-ठाँय..."

"फड़ फड़ फड़र र र र..."

फौजी अफसर का मशीनगन फड़फड़ा उठा।...घबराओ मत दोस्त! देबेन की लाश हटा दो, उसका रायफल ले लो।...बंशी...की थैली में देखो कारतूस हैं!... बंशी को एक चुल्लू पानी पिलाओ! लेट जाओ, दाहिनी नाव पर निशाना करो...

'धड़ धड़ाम! धड़ धड़ाम!!'—आजाद दस्ते की ओर से 'हैंडग्रेनेड' फेंके जाते हैं। बिजली गिरने-जैसी आवाज होती है, नदी का पानी बाँसों उछलता है।...

"...सब शान्त!"

"शान्त नहीं, पारस चौधरी को देखना होगा। चलो!" चार कम डेढ़ दर्जन हिंसकों ने अपने साथियों की लाश को कन्धे पर टाँग लिया और चले।

बाद में खबर फैली—"बिसनपुर मिलेटरी रेड में एक मुसलमान सिपाही को बलात्कार करते देखकर एक हिन्दू सिपाही ने रोका। इस पर मुसलमान सिपाही ने उसे गोली दाग दी। इसके बाद तेरह हिन्दू और एक गोरा को उसने मार दिया। आखिर में वह भी मारा गया। इस पर गोरे और हिन्दू सिपाहियों में फिर घाट पर लड़ाई हो गई। करीब-करीब चालीस गोरा मिलेटरी, दस हिन्दू और पाँच अफसर मारे गए।"

जनता ने, इस खबर को सुनकर, मन-ही-मन उन हिन्दू सिपाहियों की धीरता को सराहा और करामत के नाम पर थूका—"साला।"

यह भी खबर फैली—"राधोपुर के पारस चौधरी के घर में क्रान्तिकारियों ने सशस्त्र डकैती की। रुपये, गहना-जेवर लूट लेने के बाद पारस चौधरी को गोली से उड़ा दिया।"

जनता ने, इस खबर को सुनकर क्रान्तिकारियों के प्रति घृणा प्रकट की।

अभी हाल में ही, एक सभा में श्री चन्दनकुमारजी एम.एल.ए. का समाजवादी विरोधी भाषण हो रहा था क्योंकि समाजवादियों ने यहाँ के किसानों को न जाने कैसे समझा दिया कि अब जमींदारी प्रथा नहीं रह सकती और जमीन पर जोतनेवालों का हक होना चाहिए और किसान मजदूरों के राज का मतलब ही है असली सुराज। एम.एल.ए. साहब के फायल और बिस्तर ढोनेवाले, स्थानीय कांग्रेस कमिटी के एक पदाधिकारी और भावी एम.एल.ए. साहब ने कहा—"वे गाँव की शान्ति भंग करते हैं।"

चन्दनकुमारजी एम.एल.ए. साहब कह रहे थे—"भाइयो! याद रखिए। ये वही लोग हैं, जिन्होंने पारस चौधरी जैसे प्रमुख कांग्रेस भक्त को गोली मार दी थी। ये डकैत हैं, देश के दुश्मन हैं..."

उनके फायल ढोनेवाले शान्ति के अग्रदूतजी ने जोरों से ताली पीटकर नारा लगा दिया—"देशद्रोही! मुर्दाबाद!"

[स्वयं फणीश्वरनाथ रेणु द्वारा सम्पादित व पूर्णिया से प्रकाशित 'नई दिशा' (साप्ताहिक) के शहीद विशेषांक, 9 अगस्त, 1949 में प्रकाशित।]

प्रतिनिधि-चिट्ठियाँ

[प्रतिनिधि-चिट्ठियाँ=जनता के प्रतिनिधि द्वारा लिखी गईं—अपने प्रतिनिधियों के नाम! पत्र की भाषा के लिए लेखक, सम्पादक और पाठक—कोई जिम्मेदार नहीं। राजभाषा का व्यवहार, जिसे जैसे जी में आए, कर सकता है—छोटन बाबू की राय है! फिर भी, तथा-साध्य सम्पादन कर दिया गया है। —लेखक]

शहर अजीमाबाद
12.6.62

प्रिय मनरखन,

यहाँ का हवा-पानी का खबर अखबार से जितना-सा मिला होगा उससे ज्यादा गरम है, असल में। लीडर के चुनाव के समय तो तुम 'देखिए' गए हो। हाँ, उस बार जितना 'कार्यकर्ता'[1] तुम्हारे साथ आया था—उसका बिल 'लाल बाबू'[2] ने पास कर दिया है। सो, इधर का हवा-पानी का रुख ऐसा ही रहा, तो समझो कि डिप्टी मिनिस्टरी नहीं तो पार्लियामेंटरी-सिकरेटरी की जगह धरी हुई है। इसी सबब से तुमको यह लम्बा चिट्ठी लिखा है। इधर दो-तीन सब कमेटी का लगातार बैठक है, फिर इसके बाद से ही 'सेसन' शुरू हो जाएगा। सो दो-तीन महीना हम 'छेत्र'[3] में नहीं आ सकेंगे। और अब 'क्षेत्र' तो तुम्हारा है। तुम्हारे भरोसे ही खड़ा हुआ और तुम्हारे बल से जीता भी। हमको अफसोस है कि तुम्हारे लायक कोई 'पाटी'[4] अभी तक नहीं ठीक कर सके। मगर, तुम घबराना मत। अच्छा अब पहले जरूरी काम के बारे में नोट कर लो :

यह तो जाहिर ही हो चुका है कि रामपुर और मदारगंज के लोगों ने एकजुट होकर हम लोगों का विरोध किया—इसलिए ऐसे विरोधी-गाँव के 'अगुआ' लोगों का एक

1. कार्यकर्ता—यहाँ लठैत के अर्थ में प्रयुक्त।
2. बड़ी कुर्सी के उम्मीदवार और हकदार किसी मिनिस्टर का पुकार-नाम—लाल बाबू।
3. छेत्र—क्षेत्र, कंस्टिच्युएंसी (धर्मक्षेत्र, कुरुक्षेत्र...)।
4. पाटी—पैसे देनेवाला कोई व्यक्ति या फर्म।

'लिस्ट' तैयार कर लो। रामपुर और मदारगंज गाँव में पुश्तैनी दुश्मनी चली आ रही थी। इधर, पिछले कई साल से 'एच'[1] और 'एम'[2] में खूब हेल-मेल हो गया है। और यह हुआ है हम लोगों के सभापतिजी के चलते। तो, रामपुर और मदारगंज गाँव में फिर से 'खटपटी' लगा देना तो आसान है। बहरी-चमाइन को 'ठीक'[3] करके रामपुर-ठाकुरबाड़ी के सामने और स्कूल के कूप में 'बीफ' फेंकवा दो। इसके बाद मदारगंज के 'एम' लोगों के 'अगुआ' नौजवानों को थानेदार गिरफ्तार करके—'पीटपाट' करके कबूल करवाए—दो-तीन धनी 'एम' का नाम लिखवाये! और यदि तुम रामपुर के 'मैजरोटी-कास्ट' गोप लोगों में से किसी एक-दो को भड़काने में समर्थ और सफल हो जाओ तो फिर क्या कहना! पुलिस के आने के पहले 'रैट'[4] हो जाय तब रामपुर के विरोधी लोग भी गिरफ्तार होंगे। इसके बाद, मैं तो 'छेत्र' में पहुँच ही जाऊँगा। लेकिन, तुम तीन-चार 'नाम' से मुझे तार दिलवाना—इसके साथ सभी अफसरों और चीफ मिनिस्टर के नाम भी टेलीग्राम दिलवाना!

इस बीच एजूकेशन बोर्ड का बैठक होनेवाला है शायद? तुमको उसका मेम्बर 'कोपट' करवा दिया है। इस बैठक के पहले एक लिस्ट ऐसा तैयार करो जिसमें विरोध करनेवालों के लड़के, उनके सगे-सम्बन्धियों के लड़के, जो भी हों और जहाँ भी पढ़ते हों—उनके नाम मय पता-ठिकाना के लिखा रहे। यदि सरकारी 'मदद'—किसी भी किस्म का—मिलता हो, तो उसको 'नोट' करो। और—उन सभी का 'मदद' जल्दी ही कैंसिल करवाना तुम्हारा मुख्य कर्तव्य है।

तुम तो जानते ही हो कि सभापतिजी कैसा चाल चल रहे हैं। इस बार जिला कमिटी की बैठक में तुम किसी भी 'औफिसियल-प्रस्ताव' पर 'न्यूटरल' रहना और थोड़ा अलगाव का भाव दिखलाना। यदि भगवान ने चाहा और यहाँ 'लाल बाबू' की गोटी लाल हुई तो तुम्हारे लिए 'डिस्टिक्ट-सिकरेटरी' की जगह धरी हुई है!

हाँ, एक बात—सबसे पहले नोट कर लो—मैं भूला जा रहा था। रामदत्त-रामलगनवाला मामला में कुछ गड़बड़ी न हो—इसलिए एक दिन रामदत्त का नाड़ी जाकर 'टीप' आना जरा। यदि रामदत्त ने मेरे साथ चार सौ बीस किया तो कह देना कि छोटन बाबू सौ 'चार सौ बीस' के एक 'चार सौ बीस' हैं। मिनिस्टर को पाटी दिया उसका खर्चा हम लोगों के हिसाब में जोड़ता है तो जोड़ने दो। रामदत्त से कह देना कि 'बिजनेस इज बिजनेस'—दोस्ती अपनी जगह। हम यहाँ आए हैं जनता का

1. एच—हिन्दू।
2. एम—मुसलमान।
3. ठीक करना—ले-देकर तैयार करना।
4. रैट—दंगा।

प्रतिनिधि होकर—रामदत्त-रामलगन के इनकमटैक्स के मुकदमों की पैरवी करने के लिए नहीं! यह बात उससे तुम साफ-साफ कह देना।...महासभापति का दौरा होनेवाला है, 'बाढ़ पीड़ित फंड' के बकाया हिसाब का भुगतान तुम इसी बार कर लेना—चालाकी से। 'वौचर' सभी तुम्हारे जिम्मे लगाकर आया हूँ।

नरकटिया के 'पाटी' के तरफ से कोई आवे तो पहले 'फंड'[1] में जमा करवा लेना।

सुना है अगले महीने मार्टिनगंज में 'साहित-सम्मेलन' की तैयारी के लिए कोई बैठक होनेवाला है। उस बैठक में जहाँ तक हो सके, बहुमत अपना हो। देहात से अपने 'कार्यकर्ता' को बुला लेना। रामगुलाम और नकछेदी लाल—टाइप के दो-चार गलाबाज कार्यकर्ता को तैनात रखना। बैठक चाहे कोई भी हो—बैठक का दस्तूर है कि जो गलाबाजी करता है—बात उसी की रहती है। और गले की आवाज बुलन्द रहती है—लाठी के जोर पर। सो तुम्हारे 'कार्यकर्ता' लोगों की लाठी 'लाल बाबू' देख चुके हैं—राजधानी में—तब वहाँ उस छोटे-से कस्बे में...। बात यह है कि यह 'साहित-सम्मेलन' जो होनेवाला है, उसका उद्घाटन 'काले बाबू'[2] करनेवाले हैं। तुम मेरा नाम स्वागताध्यक्ष के लिए 'परपोज' करके 'सेकेंड' करवाकर बहुमत से पास करवा लेना—किसी भी तरह। फिर देखना—बात यह है कि 'लाल बाबू' तो अपने हाथ में हैं ही। हम लोग उन्हीं के 'साइड' के हैं यह बात छिपी नहीं। 'काले बाबू' को अपने 'छेत्र' में पाकर—यदि उनको भी हाथ में कर लिया जाय—तो क्या हर्ज है। इसलिए, यह बैठक महत्त्वपूर्ण है। यदि किसी कारण से बैठक में बहुमत नहीं हो सके तो इसको भंग करने की हर कोशिश करना। हो सके तो एक 'पैरेलल-कमेटी' कायम कर लेना—चटपट! और सबसे बड़ी बात—उस सीतारमवाँ को अपने 'साइड' में, जैसे भी हो, रखना। वह ड्रिंक करता है—इसलिए उसको साइड में रखना आसान है। 'पैरेलल कमेटी' कायम करके तुरत सीताराम से कहना कि प्रेस में 'प्रेस-टेलिग्राम' खटखटा दे।

तुम वहाँ के 'फंड' का हिसाब रखना। मैं यहाँ के 'फंड' के बारे में क्या कहूँ—जितने मेरे सगे-सम्बन्धी हैं, लगता है, सभी को इसी समय बारी-बारी से बड़ी-बड़ी बीमारी का इलाज करवाने का मौका मिला है। आज इसको टी.बी. वार्ड में भरती करवाओ तो कल उसको कैंसर अस्पताल में रेडियम लगवाओ...। तबाह हो गया हूँ। यह तो भला कहो अपनी भाभी को—दस-ग्यारह रिक्सा चलता है उनका और उसी से यहाँ

1. फंड—उत्कोच का दूसरा नाम।
2. बड़ी कुर्सी पर आसीन और सदा बिराजे रहने की कसम खाये हुए एक मिनिस्टर का पुकार-नाम—काले बाबू।

का खाना-खर्चा और बच्चों की पढ़ाई चल रही है। इसलिए वहाँ जमा हुए 'फंड' से तुम अपने लिए अपने 'कोटा' से फाजिल खर्च मत करना।

बैकवार्ड-स्टाईपेंड-कमेटी के लिए तुम्हारा नाम 'परपोज' कर दिया है। 'लाल बाबू' को और उनके पी. ए. को नोट करवा दिया है। यहाँ के सभी काम के लिए तुम बेफिकर रहो और वहाँ के सभी काम को अंजाम दो। ज्यादे,...जयहिन्द।

तुम्हारा शुभचिन्तक
छोटन बाबू (एम. एल. ए.)

शहर अजीमाबाद
12.6.62

प्रिय मँझले भैया,

मैं अभी दो-तीन महीना 'छेत्र' से बाहर रहूँगा। इसलिए घर और गाँव आने की उम्मीद नहीं। आप मेरे घर-गृहस्थी के प्रतिनिधि हैं। आपके ही भरोसे मैं राजनीति जैसे कठिन पेशा में आया और सफल हुआ। हालाँकि, आपको भी बड़े भैया की तरह मुझ पर भरोसा नहीं था। माँ तो मुझे अपना बेटा मानती नहीं। उनके लिए सबसे छोटा ही सबकुछ है! और, उनका 'लाल' एक दिन मेरा काल होगा यह मुझे कब पता था। आप लोगों ने बार-बार कहा था इसलिए उसको अपने साथ ले आया था। खैर, उसका किस्सा छोड़िए—बाद में लिखूँगा!

आपको यह लम्बा पत्र इस सबब से लिख रहा हूँ कि बड़े भैया की नीयत पर अब हम को कोई भरोसा नहीं है। चुनाव के पहले ही यदि मैं चेत नहीं जाता तो क्या होता कहना मुश्किल है। विरोधी पाटी से—भाभी के मारफत—घूस खाकर—भंग में धतूरा मिलाकर—मिठाई में डालकर खिलाया ताकि मैं सुबह में समय पर नहीं उठ सकूँ और समय पर 'नौमनेशन' फाइल नहीं हुआ, तो गया। खैर, उसका किस्सा छोड़िए—बाद में लिखूँगा। कहना यह है कि इस बार जूट कटने के समय मैं नहीं रहूँगा। लेकिन, इस बार यदि बड़े भैया ने मेरे हिस्से में कोई गड़बड़ी की तो मैं सीधे सी. एम. के पास 'डेपुटेशन' लेकर चला जाऊँगा और यदि यहाँ नहीं हुआ कुछ तो सीधे दिल्ली जाकर पी. एम. से प्रार्थना करूँगा...। आप कृपा करके यह चिट्ठी उनको भी सुना देंगे पढ़कर। घर से उस बार दो बोरी चावल भेज देने को लिखा तो बड़ी भाभी ने साफ जवाब लिखवा दिया। खैर, उसका किस्सा छोड़िए, बाद में लिखूँगा।

आपने मुनिया के लिए 'बर' खोजने को कहा है—इधर बहुत महँगा है—साधारण घर का फटेहाल फेलियर लड़के का बाप भी पाँच हजार माँगता है। दस हजार से कम में एक का बच्चा भी नहीं मिलेगा। उधर अपने 'छेत्र' में कोई लड़का नजर में आवे तो मुझे लिखवाइएगा। मैं हरचन्द कोशिश करूँगा। लेकिन, 'तिलक' के नाम पर मुनिया की शादी में एक पैसा मदद नहीं कर सकूँगा। इसके लिए आप मुझे माफ करें। अपना-अपना आदर्श है। खैर, उसका किस्सा छोड़िए...।

माँ से कहिए कि 'लाल' यहाँ दो महीना रहा और दो ही महीने में अपने मामा लोगों के सभी गुन प्रकट करके दिखा दिया। पहले तो घर में सभी के पाकिट से पैसे उड़ाने लगा, बाद में फ्लैट में चोरी करने लगा—बल्ब और पर्दे चुराकर बेचते हुए पकड़ा गया। तब, उसको अपना सगा भाई हम कैसे कहें? कैसे कबूल करें। यह अपने गाँव-घर की बात नहीं। यहाँ तो तुरत अखबार में बात छप जाती है। यह तो कहिए कि अखबारवाले भी मेरे दोस्त हैं, नहीं तो खबर प्रेस में चला गया था, समझिए। इसके बाद एक रिक्शावाला से लड़ाई करके सिर तुड़ा आया। एक दिन जुआ खेलता हुआ पकड़ा गया! मुँह पर कालिख पोतना और किसको कहते हैं? और माँ के दुलारे लाल ने जाकर गाँव में यह प्रचार किया है कि हम लोग उसको नौकर बनाकर रखे हुए थे, जूठा और बासी खिलाते थे। ऊपर भगवान है। माँ क्या चाहती है, सो मैं जानता हूँ। माँ से कहिएगा कि बाबूजी ने उनके नाम से जितना जायदाद बेनामी करके रखा है उसमें एक धूर भी किसी भाई को फाजिल दिया कि सीधे सी. एम. के पास डेपुटेशन लेकर चला जाऊँगा। वहाँ नहीं सुनवायी होगी तो सीधे दिल्ली पी. एम. से मिलकर कहूँगा। आप यह पत्र माँ को भी सुना दीजिएगा। और उनके 'लाल' को 'रिफोरमेंटरी स्कूल' में भर्ती करने की मंजूरी मिल गई है। माँ से कहिएगा कि यदि सीधे मन से नहीं आने देगी तो लाल को पुलिस पकड़कर ले आवेगी।

इस बार दशहरा के समय सबकुछ फैसला हो जाना चाहिए। दुर्गापूजा में हर साल पाँच हजार रुपये किस तरह खर्च देते हैं बड़े भैया—इस बार मुझे भी देखना है।

आपके लिए लुंगी खरीदकर राम भाई के हाथ भेज दूँगा। रुपया-पैसा हाथ में अभी नहीं है। इसलिए [अभी] नहीं भेज सकता। आप मेरा काम कीजिएगा तो पैसा क्यों नहीं दूँगा। खाना-पीना लेना-देना तो जग-ब्योहार है!

आपका भाई

छोटन बाबू (एम. एल. ए.)

नोट—आपका 'पोस्काट' अभी मिला है। आप मुखिया के लिए खड़ा हो रहे हैं

सुनकर दुखित हुआ। आप खुद क्यों खड़ा होते हैं—पिछड़ी जाति के किसी को खड़ा करके चुनाव में खर्च करने के लिए कर्ज दीजिए। फिर जब वह जीत जायगा तो पंचायत में अपना जो काम हो करवाइये। और आगे आपको मालूम हो कि सुलेमान ठिकेदार से अब आप रुपया मत माँगिएगा।...स्टेशन टोला के स्कूल का टेंडर किसका मंजूर हुआ?

छोटन बाबू (एम. एल. ए.)

पुनः—माँ से कहिएगा कि उनका दुलारा बेटा यहाँ प्रोपगंडा कर गया है—सारे एम. एल. ए. फ्लैट में कि छोटन भैया व्यापारियों से, बसवालों से, ठेकेदारों से घूस लेते हैं। यदि यही हरकत रहा उसका तो एक दिन मुझे डेपुटेशन लेकर सीधे सी. एम. के पास जाना पड़ेगा। यह पत्र आप बड़े भैया और माताजी को पढ़कर सुना दीजिएगा।

छो. बा.

शहर अजीमाबाद
15 अगस्त, 1962

आदरनीय लाल बाबू,

अब मालूम हुआ कि क्यों आप हमसे इस तरह भागे-भागे चलते थे। मैं पहुँचूँ लालगंज तो आप अजीमाबाद और मैं अजीमाबाद तो आप बाढ़-पीड़ित 'छेत्र' में। खैर, छोड़िए उस किस्से को—अब जो होना था सो हो गया। नतीजा निकल गया, अब आपको भागने का कष्ट नहीं उठाना पड़ेगा। मैं नहीं कह सकता कि आपने किस अपराध का ऐसा कठिन दंड दिया। आपने मुझे—अपने 'साइड' के लोगों में—डिप्टी मिनिस्टरी के काबिल नहीं समझा। लेकिन, 'फलाने बाबू' ने तो सब दिन 'आधे-जी' से आपका साथ दिया। उनको डिपटी-मिनिस्टरी और मुझे 'पार्लियामेंटरी सिकरेटरी' यही आपका न्याय है? यदि 'लीडर' के चुनाव के समय मेरे यहाँ के दो दर्जन 'कार्यकर्ता' नहीं आते तो आपकी जगह कहाँ होती? एक बार सोचकर देखिएगा। यों यह बात कटु है। लेकिन आपके लिए हमने क्या नहीं किया? खैर, छोड़िए उस किस्सा को। आपने न्याय किया हो, अन्याय, यह आप समझें। मुझे यही मंजूर है। मैं पार्लियामेंटरी सिकरेटरी के पद को ही स्वीकार करके, जनता की सेवा करूँगा।

आपने मुझे दंड दिया है, मैं आपको बल दूँगा। आपके स्थानीय और गैर स्थानीय

सभी दुश्मनों का मुकाबला करूँगा और आपको ऐसे लोगों से दूर रहने की सलाह दूँगा—आप मानें या नहीं मानें।

मेरे 'छेत्र' के करीब पाँच बहादुर कार्यकर्ता लोगों पर बेवजह मुकदमा चल रहा है। आपसे कई बार विनय किया।

'जूट मिलवालों' का क्या हुआ? जवाब मुझे देना पड़ता है। यूनियन के नाम पर इतने रुपये का कर्जा लिखने को वे तैयार नहीं हैं। आप एक दिन टेलीफोन पर बात कर लें तो अच्छा।

इधर मेरे 'छेत्र' में कुछ लोग मजहबी-झगड़ा सुलगा रहे हैं। आप नोट कर लीजिएगा—कृपाकर!

भवदीय
छोटन बाबू (एम. एल. ए.)

नोट—जिस बँगले में नबी साहेब रहते थे मुझे यदि वही 'एलोट' हुआ तो मैं नहीं कबूल करूँगा। आप चाहें, तो हमारे लिए अपने पासवाले बँगले का एलोटमेंट करा सकते हैं।

छो. बा. (एम. एल. ए)

शहर अजीमाबाद
16 अगस्त, 1962

आदरनीय काले बाबू,

आप हमको हमेशा विरोधी साइड का आदमी मानते आए हैं। लेकिन हमारे 'छेत्र' के 'साहित-सम्मेलन' के अवसर पर आपने देखा ही होगा कि हमारे छेत्र में हमारा कितना प्रभाव है। आपको इस सबब से यह पत्र लिख रहा हूँ कि आप मुझे विरोधी साइड का आदमी मत मानिये। मैं लाल बाबू का जैसा सेवक वैसा आपका सेवक। आप कहिएगा तो वक्त पड़ने पर एक दर्जन क्या, दस दर्जन 'कार्यकर्ता' मँगाकर सेवा में तैनात कर सकता हूँ। आप चाहेंगे तो लाल बाबू का साइड छोड़कर—बजाप्ता आपके साइड में आ सकता हूँ।

हम बहुत कम पढ़ा-लिखा आदमी है। लेकिन एक बार जिससे दोस्ती करते हैं, निभाना जानते हैं।

योग्य सेवा—

भवदीय

छोटन बाबू (एम. एल. ए.)

शहर अजीमाबाद। 2 अक्टूबर, 1962। शान्ति और सुरक्षा-विभाग के पार्लियामेंटरी सिक्रेटरी श्री छोटन बाबू ने, दंगाग्रस्त क्षेत्र से लौटने के बाद—आज शाम को प्रेस-प्रतिनिधियों के समक्ष यह वक्तव्य दिया :

"पिछले कुछ दिनों से उस क्षेत्र में 'समाज विरोधी तत्त्वों' का जोर बढ़ गया था। स्मरण रहे कि ऐसे दंगे के पीछे मुट्ठी-भर स्वार्थी व्यक्तियों के हाथ होते हैं—देश की नाजुक परिस्थिति को मद्देनजर रखते हुए ऐसी घटनाओं की पुनरावृत्ति नहीं हो...!"

अपने पाठकों के नाम—एक पत्र और!

इन पाँच पत्रों को प्रस्तुत करने के बाद मैं अपने पाठकों से क्षमा चाहूँगा। छोटन बाबू 'मोबोक्रेट' के इन पत्रों को प्रकाशित करने का एकमात्र उद्देश्य अपने पाठकों को अपनी स्थिति का सही संकेत देना है! शान्ति और सुरक्षा-विभाग के पार्लियामेंटरी सेक्रेटरी मुझे समाज विरोधी तत्त्वों में 'प्रधान तत्त्व' समझें—मेरी बला से। मैं अपने पाठकों को समाज की गलत तस्वीर नहीं दिखाऊँगा? किसी के डर से नहीं। किसी चीज के लोभ से नहीं। नहीं-नहीं-नहीं!!! —हम मोबोक्रेसी को अपने देश में जड़ नहीं जमाने देंगे!

[ज्ञानोदय/पत्र विशेषांक/नवम्बर, 1963]

उसने बीमार होकर देखा है
कि दुनिया में राय देनेवालों का ही बाहुल्य है।
बीमार होने का अर्थ है
कड़वी दवा की तरह दूसरों की गलत-सही बातों को
पीते जाना। एक बीमार को अपनी राय जाहिर
करने का कोई हक नहीं, क्योंकि
वह कमजोर है, निष्क्रिय है, निस्तेज है, करवटें लेता है,
कराहता है।
वह समाज का एक सड़ा हुआ अंग है,
जिसे समाज अपनी भलाई के लिए काटकर
अलग कर देना पसन्द करता है।

बीमारों की दुनिया में

बीरेन की जवानी में घुन लग गया।

"आय जवानी, जाय जवानी, पानी-सी बह जाय जवानी!!

हाय जवानी!!..."

बुखार—100^0, 101^0, 102^0...।

खाँसी—भीषण!!

रोग—क्षय के लक्षण।

कथाकारों के नायक प्रायः क्षय ही से पीड़ित होते हैं। खून की कै करते हैं। कथाकार इस रोग को 'रोमांटिक' रोग समझते हैं। बीरेन बीमार है, क्षय के लक्षण दिखलाई पड़ते हैं तो वह भी जरूर 'रोमांस' के मजे लूट रहा होगा?

महीने पर महीने बीत रहे हैं, बिछौने पर पड़े-पड़े एक-डेढ़ वर्ष हो गया। आराम होने के कोई लक्षण दिखाई नहीं पड़ते। उसकी जवानी पटना मेडिकल कॉलेज हॉस्पिटल के एक वार्ड में, बेड नं. 1 पर शिथिल पड़ी है। जर्जर हो चुकी है। लेकिन कथाकार 'रोमांस' का राग अलाप रहा है। रोमांस! हिसे-चलती गाड़ी में रोमांस, सड़क पर रोमांस, खिड़की पर रोमांस!!

मार दो गोली इन रोमांटिक कथाकारों को!

बीरेन की जवानी किसी काम की न रही!

वह लाख मक्खन खाय, अंडा तोड़े, दूध पीये और गोल्ड की सुई ले, लेकिन बहा हुआ पानी वापस नहीं आ सकता, बीती हुई जवानी लौट नहीं सकती।

"तुम तो बेकार घबराते हो यार! यह अब असाध्य रोग नहीं रह गया है। लोग अच्छे होते हैं, रेगुलर लाइफ लीड करते हैं।"

"और म्याँ अब तो लड़कियों के बाप, लड़कों की तस्वीर देखने के बदले उसके फेकड़े का 'एक्सरे' प्लेट देखकर रिश्ता करेंगे। मान लो, थोड़ा इनफिलट्रेशन है, ठीक है। या थोड़ी 'केमिटी' सी है तो कोई बात नहीं। हाँ, जिसका केस 'डेभलप' कर गया है, वह बेचारा छाँट दिया जाएगा।"

नौजवान मेडिकल स्टूडेंटों की बात सुनकर वह हँस देता है। स्टूडेंटों की स्वस्थ हँसी में उसकी हँसी घुलमिल जाती है।

"मिस्टर! इस बार सेनेटोरियम में सीट खाली होते ही आपको भेज दिया जाएगा।"

डॉक्टर की बस एक ही बात सुनते-सुनते वह थक गया है। इधर कुछ दिनों से हाउस-सर्जन एक सलाह देने लग गया है।

"अरे साहब! किसी मिनिस्टर को पकड़िए, सब ठीक हो जाएगा।" लेकिन बीरेन जानता है कि मिनिस्टर साहब के पास सिफारिश के लिए समय नहीं है। बीरेन की सिफारिश के लिए कोई मिनिस्टर नहीं बना है।

बगल की 'केबिन' में कोई हैं, जिनके मिलनेवालों में एक कम्यूनिस्ट है। वह कभी-कभी बीरेन के पास भी आता है। जब आता है, सामयिक राजनीति पर एक व्यंग लिए आता है।

"अब क्या है, अब तो अपना राज है जी।"—मिनिस्टरी जिस दिन बनी थी।

"अब तो यार, खुद पर भरोसा करो।" जयप्रकाशजी ने रिहा होकर, बाँकीपुर लान में भाषण देने के सिलसिले में कहीं 'खुदा जाने' शब्द का व्यवहार किया था।

बीरेन को ढाँढ़स बँधाते हुए वह कभी-कभी कहता है—"अरे कामरेड! लेनिन भी टी.बी. से ही मरे थे और गोर्की ने सबसे अच्छी किताबें सेनेटोरियम में ही लिखी थीं।"

बीरेन ने भी पलँग पर पड़े-पड़े कहानियाँ लिखने की कोशिश की है। कहानी शुरू करने को तो वह कर देता है पर उसे अन्त करना उसके लिए मुश्किल हो उठता है। फलतः उसकी कॉपी में बहुत-सी अधूरी कहानियाँ लिखी पड़ी हुई हैं। वह कभी-कभी उन कहानियों को देखता है, उन्हें शेष करने की हिम्मत नहीं होती।

बीरेन की जवानी किसी काम की नहीं रही!!

अस्पताल की रात बड़ी भयानक होती है। रोगियों की दर्द-भरी कराह, कलेजे में चुभनेवाली चीख और बीच-बीच में मृत व्यक्तियों के सम्बन्धियों का सम्मिलित करुण रोदन! सब मिलकर रात को बड़ी भयानक बना देते हैं। अँधेरी रात और भी क्रूर हो जाती है। चाँदनी रात, कफन जैसी सुफेद और बेजानदार मालूम होती है।

यहाँ मौत बहुत जानी-पहचानी हुई चीज है। जिन्दा रहना, मर जाना, फिर मरते-मरते जी जाना यहाँ कोई अहमियत नहीं रखते। लोग रो-रोकर मौत

को गलत और डरावनी बना देते हैं, यों यह बड़ी सीधी-सादी होती है। वह बेड नं. 5 रात को न जाने कब मर गया। चार बजे भोर को नर्स ने देखा, मौत कभी चुपके से आकर चली गई है। डेथ-सर्टिफाई करने के लिए डॉक्टर आए, मुर्दे को छूकर, ऊँघते हुए चले गए। वार्ड के रोगियों की नींद में कोई बाधा नहीं पहुँची। मुर्दाघर के दो मेहतर आए, उसे स्ट्रेचर पर लिटाकर ले चले। अगले मेहतर ने अपनी जिन्दादिली दिखाते हुए कहा—"चल भैया, कदम-कदम बढ़ाए चल।"

यह उसके चुपचाप और लावारिस मर जाने पर एक व्यंग था।

बेड नं. 5 खाली हो गया। उसका 'बेड-हेड-टिकट' और हिस्ट्री-चार्ट लेकर नर्स चली गई। उसने अपने रजिस्टर में लिखा—"बेड नं. 5 एक्सपायर्ड..." वगैरह-वगैरह।

उसका एक भला-सा या बुरा-सा नाम रहा होगा, लेकिन मरते-मरते वह सिर्फ बेड नं. 5 ही रह गया। यानी बेड नं. 5 सिर्फ मर गया। वज्रपात नहीं हुआ, दीपक नहीं बुझ गया, सिन्दूर नहीं लुट गया। कुछ नहीं हुआ, वह सिर्फ मर गया। वज्रपात हो जाना, दीपक बुझ जाना, सिन्दूर लुट जाना दूसरी बात है और 'सिर्फ मर जाना' दूसरी बात।

बस, यहीं तक लिखी हुई एक अधूरी कहानी को बीरेन कभी-कभी पढ़ डालता है। वह जब-जब इस कहानी को पढ़ता है, उसका अपना नाम भी मिटने-मिटने

को हो जाता है, उसे लगता है जैसे वह बीरेन, बीरू, बीर वगैरह कुछ भी नहीं महज बेड नं. 1।

"कहिए बीरेनजी! कैसे हैं?"—अजीत आया।

बीरेन का नाम मिटते-मिटते रह गया।

यह अजीत, बीरेन का साहित्यिक दोस्त है, कहानी लेखक और पालिटिकल वर्कर। नई शैली और विचारधारा को लेकर इन्होंने हिन्दी संसार में प्रवेश किया है। इनकी कहानी की नायिका, हँसते-हँसते स्खलित हो जाती है, भरी प्रदर्शिनी में एक नग्नमूर्ति के पास खड़ी होकर उसके स्तन को देखती फिर अपने स्तन को छूकर देखती है कि मूर्ति की तरह उसका अपना गठीला, नुकीला है या नहीं। इनके नायक, 'कॉफी-हाउस' में एक प्याली आइसक्रीम चूसते-चूसते मजदूरों के सवालात पर दर्जनों थ्योरियाँ बोल जाते हैं। इनकी भाषा—जज़्बात, अहसास, अहमियत की ठूँस-ठाँस से जरूरत से ज्यादा जानदार हो जाती है।

बीरेन ने करवट लेते हुए कहा—"बैठिए। आप कैसे रहे?"

"ठीक है"—अजीत ने बैठते हुए कहा—"और आपकी 'उनकी' कोई चिट्ठी-विट्ठी आई?"

बीरेन ने गर्दन हिलाकर कहा—"नहीं।"

यह 'शैला' नाम की एक लड़की के बारे में बात हो गई। शैला बीरेन के साथ बनारस हिन्दू विश्वविद्यालय में पढ़ती थी और बीरेन से उसका बहुत अच्छा-सा सम्बन्ध है। अब वह मद्रास के किसी वीमेन्स कॉलेज में प्रोफेसर थी। अजीत की राय में, शैला ही बीरेन की बीमारी का प्रधान कारण थी।

अजीत एक बार मुस्कुराया, फिर कहने लगा—"देखिए! हम जिन्दगी को 'कॉफी' के चम्मच से नहीं माप सकते..."

बीरेन ने याद करने की कोशिश की कि उसने किस अंग्रेजी उपन्यास में ठीक इसी पंक्ति को पढ़ा है।

अजीत कह रहा था—"जिन्दगी किसी की याद में रो-रोकर बिताने के लिए नहीं है। यह एक लहर है जो गरजती है, उबलती है, थपेड़े मारकर जगाती है। यह सुलानेवाला संगीत नहीं। यह एक गति है जो रुकती नहीं...।"

बीरेन आज ऊब गया। वह सब दिन चुप होकर अजीत की सुनता रहा है। और यह अजीत जब बोलने लगता है तो भूल जाता है कि सुननेवाला भी कुछ सोच सकता है, कुछ कह सकता है।

आज बीरेन बोलेगा। जब से वह पलँग पर पड़ा है, उसने सिर्फ सुना है। वह चुपचाप लोगों की सुनता गया है, बोला है नहीं। उसने बीमार होकर देखा है कि दुनिया में राय देनेवालों का ही बाहुल्य है। बीमार होने का अर्थ है, कड़वी दवा की तरह दूसरों की गलत-सही बातों को पीते जाना। एक बीमार को अपनी राय जाहिर करने का कोई हक नहीं, क्योंकि वह कमजोर है, निष्क्रिय है, निस्तेज है, करवटें लेता है, कराहता है। वह समाज का एक सड़ा हुआ अंग है, जिसे समाज अपनी भलाई के लिए काटकर अलग कर देना पसन्द करता है। उसके पीछे चलनेवाले साथी आज उसे गोली मारने को तैयार हैं, क्योंकि वह चलने में असमर्थ है। बीरेन तकिये के सहारे बैठ गया और कहने लगा—"अजीत बाबू! आप जिन्दगी, संघर्ष, मुहब्बत वगैरह पर बड़े-बड़े पोथे लिख सकते हैं—सिर्फ लिख ही सकते हैं। आप अपने को प्रगतिशील कहते हैं, यथार्थवादी होने का दावा करते हैं। पोथियों से आपने यथार्थवाद सीखा है—जिसे मैं उधार की चीज कहता हूँ। और मेरा जन्म किसी 'कॉफी-हाउस' के इर्द-गिर्द नहीं बल्कि खलिहान के पास ही एक झोंपड़ी में हुआ है, जहाँ जन्म से लेकर मौत तक—लड़ाइयाँ ही लड़ाइयाँ लड़नी पड़ती हैं। जहाँ की समस्याएँ तर्क करने का मौका नहीं देती हैं। जहाँ सीधी चोट करनी पड़ती है, सीधे वार को सहना पड़ता है। मेरा दावा है कि मैंने जिन्दगी को आपके 'जेम्स जायस' से अधिक पहचाना है। हमारी जिन्दगी हिन्दुस्तान की जिन्दगी है। हिन्दुस्तान से मेरा मतलब है असंख्य गरीब मजदूर, किसानों के हिन्दुस्तान से। हम अपनी मिट्टी को पहचानते हैं, हम अपने लोगों को जानते हैं। हमने तिल-तिल जलाकर जीवन को, जीवन की समस्याओं को सुलझाने की चेष्टा की है। आपने गेहूँ का पौधा देखा है अजीत बाबू? मेरा खयाल है कि आपने गेहूँ भी नहीं देखा होगा।

"रही मुहब्बत की बात। सो हमारे दिल के किस्से निराले होते हैं। हमारे यहाँ इश्क पनपते ही मुरझा जाता है, शबाब दम घुटकर मर जाता है। हमें मुहब्बत की लाश ढोनी पड़ती है।..."

बीरेन हाँफने लगा। अजीत निष्प्रभ होकर बोला—"आप अब चुप रहिए।"

अजीत चला गया। बीरेन बहुत देर तक गर्म रहा। उसके नथुने फूले रहे और वह सोचता रहा—डॉक्टरों की बात, कम्यूनिस्ट छोकरे की बात, अजीत की बात।

हिन्दुस्तान में यह फेफड़े का रोग 99 प्रतिशत पर हाथ फेरने जा रहा है। जरूरत है उत्तम भोजन, कम मिहनत की। जरूरत है हजार-हजार डॉक्टरों की। लेकिन डॉक्टरी सभी नहीं पढ़ सकते। फिर जहाँ डॉक्टरी पेशा का रूप ले ले वहाँ

बीमारी बढ़ती ही जाएगी।...असल बात है कि हम गुलाम हैं और गुलाम कौम का अर्थ बीमार मुल्क।...

ये कम्यूनिस्ट! 1942 की क्रान्ति में रोड़े अटकानेवाले क्रान्ति-विरोधी! आज फब्तियाँ कसे चलते हैं।

रूस इनका काका है और स्टालिन पैगम्बर। स्टालिन की डिक्टेटरशिप को जनता की डिक्टेटरशिप कहते इन्हें शर्म नहीं आती। जरा कोई इनसे पूछे कि म्याँ जनता की डिक्टेटरशिप जनता पर तो नहीं हो सकती, आखिर यह डिक्टेटरशिप किस वर्ग पर? तो बगलें झाँकने लगेंगे, लेनिन को 'कोट' करने लगेंगे; स्टालिन की दुहाई देने लगेंगे।...

और, यह अजीत! दिन में पच्चीस बार सूट बदलकर होटलों में चक्कर काटते फिरता है, फिलासफी बघारता है। किसानों के सवाल पर आप बोल तो सकते हैं पर किसानों के बीच जाकर काम करने की बात उठते ही उपयुक्त मोर्चे ;नपजंइसम थ्तवदजद्ध की तलाश करने लग जाते हैं।...

अचानक उसके विचारों में बाधा पड़ी। बेड नं. 4 पर गुलाम मुहम्मद गिलानी साहब, उर्दू के शायर हैं। बेचारे भरी जवानी में ही हृदय रोग से पीड़ित हैं। सारी देह में सूजन है, चेहरे पर परेशानी छायी रहती है, लेटने से तकलीफ बढ़ जाती है। मगर उनकी जिन्दादिली है कि उन्हें जिलाए रहती है। हाँ, तो उनकी नौकरानी डेरे से आई थी और रो रही थी कि उसके घरवाले ने उसे बुरी तरह पीटा है। उसे कसम खिला ली जाए जो उसने कुछ कहा हो। गिलानी साहब ने उसे शान्त करके वापस भेजा। बीरेन ने मुस्कुराकर पूछा—"भाई, बात क्या थी?"

गिलानी साहब ने बड़े अन्दाज से गर्दन हिलाकर, हकला-हकलाकर जवाब दिया—"कसम खिलवा लो जो मैंने आह! भी की हो।"

"मगर उसने तो पैंतरे बदल-बदलके मारा है।" बीरेन हँस पड़ा और रह-रहकर हँसता रहा।

रात आई, रातवाली नर्स आई। बाहरी दुनिया शान्त हो गई, अस्पताल की दुनिया कराहती, चिल्लाती, दम तोड़ती और जोड़ती चलने लगी। रातवाली सिस्टर राउंड लगाने आई, बेचारी नर्स ऊँघती हुई पकड़ी गई। तेज, कर्कश आवाज में सिस्टर चिल्ला उठी—"हम रिपोर्ट करेगा, छोड़ेगा नहीं।"

बीरेन का बुखार आज कुछ तेज था, उसे नींद नहीं आ रही थी। उसके जी में आया कि सिस्टर का मुँह नोच ले। चुड़ैल, बड़ी चिल्लाती है। उसने करवट बदली, लोहे का पलँग कचमचा उठा। उसे लगा जैसे यह उसकी हड्डियों की आवाज हो। गिलानी साहब पलँग पर बैठे, 'बेड-रेस्ट' के सहारे हाँफ रहे थे। बीरेन ने पूछा—"क्या हाल है गिलानी भाई?"

"कुछ मत पूछिए"—वे फिर शायराना अन्दाज से बोले—

“छेड़ दिया हसन ने फिर अपना किस्सा,
बस, आज की रात भी हम सो चुके।”

“लेकिन भाई, हम तो ऐसा सोएँगे कि लाख सर पटके पे भी न उठेंगे...।”

सुबह बीरेन ने उठकर देखा, गिलानी साहब के बेड के पास भीड़ लगी थी। औरतें दहाड़ मारकर रो रही थीं। गिलानी साहब के हृदय की गति बन्द हो चुकी थी। उसकी जवान बेवा ने अपना सिर फोड़ लिया था, उसे लोग सँभाल रहे थे। पास ही फर्श पर बैठी उनकी छोटी-सी बच्ची, रेलगाड़ी चला रही थी।

बीरेन अपने में ही बोल उठा—“एक यह भी थे जो चले गए।”

मजदूर राज्य कायम हो!

इन्कलाब! जिन्दाबाद!!

जयप्रकाश! जिन्दाबाद!!...

चिलचिलाती हुई धूप में, मजदूरों का एक विशाल जुलूस सड़क से गुजर रहा था। बीरेन ने खिड़की से देखा—बड़ा लम्बा-चौड़ा जुलूस था। जुलूस दूर निकल गया था लेकिन नारों की आवाज अब भी सुनाई पड़ रही थी—

‘जयप्रकाश! जिन्दाबाद!!’

सुबह से घबड़ाया हुआ बीरेन, अभी कुछ शान्त हुआ। डॉक्टर आए, सुई देकर चले गए। उसने आँखें मूँद लीं और सोने की चेष्टा करने लगा। थोड़ी ही देर बाद उसने अनुभव किया कि उसके शरीर पर कोई हाथ फेर रहा है। उसने आँख खोलकर देखा—

“अहमद!”—वह उछल पड़ा।

“भई लेटे रहो।”

“कब आए?”

“अपने और साथियों का क्या हाल है?”

“हाँ”—अहमद ने बड़े उत्साह से कहा—“कृष्णम् केरल का विद्यार्थी इंचार्ज है। गोपी, अहमदाबाद मजदूर यूनियन में काम कर रहा है। सिन्हा, आर्गनाइज करने के लिए पंजाब भेजा गया है। रियासत ‘टाटा’ में है। अहद, पार्टी-आर्गेन एडिट करता है। मजदूर, किसान और विद्यार्थी फ्रंट पर जोरों से काम चल रहा है। कई जगह वर्कर्स ट्रेनिंग कैम्प भी खुल गए हैं।...अच्छा तो मैं अब चला।”—अहमद उठ खड़ा हुआ।

“फिर कब मिलोगे?”

“कह नहीं सकता, कानपुर में जिच चल रही है। अगर लड़ाई शुरू हुई तो जाना ही पड़ेगा। और हाँ, अच्छी याद आई। कांग्रेसी मिनिस्टरी ने तो इसे टाल दिया

है, लेकिन अपनी पार्टी ने प्रान्तीय वकील सभा की सहायता से एक बोर्ड कायम किया है। 42 के जुल्मी ऑफिसरों के जुल्मों का लिस्ट तैयार करना है। तुम्हारा केस तो काफी वजनी रहेगा। तुम लिख डालो। हम उन जुल्मियों को खुली अदालत में लाकर छोड़ेंगे। तो मैं चलता हूँ।"

अहमद चला गया। बीरेन ने उसे जाते हुए देखा, फिर आप ही आप मुस्कुराने लगा।

रात आई।

बीरेन लेटे-लेटे ताना-बाना बुनने लगा! अतीत की कुछ धुँधली और बिखरी हुई स्मृतियाँ—हरे पेड़-पल्लवों से लदा उसका प्यारा गाँव, उसकी माँ—स्नेहमयी, करुणामयी; प्यारी बहन बन्नो। फिर बनारस के दिन, शैला...। 1942 की क्रान्ति... लाठी चार्ज...कठोर कारावास...जेल का भीषण चार्ज...बीमारी...अस्पताल... कृष्णम् गोपी, सिनहा, रियासत और अहद...सबके सब रणबाँकुरे हैं। लगा जोर—बस एक बार!!

बीरेन उठकर बैठ गया। उसे लगा कि वह उत्तेजित हो रहा है। वह बहुत देर तक चुपचाप बैठा रहा, लेकिन एक नई ताकत न जाने कहाँ से उसके अन्दर आ गई थी जो उसे बार-बार झकझोर जाती थी। इस ताकत के आगे रोग नहीं टिक सकेगा। उसने अनुभव किया कि हजारों हजार साथियों का बल उसे प्राप्त है।

अचानक उसकी विचारधारा में बाधा पड़ी। वार्ड में कुहराम मचा। कोई चल बसा। फिर वही नर्सों का खुट-खुट, डॉक्टरों की दौड़, सिस्टर की कर्कश आवाज, मेहतरों की बड़बड़ाहट।

बीरेन ने लेटते हुए कहा कि—"मरो, मरो!! हिन्दुस्तान में जन्म लेकर। इससे ज्यादा क्या उम्मीद करते हो।"

बेचारी विधवा सिर पीट रही थी, उसका इकलौता बेटा था, एकमात्र सहारा था, उसका राजा था, मुन्ना था...।

बीरेन करवटें ले-लेकर गिलानी का शेर दुहरा रहा था—

छेड़ दिया हसन ने फिर अपना किस्सा!
बस आज की रात भी हम सो चुके।

[मासिक विश्वमित्र के दिसम्बर, 1946 में प्रकाशित।]

एक रात

सावन की श्यामली रात के भीगे आँचल-तले, जनरल अस्पताल के करीब एक हजार रुग्ण प्राणी छटपटा रहे थे। उमस में हवा प्राणहीन हो जाती है न!

मेरे वार्ड में शाम से ही तीन खटिया 'खड़क' चुकी थीं। अनुभवी 'अस्पताली जीवों' का कहना है कि ऐसी घुटन भरी बरसाती रातों में खटिया बहुत बार खड़कती है। टाइफॉयड, न्यूमोनिया और पेट के पुराने रोगियों के लिए, अपने आँचल में चिरशान्ति बटोरकर आती हैं—ऐसी उदार रातें!

रात ग्यारह बजे चौथी खटिया खड़की—खड़...खर्र...र्रर...

वातावरण में सिहरन दौड़ गई....इसके बाद?

हाँ, मैं अपनी ही बात कहूँगा। मैंने सोचा था—इसके बाद शायद मेरी ही बारी हो। इस बार...इस बार पिंगलवर्णा देवी हौले-हौले मेरे पास आ रही है।

मुझे अस्पताल में दाखिल हुए सिर्फ पाँच दिन हुए थे और मेरा नाम यात्रियों के रजिस्टर में दर्ज था। आनेवाले सप्ताह में दिन या रात के किसी भी 'ट्रिप' से मैं कूच कर सकता था...शाम को खून नहीं गिरा था, इसलिए बेचैनी से इन्तजार कर रहा था, क्योंकि प्रति सन्ध्या को सात बजे और प्रात:काल दस बजे, नियमित रूप से—घड़ी देखकर—खून गिरता था, और जब गिरने लगता था तो—एक, दो, तीन बाल्टी!

याद है, नरसिंह भैया एक शाम को मेरे पास आकर बैठे। पूछा, "आज तो खून...?"

"जी नहीं, लेकिन पाँच मिनट में ही शायद...पाँच मिनट क्यों...यह लीजिए, आ गया लाल-लाल इन्कलाब!"

और उसके बाद मैं लाल कविता उगलने लगा था—एक, दो, तीन बाल्टी!

तो शाम को खून नहीं गिरा था और मैं इन्तजार कर रहा था। रोग के उपसर्ग की बात नहीं कहता, पारिपार्श्विक एवं परिस्थिति के उपसर्ग क्षण-क्षण बदल रहे थे...बिजली फेल कर गई थी, पंखे निस्पन्द पाँखें पसारे बेबस थे (जी हाँ, अस्पताल की बिजली भी कभी-कभी आठ घंटों तक फेल रहती है और पानी का नल भी 'आउट ऑफ ऑर्डर' हो जाता है), रोगियों के 'एटेंडेंट' आपस में बातें कर रहे थे, 'नल में पानी नहीं है'। मेरी लोहे की खटिया का स्प्रिंग टूटा हुआ था और खटमलों

की विशाल फौज मैदान में उतर पड़ी थी...बस, कुछ ही क्षणों में रक्त जम जाएगा और शोषण क्रिया नहीं हो सकेगी! मुझे हमेशा आशीर्वाद देनेवाले, मेरे बगल के दिलचस्प और जिन्दादिल वृद्ध का 'बेड' खाली था। वे शाम को ही मुझे आशीर्वाद देकर चले गए थे। मेरी आँखों में एक हल्की-सी तन्द्रा थी, जो क्रमशः गहरी हो गई थी...मैं सोच रहा था—ये लक्षण शुभ हैं। कान के पास जो सिं-ईं-ईं सुर बोल रहा है—वह 'आगमनी' के सिवा और कुछ नहीं!...आओ!... पिंगलवर्णे!!

'खड़...र्र-र्र!' पाँचवीं खटिया खड़की।

इसी बीच, दो यात्रियों ने 'मूक यात्रा'—यानी बगैर किसी 'आडम्बर' के यात्रा की थी। सही मायने में अस्पताल की मौत वही दोनों मरे थे। मगर, इस पाँचवें सवार ने तो मानो 'रोनेवालों' का एक मेला लगा रखा था...राजा बेटा रे! ...मोरा सुगना रे! सोने का सुहाग रे!!...हाय रे! हाय रे!

ऐसे मौकों पर, वार्ड के कुली-मेहतरों को जी खोलकर धन्यवाद देने को जी करता है। अधिकारपूर्ण आवाज से वे डाँटते हैं, "ऐ! हल्ला मत करो!...बाहर जाओ!!"

मुझे करवट लेना मना था। अपने कॉमरेड एटेंडेंट मधुसूदनजी को मैंने जोर-जबरदस्ती ही शाम को डेरे पर भेज दिया था। 'रात में मुझे कोई जरूरत नहीं होगी तुम्हारी। तुम मेरे डेरे पर जाओ', क्योंकि बीमार होने से पहले ही मुझे सीख मिली थी और मैं उसे हमेशा याद रखता था—'डोंट एक्सपेक्ट टू मच फ्रॉम दिस वर्ल्ड'। लेकिन एक घूँट पानी तो 'टू मच' नहीं। प्यास से जीभ ऐंठ रही थी। लगता था, जीभ पर चिपका हुआ गोंद क्रमशः कड़ा होता जा रहा है। मैंने अपने पञ्जर की सारी शक्ति लगायी। उठ बैठा। तिपाई पर सुराही थी। मेरे हाथ के झटके से अथवा पृथ्वी की गुरुत्वाकर्षण शक्ति से हो—सुराही जमीन पर गिरकर चकनाचूर हो गई। अँधेरे में भी मैंने फर्श पर रेंगते हुए तरल पदार्थ को देखने की चेष्टा की। निगाह को थोड़ी ठंडक तो नसीब होगी! देखा, मेरे बेड से थोड़ी दूर, फर्श पर लेटा हुआ रोगी खिसकता-कराहता आया और जमीन में मुँह सटाकर पानी पीने लगा। ठीक कुत्ते-बिल्ली जिस तरह पानी पीते हैं—चटर-चटर-चट्-चट्!

इसके बाद मेरी निगाह धुँधली हो गई। कल्पना करता हूँ—खुली हुई निस्तेज आँखें! कफन जैसी सफेद पुतलियाँ!!

न जाने कब, कितनी दूर जाकर फिर आधी चेतना लौटी, तो आँखों में फिर एक क्षीण प्रकाश लौट आया। देखा, एक काली छाया मेरे पास खड़ी है। ऐसी भयावनी छाया मैंने पहली बार देखी। विश्वास हो गया—जमदूत की बात झूठी नहीं। उस अर्धचेतन अवस्था में भी सोचा था—इस बात को लिख जाऊँ। कम-से-कम एक लाइन—'जमदूत! एक भयावनी छाया, दुर्गन्ध उसके रोम-रोम से निकलती है...'

तकिये के नीचे घड़ी और फाउंटन पेन है, यह भी खयाल था...छाया ने झुककर मेरे तकिये के नीचे हाथ दिया। एक तेज बदबू ने चेतना को झकझोर दिया। छाया अचानक सीधी हो गई और दो कदम पीछे हट गई। मेरे जमते हुए लहू में हल्की गति आई। समझने में देर नहीं लगी कि जमदूत मेरे प्राण के लिए नहीं—बल्कि मेरी घड़ी और पेन के लिए तकिये के नीचे हाथ डाल रहा था। मैंने जमदूत को हाथ के इशारे से पास बुलाया। वह पास आया—भारी दुर्गन्ध से मेरी साँस की पतली डोरी टूटने लगी। मैंने फिर इशारा किया—पानी! छाया बिला गई।

खुट-खुट-खुट। मेम साहिबा आ रही हैं। नहीं, जिन्दगी आ रही है।

"क्या है?...बेड नम्बर थर्टीन! थर्टीन, तुमने मुझे बुलाया है?" मेम साहिबा ने छोटी टॉर्च की धुँधली रोशनी मेरे चेहरे पर फेंकते हुए पूछा, "तुमने?"

मेरी आँखों ने कुछ जवाब दे दिया शायद। फिर मैंने अपनी कलाई पर उनकी ठंडी उँगलियों के स्पर्श का अनुभव किया, फिर छाती पर, फिर नाक के पास। 'डेटॉल' से धोयी हुई उनकी उँगलियाँ! मेम साहिबा ने कहा, "सिंकिंग।"

उसे भी सुना। हँसी आई। यदि बोलने की शक्ति रहती—अपने गुरुदेव की तरह चलते-चलते एक निर्दोष दिल्लगी कर लेता। स्व. द्विजदेनी जेल अस्पताल के सेल में जिन्दगी के अन्तिम दिन काट रहे थे। रात में जब सिपाही की ड्यूटी बदलती है तो नया सिपाही सेल के बाशिन्दों को बारी-बारी से जगाकर देखता है, 'ऐ जवान, ऐ, ऐ जवान!'

द्विजदेनीजी ने जवाब दिया था, 'भाई यहाँ जवान कहाँ? यहाँ तो सत्तर साल का खूसट है।'

मेम साहिबा ने कहा, "सिकिंग।" अर्थात—नैया धीरे-धीरे डूब रही है।

मैं कहता—सिंकिंग नहीं, फ्लाइंग। मैं पाँखें तौल रहा हूँ उड़ने को और आप कह रही हैं—सिंकिंग!

मैंने इशारे से पानी माँगा। मेम साहिबा एक औंस गिलास में, एक टुकड़ा बरफ गलाकर ले आईं और गंगाजल की तरह बूँद-बूँद टपकाने लगीं। मैंने और माँगा तो एक अधगले बरफ का टुकड़ा मेरे होंठों पर डालकर जाने लगी। मैंने अपनी कलम और घड़ी जब उनके जिम्मे कीं तो वे पूछने लगीं, "किसको देगा...नाम बोलो?"

मैंने अपने चार्ट की ओर दिखा दिया।

सुबह आँखें खुलीं तो दुनिया को मैंने अचरज से देखा। यहाँ भी रोगी? नहीं, यह वही पुरानी दुनिया है। हमारा पुराना संसार!! शायद मेरी आँखों की ज्योति ही नयी थी, क्योंकि आँखें खोलते ही तुरन्त जो मेरी दृष्टि के पथ को घेर खड़ी हुई, वह थी मेरी स्नेहमयी लतिका। न जाने कहाँ से आ गई—अप्रत्याशित ढंग से। उसके होंठों पर

सहज मुस्कुराहट थी। पाँच साल के बाद भी उसकी मुस्कुराहट में हेर-फेर नहीं हुआ था...'श्रीकान्त' की राजलक्ष्मी की तरह यह ममतामयी नारी हमेशा मेरे पास आकर खड़ी हो गई है। जब-जब प्राण संकट में रहा, जब-जब मुसीबतों के पहाड़ टूटे, वह बिना बुलाये सैकड़ों कोस की मंजिल पार कर दौड़ती-हाँफती आई है। द्वन्द्वात्मक भौतिकवाद के चार अक्षर पढ़कर सनके हुए 'नास्तिक' के सिर पर कभी बाबा विश्वनाथ का प्रसाद, कभी कालीघाट की माँ काली की चरणधूलि चढ़ाती रही है।

देखा—मधु भाई इत्मीनान से सिगरेट फूँक रहे हैं।

सुना—वार्ड-कुली कह रहा था, "रात में सात पेसेंट एकदम डिसचार!"

"सात?" लतिका ने अचरज से कहा।

"सात नहीं, आठ।" मेरे मुँह में बोली वापस उग गई थी।

"आठ?"

"हाँ, मेरी सुराही भी तो रात में ही फूटी है—आदमी के मरने और सुराही के फूटने में क्या फर्क है?" मैंने हँसते हुए कहा था।

उस रात के बाद फिर वह रात कभी नहीं आई। घड़ी देखकर ठीक समय पर आनेवाला लाल-लाल इन्कलाब फिर नहीं आया।

मृत्यु-पथ के 'बुक्ड' यात्रियों की लिस्ट से मेरा नाम काट दिया गया उस बार!

[अररिया (पूर्णिया) के एक स्कूल की पत्रिका में अगस्त, 1954 में सर्वप्रथम प्रकाशित एवं 10 नवम्बर, 1985 के धर्मयुग में पुनर्मुद्रित।]

स्टिल लाइफ

अस्पताल में दाखिल होते ही आपका नाम बदल जाता है। आप अपना नाम खोकर किसी नम्बर के नाम से मशहूर हो जाते हैं। बेड नम्बर 5 को 'सीपी डायट' चलेगा, नम्बर 3 को 'एनिमा' देना है, नम्बर 12 का 'ब्लड' लेना है। नम्बर 6 को 'बैक रेस्ट' लगा दो।

माँ-बाप का दिया हुआ, राशिचक्र और भृगुसंहिता द्वारा प्रमाणित आपका नाम अथवा आपका प्यारा साहित्यिक नाम-उपनाम यहाँ नहीं चलेगा।

मैं बेड नम्बर 1 था। लगातार चौदह महीने तक अस्पताल में पड़े रहने के कारण मेरा यह नाम 'परमानेंट'-सा हो गया था। आज भी कभी किसी काम से अस्पताल जाता हूँ, तो वार्ड-कुली हँसकर सलाम करते हुए कहता है—बहुत दिनों के बाद इधर आना हुआ—एक नम्बर बाबू!

और जब-जब अस्पताल जाता हूँ, मुझे बेड नम्बर 4 की याद आ जाती है। दीवाल पर अंकित अक्षर को ध्यान से देखता हूँ—बेड नम्बर 4!

चौदह महीने में बहुत-से रोगी आए, अपना नाम खोकर किसी बेड नम्बर से पुकारे गए। आराम होकर घर गए अथवा...। बेड नम्बर 4 पर भी बहुत-से रोगी आए, आकर चले गए। लेकिन, उस बार 4 नम्बर बेड पर एक ऐसा रोगी आकर अपनी याद छोड़ गया—जिसे अभी तक भूल नहीं सका हूँ।

'आउटडोर' से स्ट्रेचर पर लेटकर आया, कुलियों ने बेड पर लिटा दिया और वार्ड-नर्स ने बुखार जाँचकर 98.5 पर एक गोल बिन्दी लगा दी। 98.5 एक स्वस्थ शरीर का तापमान!

वार्ड में दाखिल होते ही नये रोगियों की चीख-पुकार तेज हो जाती है, रोना-धोना बढ़ जाता है। नये वातावरण की प्रतिक्रिया बहुत तेजी से होती है। बुखार तेज हो जाता है, दिल की धड़कन बढ़ जाती है और आँखों की रोशनी कुछ ऐसी हो जाती है कि हर आदमी की सूरत भयावनी मालूम पड़ती है। यह अवस्था प्राय: चौबीस घंटे तक रहती है। अस्पताल की भयावनी रातों में कभी पूर्णिमा का चाँद नहीं आता। बारहो महीने-तीसों रात अमावस्या की अँधियारी छाई रहती है!

दिन के उजाले में, जब वार्ड का कोई नम्बर मरता है, उसके रोनेवाले सगे-सम्बन्धियों को वार्ड के डॉक्टर से लेकर कुली तक डाँटकर चुप कर देते हैं—बाहर जाकर रोना-पीटना करो! हल्ला नहीं! ऐ बूढ़ी, छाती क्यों पीटती है जोर-जोर से!

किन्तु, रात में तो सारे अस्पताल में मरनेवालों की संख्या का अनुमान बेड पर पड़े-पड़े ही लगाया जा सकता है! यह आवाज 'बेबी वार्ड' की ओर से आ रही है। किसी का फूल जैसा सुकुमार बच्चा चल बसा। माँ छाती पीट-पीटकर रो रही है—तोता रे तोता! लाली-लाली ओठ तेरे काले क्यों पड़ गए रे बेटा-आ-आ-आ! अरे कोई मेरे तोते को पकड़कर ला दे रे दैबा-आ-आ!!

दाहिनी ओर टी. बी. वार्ड में भी रोना-पीटना चल रहा है—खून की कै करता हुआ कोई जर्जर शरीर ठंडा हो गया—अच्छा हुआ, आखिर आदमी खून-कै करता हुआ कब तक जिन्दा रहने की कोशिश करेगा?

और यह पतली-तीखी आवाज 'विमेन्स हॉस्पिटल' से आ रही है। लेबर रूम में ही प्रसव-पीड़ा से छटपटाती हुई कोई होनेवाली माँ मर गई, शायद!...

ऐसी मनहूस रातें जिसने करवटें लेकर काट दीं—बस समझिए कि उसका दिल मजबूत हो गया। सुबह को उसकी हालत 'नार्मल' हो जाएगी। और तभी रोग का निदान भी सही हो सकता है, इलाज भी कारगर साबित हो सकता है।

लेकिन, बेड नम्बर 4 को लाकर 'आउट डोर' के कुलियों ने जिस तरह लिटा दिया—लेटा रहा! न रोया, न चिल्लाया। कराहने की आवाज भी नहीं सुनाई पड़ी उसकी!

उसके आने से वार्ड में कोई 'हड़कम्प' भी नहीं मचा!...कभी-कभी किसी रोगी के आते ही वार्ड में बड़ी सरगर्मी शुरू हो जाती है। सगे-सम्बन्धी बार-बार ड्यूटी-रूम से नर्स और डाक्टरों को बुला ले जाते हैं। नर्स की चाल तेज हो जाती है...खुट-खुट-खुट-खुट! डाक्टरों की आवाज गम्भीर हो जाती है—सिस्टर! आइस-कैप!...कोरामिन!

रोगी के सम्बन्धी, डाक्टर से हर पाँच मिनट के बाद जाकर पूछते हैं—डाक्टर साहब, एक बार बड़े डाक्टर को 'कॉल' दिया जाय...?

रोगी के दूसरे आदमी वार्ड के मेहतरों और कुलियों को धमकी देते हैं—पेशाबदानी साफ करके जल्दी दे जाओ।...यह मत समझो कि ऐसा-वैसा आदमी का रोगी है! ननकेसर बाबू को नहीं जानते? मिनिस्टर साहब के साले के अपने भतीजे हैं! सो समझ लो!

वार्ड-कुली बड़बड़ाता है—हाँ भाई, राज ही तुम लोगों का है।

कभी-कभी उत्पात मचानेवाले रोगी आते हैं! आते ही सबसे पहले पलंग की टूटी हुई स्प्रिंग की शिकायत करते हैं, तुरत 'स्पंजिंग' माँगते हैं, गर्म पानी का थैला

उठाकर फेंकते हैं—एकदम ठंडा है! सिस्टर! यह गर्म पानी का थैला है? जरा छूकर देखिए, एकदम बर्फ की तरह ठंडा है!

नर्स 'हॉट वाटर बैग' को छूकर देखती है—और कितना गर्म चाहते हैं आप?

इसके बाद रोगी और उसके साथ आए हुए दोस्त, न जाने क्यों, हँस पड़ते हैं एक साथ! और नर्स ड्यूटी-रूम में जाकर दूसरी नर्सों से कहती है—'अरी प्रमिला! 16 नम्बर पर एक 'पार्टी पेशेंट' आया है!...बड़ा कानून बघार रहा है! होशियार रहना—दिलफेंक...!' दूसरी नर्स जवाब देती है—'ये पार्टीवाले रोगी बड़े उत्पाती होते हैं, लेकिन किताबें अच्छी-अच्छी लाते हैं साथ में! फिल्मफेयर...'

बेड नम्बर 4 ने ऐसा कोई उत्पात नहीं किया! उसने डाक्टरों को परेशान नहीं किया, नर्सों को सरपट नहीं दौड़ाया और न वार्ड के कुलियों को कॉल बुक लेकर बड़े डाक्टरों के पास भिजवाया! 98.5 डिग्री बुखार अपने टेम्परेचर चार्ट पर लेकर वह लेटा रहा—लाल रेखा से नीचे एक काली बिन्दी!!

मैं अपना टेम्परेचर चार्ट खोलकर कभी-कभी देखता था! मिस दास हाथ से मापती थी, मानो कपड़ा माप रही हो—बाप रे, साढ़े नौ हाथ!...जन्म-पत्तरी है यह तो!

बेड नम्बर 11 का टेम्परेचर चार्ट देखकर कोई भी कह सकता है—हिमालय की ऊँची-ऊँची चोटियों का रेखांकन है। बेड नम्बर 2 के टेम्परेचर चार्ट और किसी विदेशी संगीत की सिम्फनी में क्या अन्तर है! किसी सिम्फनी आर्केस्ट्रा का कंडक्टर इस कम्पोजिशन को सामने रखकर—फर्स्ट वायलिन ग्रुप से कहेगा—मोस्ट टेंडर नोट...!

लाल रेखा पर तीन काली बिन्दियाँ—फिर रेखा से नीचे एक बिन्दी! फिर लाल रेखा से ऊपर दो बिन्दियाँ!!

बेड नम्बर 4 के टेम्परेचर चार्ट पर सिर्फ एक काली बिन्दी पड़ी हुई है। लाल रेखा से नीचे एक काली बिन्दी!...वार्ड में घूमते हुए डाक्टरों की आँखें, लाल रेखा से नीचे पड़ी हुई बिन्दी को देखकर जरा भी चंचल नहीं होतीं कभी—नॉट सिरियस!

चार घंटे के बाद, डायरेक्शन बुक हाथ में लेकर वार्ड-नर्स कोई टेबलेट बाँटने आई। टेबलेट और दवा बाँटने के समय, नर्स की पगध्वनि छन्द और ताल में बँधी हुई सुनाई पड़ती है...खुट-खुट, खुट-खुट—बेड नम्बर दो...मुँह खोलो—आँ करो... निगल जाओ...ठीक है...खुट-खुट, खुट-खुट—बेड नम्बर 3...मुँह खोलो—आँ करो...। बारी-बारी से एक-एक रोगी का मुँह खुलवाती है—मुँह खोलो। रोगी चित लेटा हुआ चिड़ियों की तरह मुँह खोल देता है। मिस साहिबा, मुँह में टेबलेट देकर, छोटे गिलास से एक घूँट पानी डाल देती है—निगल जाओ। फिर—ठीक है—के बाद—खुट-खुट, खुट-खुट!

छन्द भंग हुआ!...बेड नम्बर चार! अजी ओ...उट्ठो! मुँह खोलो...बेड नम्बर 4?

बेड नम्बर 4 न हिला, न डुला। चुपचाप लेटा रहा। मिस साहिबा विरक्त हुईं।...ललाट पर रेखाएँ खिंच आती हैं जब इस नर्स के...बड़ी भली दिखाई पड़ती है...अरे ओ सोनेवाले!

मिस साहिबा ने टेम्परेचर चार्ट पर नजर डाली—नार्मल तो है बुखार!

फिर उसने बेड नम्बर 4 के मुँह पर से कपड़ा हटा दिया—घोड़ा बेचकर सोया है! मिस साहिबा ने पलंग के पाँव में अपनी जूती का ठोकर दिया—बेड नम्बर 4!

और अन्त में उसने कलाई पकड़ी। छूते ही न जाने क्यों, नर्स के ललाट पर खिंची हुई रेखाएँ बिला गईं। उसने नाक के पास हाथ रखकर परीक्षा की, छाती पर तलहथी डालकर देखा—'अरे, एक्सपायर्ड?'

खुट-खुट, खुट-खुट, खुट-खुट,...मिस साहिबा ड्यूटी रूम की ओर तेजी से दौड़ी—अरे बाबूलाल, 'ओ. डी.' ऑफिस जाते हो? जरा एक स्लिप लेते जाओ। बेड नम्बर चार एक्सपायर्ड कर गया।—अभी नहीं सर्टिफाई करेंगे तो फिर चार घंटे लग जाएँगे—!

ऑफिस ऑन ड्यूटी—ओ. डी. आए। स्टेथस्कोप की थुथनी को छाती पर लगाया। फिर कान से निकेल के 'एयरपीस' को निकालते हुए नर्स की किताब पर कुछ लिख दिया!

बेड नम्बर 4—एक्सपायर्ड!...मर गया 4 नम्बर! वह सिर्फ मर गया। किसी का सुहाग नहीं लुटा और न किसी की आँख का तारा ही टूटा। उसके मरने के बाद किसी प्रकार के सामूहिक रुदन का भी कोई आयोजन नहीं हुआ। वह सिर्फ मर गया।...सिर्फ मरने में अन्तर है।

अस्पताल के नियमानुसार उसका 'बेड-हेड-टिकट' और टेम्परेचर चार्ट बना दिया गया था। उसने अपनी ओर से कोई प्रार्थना नहीं की थी। न दवा के लिए रोया-रिरियाया, न ही फल के लिए वार्ड-कुली से झगड़ा, न दूध का गिलास बढ़ाते हुए बोला—जरा लगा के देना, बाबूलाल भाई! और न मेम साहब से पलंग के खटमलों की शिकायत की।...ठंडे होते हुए 'हॉट वाटर बैग' की तरह धीरे-धीरे वह ठंडा हो गया!

अस्पताल में दाखिल हुआ—इनडोर रोगियों के रजिस्टर के एक कोष्ठ को भरने के लिए एक बूँद रोशनाई खर्च हुई। वार्ड में आया—टेम्परेचर चार्ट पर रोशनाई की दूसरी बूँद खर्च हुई। वह मर गया, मरे हुए रोगियों के रजिस्टर की खानापूर्ति में तीसरी बूँद...

बर्फ-घर के कुलियों का जत्था आया—मेम साहब! लीजिए 'साइन' कर दीजिए कागज पर जल्दी से।...बड़े साहब बैठे हैं। इम्तहान चल रहा है।

दूसरे ने कहा—बहुत मार्के से ताजा 'डेड बॉडी' मिल गया। क्यों नन्दू?

स्ट्रेचर को उठाते हुए नन्दू नाम के कुली ने रसिकता की—चल भैया कदम-कदम बढ़ाके। हटो भाई, जरा निकलने दो—'सेकेंड पाट' के बाबू लोगों का 'कोसचैन' जा रहा है।

एक मेडिकल स्टूडेंट हड़बड़ाता हुआ आया और वार्ड-नर्स से पूछने लगा—'मिस दास!...प्लीज!...बेड नम्बर 4 का 'बेड-हेड-टिकट' जरा दिखलाइएगा...क्या केस था, कह सकती हैं?' नर्स मिस दास अपनी मुस्कुराहट को रोककर बेड-हेड-टिकट और टेम्परेचर चार्ट निकालने लगी।...तीन-चार और परीक्षार्थी आए कम-से-कम केस की हिस्ट्री मिल जाए तो समझो पोस्टमार्टम में...।

मेडिकल स्टूडेंटों ने 'बेड-हेड-टिकट' को इधर-उधर उलटाकर देखा—रोगी के नाम की जगह लिखा था—एक रोगी—अचैतन्यावस्था में। पता—लावारिस!... टेम्परेचर चार्ट पर, लाल रेखा के नीचे एक काली बिन्दी पड़ी हुई थी।

सबों ने एक साथ हँसकर कहा—धत्तेरे की जय हो!

खुट-खुट, खुट-खुट। मिस साहिबा मुस्कुराकर मिक्सचर बाँटने चलीं!

और मैंने करवट लेकर दीवार पर अंकित अपने नम्बर को देखा, बेड-हेड-टिकट मेरा काफी मोटा हो गया है—पचासों किस्म की रिपोर्ट...!

तकिये पर अजाने ही दो-तीन बूँद आँख का पानी गिर गया—बेवजह, बेकार, जिसका कोई अर्थ नहीं!

[निकष / जनवरी 1957 'वन-तुलसी की गन्ध' में संकलित]

रेखाएँ : वृत्तचक्र

अस्पताल के सर्जिकल वार्ड से मैं सदा दूर-दूर ही रहा करता था। कभी किसी घायल आत्मीय अथवा बीमार दोस्त को देखने के लिए गया, तो वार्ड के बरामदे पर ही पसीने से लथपथ और सिर में चकराहट, चारों ओर मिट्टी के बरतन-बासन की तरह टूटे-फूटे लोग। सफेद पट्टियों और प्लास्टर से बँधे उनके भंग अंग। कटे-छँटे हाथ या पाँव। चीरे हुए पेट से लगी हुई रबर की नली। पलँग के पास स्टैंड से लटकती हुई खून, अथवा प्लाज्मा या सलाइन की बोतल। हवा में ईथर की उत्कट गन्ध और चीख-कराह-पुकार...इस बार बीमार होकर जब से सर्जिकल वार्ड में भरती हुआ हूँ, सबकुछ सामान्य और श्लील लगता है। घबराहट नहीं। सिर में चक्कर नहीं। कहीं कोई दुर्गन्ध नहीं। जब से होश में आया हूँ, अपनी हालत पर खुद हँसकर प्राणांतक कष्ट सह लेता हूँ। आज हठात् अपनी इस बेबस अवस्था पर मुझे भीष्म पितामह की याद आई। महाभारत की वह तस्वीर आँखों के सामने स्पष्ट हो गई...ब्लड की बोतल, बेड रेस्ट, राइस-ट्यूब, सलाइन की बोतल से लगी रबर की नली मेरे पाँव की नस में बिंधी हुई...उमा से मैंने कहा, "मैं शर-शय्या पर सोए हुए भीष्म पितामह की तरह नहीं लग रहा क्या?"

उमा के होंठों पर हल्की-सी मुस्कुराहट दौड़ गई। वह बोली—कल नाई को बुला लाऊँगी...दाढ़ी कितनी बढ़ गई है...!

मैंने पहले एतराज जाहिर किया, फिर कुछ सोचकर कहा—आज ही क्यों न बुला लातीं...?

सोचा, आज अगर हजामत नहीं बनी और आज ही कुछ हो गया...कुछ हो गया, साफ-साफ क्यों नहीं कि यदि मर गया, तो आखिरी तस्वीर कितनी बदसूरत उतरेगी! बढ़ी हुई दाढ़ी, खुला हुआ विकृत मुँह, चेहरे पर आतंक...नहीं-नहीं, आखिरी तस्वीर में मेरे होंठों पर मुस्कुराहट अंकित रहे, मरते-मरते चेष्टा करूँगा... स्माइल प्लीज...!

जलधरजी की याद आती है। जलधरजी की शव-यात्रा की तस्वीरें, 'माधुरी', 'फिल्मफेयर', 'चित्रपट' आदि पत्रिकाओं में प्रकाशित हुई थीं,...चेहरे पर कैसी शान्ति छाई थी! होंठों पर एक अपूर्व मुस्कान, ललाट पर चन्दन। फूलमालाओं से

ढँका प्रसिद्ध सिने गीतकार जलधर...आँखें मूँदकर किसी मधुर गीत का मुखड़ा सोच रहा हो, मानो! किन्तु पुष्पलाल! अत्याधुनिक विद्रोही कवि, कथाकार पुष्पलाल के एक दर्जन से भी अधिक कैमरावाले मित्र थे। जब वह जीवित था, तो मित्रों ने उसकी कई नंगी तस्वीरें उतारी थीं। किन्तु उसकी आखिरी तस्वीर किसी के पास नहीं। किसी ने उतारी नहीं, अथवा उसने मौका ही नहीं दिया। पुष्पलाल के पेट में जब एकाध पेग 'माल' पहुँच जाता, यानी जब वह मौज में आता, तो हर बात के पहले मैथिली की एक भद्दी गाली उगलता—धीचो-ओ-ओ...! सुना है, मरने के पहले उसके मुँह से यह गाली निकली थी। उसके एक मित्र का कहना है कि उसने भगवान को गाली दी थी। वह जिसे भी गाली दे, मैं उसके मरते हुए चेहरे की कल्पना करता हूँ। दोनों होंठों को संकुचित करके गोल बनाते हुए वह गाली दागता था—धीचो-ओ-ओ...! सामनेवाले वार्ड में पिछले साल पुष्पलाल ने चोला छोड़ा था। मैं जानता हूँ, मेरी बीमारी का समाचार सुनकर लोगों ने जलधर और पुष्पलाल को याद किया होगा। किसने क्या कहा होगा, अनुमान से ही मैं सही-सही बता सकता हूँ।

उमा इस तरह चिन्तित होकर क्यों आ रही है उधर से? कहती है, ब्लड बैंक में 'ओ' ग्रुप का ब्लड नहीं है। कल कोई रक्तदाता 'ओ' ग्रुपवाला नहीं आया, तो क्या होगा...? उमा चिन्तित हो फिर उधर चली गई।

साला! न जाने कैसे-कैसे और किस-किस पेशे के लोगों के खून! एक दिन बाद देकर 300 सी. सी. रक्त शिराओं के द्वारा बूँद-बूँद कर डेढ़ घंटे तक मेरे शरीर के अन्दर पहुँचाया जाता है और डेढ़ घंटे तक निश्चल चित लेटा हुआ मैं स्टैंड से लटकती हुई उल्टी बोतल की ओर देखता रहता हूँ। रबर की नली के बीच से लगे काँच के बल्ब में टपकते हुए गाढ़े खून की बूँदों को गिनता हूँ। फिर बूँदों के टपकने के ताल पर मन में मुखरित होनेवाली बात स्वयं ही पद्यबद्ध-सी हो जाती है:

दौड़ाया जा रहा है रोज /मेरी शिराओं में तीन सौ सी. सी. रक्त
किसी आततायी आक्रामक बूचड़ ब्रह्मचारी कृपालु ईश्वर का...!

और अब कोई मेरे अन्दर ही मुझे गाली देता हुआ कहता है—साले! अब तू कविता करने लगा...?

इस बार अस्पताल में होश सम्हालने के बाद ही से ऐसा होता है। मन-ही-मन किसी पंक्ति की आवृत्ति, तुकबन्दी और अश्लील मुहावरे गढ़ने का खिलवाड़! अथवा यह भी मेरे मूल रोग का कोई उपसर्ग है? कई बड़ी बीमारियों के बाद ऐसे ही लक्षण प्रकट होते हैं...दाँत से नाखून कुरेदना, बार-बार नाक पोंछना, हाथ की उँगलियों को नचाना, जीभ से होंठ चाटना...

उमा ब्लड का प्रॉब्लम सॉल्व कर आई है। उसके साथ मुस्कुराती आई है एक मोटी अधेड़ बंग-महिला। उमा कहती है—इनका भी 'ओ' ग्रुप है। कई साल से बराबर ब्लड बैंक में ब्लड डोनेट कर रही है।

महिला अपने बैग से एक लाल कार्ड निकालकर उमा की ओर बढ़ाती हुई कहती है—एमरजेन्सी में ही हमेशा हमारा ब्लड लगता है!

उमा उससे बातें करने लगी। वह कल सुबह आठ बजे आकर ब्लड बैंक में अपना खून दे जाएगी। और, बारह बजे से मेरी नसों में इस स्कूल मास्टरनी का रक्त टपकने लगेगा। वह नमस्कार करके चली गई, तो मेरा मुँह खुला—औरत का ब्लड? तिस पर इस औरत का...? हरगिज नहीं! कभी नहीं! मैं लूँगा ही नहीं!

उमा चुप रही, तो मैं लगातार दुहराने लगा—मैं लूँगा ही नहीं! नहीं लेना है... नहीं लेना है...नहीं लेना है...!

—क्या लड़कपन कर रहे हो! उमा किंचित् हँसती हुई मुझे डाँटती है।

—मैं हरगिज नहीं लूँगा!

—मत लेना! अभी चुप तो रहो!

—मैं चुप भी नहीं रहूँगा! मैं अभी दूध भी नहीं पीऊँगा! दवा भी नहीं!

उमा फीडिंग-कप में दूध डालकर चम्मच से दवा मिलाती रहती है और मैं कटे हुए रेकॉर्ड की तरह बजता रहता हूँ—दवा भी नहीं! दूध भी नहीं! दवा भी नहीं! दूध भी नहीं...!

यदि नाइट-नर्स नीलम्मा नहीं आ जाती, तो लगातार दस-पन्द्रह मिनट तक आँखें मूँदकर इसी तरह बोलता रहता और उमा हाथ के फीडिंग कप में चम्मच चलाती मुझे डाँटती, पुचकारती रहती। इस लड़की को मैं मन-ही-मन रजनीगन्धा की खिली हुई कली कहता हूँ। रात-भर इसी तरह तरो-ताजा मन्द-मन्द मुस्कुराती और मह-मह महकती रहेगी।

—यह कौन-सा गाना चल रहा था? नीलम्मा अपनी 'केरालायी हिन्दी' में पूछती है।

मेरे मुँह में फीडिंग-कप की टोटी डालती हुई उमा मुस्कुराकर जवाब देती है—दूध भी नहीं! दवा भी नहीं...!

—वाह! कित्ता अच्छा गाना है! कल से फीडिंग-कप नहीं, फीडिंग-बॉट्ल ले आइए! नीलम्मा थर्मामीटर झाड़ती आगे बढ़ आती है। मुझे आज्ञाकारी बालक की तरह दूध पीते देखकर कहती है—दूध पीके खूब गाना गा!

उमा और नीलम्मा एक ही साथ हँस पड़ती हैं।

नीलम्मा बुखार मापकर चली गई, तो उमा उसकी नकल करती हुई बोली—दूध पीके खूब गाना गा...!

किन्तु मैं हँस नहीं सकता हूँ। गाना, गीत, सांग, म्यूजिक लैब, टेप, रेकार्डिंग, प्लेबैक वगैरह शब्द सुनते ही मुझे हिचकी आने लगती है। हिचकी अर्थात् हिकप, जिसे सात दिन तक, दिन-रात दवा अदल-बदलकर डाक्टरों ने मुश्किल से दूर किया है। हिचकी के बाद मतली, यानी नॉशिया। फिर अंतड़ियों में सोया दर्द धीमे-धीमे शूल बनकर चुभने लगता है। तब शुरू होता है वमन। सब दवा, पथ्य, टेब्लेट्स, ग्रेन्युल्स, पिल्स, कैप्सूल, ड्राप्स एक साथ बाहर! वमन के बाद ही कॉमा, संज्ञाहीनता!

हिचकी शुरू हुई और उमा ड्यूटी-रूम की ओर भागी। उमा के साथ खुट-खुट करती तेजी से नीलम्मा आती है। मेरी नाड़ी पर उँगली रखती है और फिर तेजी से ड्यूटी-रूम में चली जाती है। निश्चय ही बड़े डाक्टर को कॉल देने...

—शि-बू-ऊ-ऊ! लगा, गंगा के उस पार सें कोई मुझे पुकार रही है। मैं जवाब देना चाहता हूँ, आवाज नहीं निकलती। आँखें खुलती हैं। मेरे नासाछिद्र में लगी राइस-ट्यूब में मोटी सीरिंज लगाकर नीलम्मा मेरी अंतड़ियों में जमे हुए दूषित-कुपित पित्तज तरल पदार्थ को खींच-खींचकर बाहर निकालती जा रही है। पास खड़े बड़े सर्जन डाक्टर अजय चुपचाप मेरी ओर देख रहे हैं...

पेट का शूल धीरे-धीरे कम हो रहा है। शायद हिचकी रोकनेवाली सुई लगाई गई है। इस सुई के बाद एक पेग स्कॉच का नशा-सा हो जाता है...जो आज कॉमा में नहीं गया? कॉमा! हास्यरस के उन बनारसी कविजी का नाम भूल रहा हूँ, जिनकी एक कविता की पंक्ति है...जिन्दगी एक सेन्टेन्स है...कॉमा फुलस्टॉप...?

लेकिन मैं कॉमा को समाधि कहता हूँ। मूर्च्छा को संन्यास रोग भी कहा जाता है न! आश्चर्य! बेहोशी में देखते हुए सपनों के दृश्य मुझे विस्तारपूर्वक याद हैं।

देखा, सभी लोग पेट पकड़कर झुके हुए हैं, झुक गए हैं, अचानक जो जहाँ है, वह अपने दोनों हाथ कमर पर रखकर झुका हुआ है। खेत-खलिहान में काम करते हुए लोग, नहर के किनारे खड़े लोग, चने के खेत में साग खोंटती हुई औरतें,

सभी दर्द से छटपटा रहे हैं। हवा में एक विचित्र प्रकार की खटास है। सबकुछ खट्टा-खट्टा। हवा का एक झोंका आता है और सभी एक साथ चीखकर और भी झुक जाते हैं। सभी व्यक्तियों के शरीर मुड़कर विकृत स्वस्ति का चिह्‌न जैसे...मैंने सुना, कोई रेडियो पर किसी स्टेशन से एलान कर रहा है—भाइयो! भाइयो! यह कोई एटॉमिक गड़बड़ी हुई है। जमीन पर पेट के बल लेट जाइए। वैक्वम आ रहा है। वैक्वम! ओ-य-क! ओ-य-क! हजारों लोग एक साथ वमन कर रहे हैं। सभी

के मुँह से एक ही शब्द—वैक्वम! वैक्वम! वैक्वम...! किन्तु उमा स्वस्थ है। दौड़ी आ रही है—भयनेई, भय नेई! आर वैक्वम एदिके आसव ना! डरने की कोई बात नहीं, गलती से ऐसा हो गया है। किसने की ऐसी गलती? यह जानलेवा गलती किसकी है? अमरीकी वैज्ञानिकों की, या रूसी, या चीनी या, पाकिस्तानी,

अथवा भारतीय...जुडिशियल इन्क्वायरी हो! गलती करनेवाले को सजा दो! नहीं तो गद्दी छोड़ दो!

समाधि भंग होने पर अपने चारों ओर डाक्टरों को खड़ा देखकर मैं पूछना चाहता था—आखिर किसकी गलती थी? लेकिन कुछ पूछ नहीं सका। ऑक्सीजन-सिलिंडर लगी हुई नली से मुझे नाथ दिया गया था...

दूसरा दृश्य : अशोक राजपथ पर एक बड़ा-सा जुलूस आ रहा है। कोई नारा नहीं। शोर-गुल नहीं। जुलूस करीब आता गया। सड़क के दोनों किनारे असंख्य लोग पंक्तियों में खड़े इस जुलूस की प्रतीक्षा कर रहे हैं। किन्तु यह जुलूस आदमियों का नहीं, सफेद बत्तखों का है। मुड़ी हुई गरदन, दूध की तरह सफेद डैने, गुलाबी चोंच...हजारों-हजार बत्तखें पैंक-पैंक-पैंक-पैंक-पैंक-पैंक करती हुई अस्पताल की

ओर मुड़ गईं। फिर गंगा किनारे सभी बत्तख पंक्तिबद्ध पानी में उतर गईं। गंगा के इस पार से उस पार तक बत्तखों का एक पुल बन गया। नील जल पर सफेद

पुल, जीवन्त पुल...पैंक-पैंक-पैंक...उमा मुझे हाथ पकड़कर उठाती है—शिबू! ताड़ाताड़ी ओ पारे चलो...शिग्गिर...नइले पुल भेंगे जाब। पैंक-पैंक-पैंक...मैं टटोलकर उमा

का हाथ पकड़ता हूँ। बत्तख के डैने मेरे हाथ से फड़फड़ाकर निकल जाते हैं, सशब्द...पैंक-पैंक-पैंक-पैंक...मैं पुकारता हूँ किन्तु उमा जवाब नहीं देती। मैं उमा का नाम लेकर पुकारता हूँ, किन्तु मेरे कंठ से भी सिर्फ बत्तखों की बोली निकलती है—पैंक-पैंक-पैंक...!

संज्ञा लौटने पर देखा, मेरे सिरहाने से कोहनी टिकाकर स्टूल पर झुकी बैठी उमा सो गई है। मैंने उमा को पुकारा, पर मेरे मुँह से निकला—माँ! माँ!

माँ होती, तो इसी तरह झुकी, सिर के बालों में हाथ फेरती हुई कहती—शिबू रे! अपना गाँव छोड़कर तू यहाँ क्यों आया बेटे? कितना अच्छा था तू! क्या-से-क्या हो गया यहाँ आकर! लौट चल, बेटा! हम नूनभात खाकर रहेंगे, पेड़ के तले सोएँगे मगर...

लगता है, आधी रात गुजर गई। बेड नम्बर दस के पास इतनी भीड़ क्यों है? वार्ड-कुली मेरे पलँग के पास से ऑक्सीजन-सिलिंडर घसीटकर ले जा रहा है। लगा, क्राइसिस मेरे पलँग के पास से बेड नम्बर दस के पास जा रहा है। फर्श पर भारी लोहे के घसीटने की आवाज से सारा वार्ड आतंकित है। बेड नम्बर पाँच पर छुरेबाजी से घायल बिहारशरीफ का टैक्सी-ड्राइवर अचानक चिल्लाना शुरू कर देता है—कहाँ रे, छोटना! कहाँ है चोट्टीवाले! सामने आ! अब निकाल छुरा...!

बेड नम्बर दस के पास अचानक कुहराम! किडनी का मरीज, अस्सी साल का बूढ़ा चल बसा। बेटी, पतोहू, नतनियों और पोतियों की भीड़ ने रोना शुरू किया। और मैं उनका रोना सुनकर समझ जाता हूँ, वे उत्तर बिहार के किसी गाँव के हैं।

पुष्पलाल अक्सर कहता, पता नहीं अपनी बात कहता था या कहीं पढ़ी हुई—कविता लिखने का एकमात्र महान् विषय है मृत्यु!

पुष्पलाल की कविता या कहानी कभी मेरी समझ में नहीं आई। पुष्पलाल से मेरी पहली मुलाकात कलकत्ता के एक खाँटी-बंगाली बार में हुई थी जहाँ स्पेशल आर्डर देने पर तेल में तली कचरी और माँ काली मार्का देशी माल की बोतल मिल जाती है। करीब एक दर्जन बंगाली छोकरों के बीच कचरी कचरता और गटागट ठर्रा पीता पुष्पलाल अपनी अंग्रेजी कविता जोर-जोर से सुना रहा था, कविता मेरी समझ में नहीं आई, मेरे पल्ले में दो-तीन शब्द ही पड़े—'औ लुमुंबा-लुमुंबा-लुमुंबा' तथा 'क्रास एंड शिवलिंगा'!

आज दोपहर को हमारे एक परिचित व्यक्ति ने उमा को 'आर्ट एंड आर्टिस्ट्स' अंग्रेजी त्रैमासिक का ताजा अंक भेज दिया है। हमारे किसी शुभचिन्तक ने उसमें अपना एक लेख प्रकाशित कराया है, उस लेख में हमारी भी चर्चा की गई है। मैंने उमा से कई बार पढ़ने को कहा, किन्तु वह टालती गई। बोली—क्या होगा सुनकर? क्या फायदा? कोई गलत थोड़ो लिखा है! तुम लोगों की कीर्ति-कथा... सही-सही...!

उमा की यही आदत मुझे अच्छी नहीं लगती। वह कुछ देर के लिए बाहर गई, तो मैंने अपने पड़ोसी के नौजवान एटेंडेंड को बुलाकर लेख पढ़ने को कहा। कुछ तो उसके मगहिया उच्चारण के कारण, कुछ अपनी अल्पज्ञता के चलते, मैं लेख का पूरा आनन्द नहीं ले सका। हाँ, मूल वक्तव्य समझने में कोई कठिनाई नहीं हुई। लिखने की शैली निश्चय ही प्रशंसनीय थी—तीन साल पहले बम्बई में फिल्म के प्रसिद्ध गीतकार जलधर के घर पर साल-भर तक सान्ध्य गोष्ठी में नित्य चार नामी-गिरामी कलाकार एकत्र होते। वे सभी एक एक्सपेरिमेंटल फिल्म बनाने के सिलसिले में, पटकथा, संवाद तथा गीतों के बोल पर बहस करने के लिए वहाँ जमा होते। किन्तु बात खुलने के पहले बोतल खुल जाती और बात जहाँ की तहाँ रह जाती। बात कभी शुरू होती भी, तो वे आपस में झगड़ बैठते। वे अर्थात् जलधर, लोकगीत-गायक शिवनाथ, बंगाल का मूर्तिकार रामरंजन और बर्मा को अपनी जन्मभूमि माननेवाला हिन्दी का मैथिल कवि पुष्पलाल, इन पंक्तियों के लेखक के अलावा 'आर्ट-फिल्म' तथा 'न्यु सिनेमा मूवमेंट' के सभी प्रेमियों को इस 'चतुरंग-गोष्ठी' से बड़ी-बड़ी आशाएँ थीं। किन्तु अब यह प्रमाणित हो रहा है कि यह आत्महन्ताओं का गिरोह मात्र था और वे मरने के लिए ही हर शाम को मिलकर बैठते थे। पिछले साल जलधर की मृत्यु लीवर के घाव से हुई और तीन महीने के बाद ही पुष्पलाल पेट के

कैंसर से मरा। इस बार पेट के दर्द से संज्ञाहीन होकर शिवनाथ पटना के अस्पताल में पड़ा हुआ है। और अभी-अभी समाचार मिला है कि रामरंजन को कलकत्ता की एक नगरवधू के कोठे की सीढ़ियों पर नशे में चूर और घायल पाया गया। दोनों की हालत गम्भीर बताई जाती है...।

इसके बाद ही लेख का मूल वक्तव्य एक प्रश्न से प्रारम्भ हुआ है—ऐसा क्यों? फिर, विद्वान् लेखक ने मनोवैज्ञानिक तथा दार्शनिक विश्लेषण करते हुए स्वयं ही इसका उत्तर दिया है। सम्भव हुआ, तो कभी खुद पढ़कर समझ लूँगा। अभी मेरे दिमाग में इस लेख के कई शब्द तथा पंक्तियाँ ही रह-रहकर मुखरित होते हैं—पर्सनालिटी डिसआर्डर...ईडिपस काम्पलेक्स...डेथविश...सेल्फ डिस्ट्रिक्टिव...शापेनहावर जस्टिफाईड सुसाइड, बट नेवर कमिटेड इट...ए मैन इज द प्रॉडक्ट ऑफ हिज कल्चर, एंड हिज इनविरोनमेंट...

मैं साहित्य का साधारण पाठक! मुझे इन बहसों से क्या लेना-देना! उमा कभी-कभी एक बंगला मुहावरा दुहराकर मुझे समझाती—अदरक के व्यापारी को जहाज की खबर लेने की क्या जरूरत? किन्तु वह मुझे जितना समझाती, मैं उतने ही उत्साह से साहित्य तथा कला की चर्चा में लीन हो जाता। पुष्पलाल कहता—

शिबूदा! यह 'हैया हो हाय-हाय' यानी लोक-फोकगीत गाना छोड़कर लिखना शुरू कीजिए...

मैंने लिखना तो नहीं शुरू किया, मगर दाढ़ी रख ली। रामरंजन दा ने अपने हाथ से एक दिन मेरी दाढ़ी को तराशकर अल्ट्रामॉडर्न बना दिया और उसी दिन मेरी, पुष्पलाल और रामरंजन दा में मॉडर्न और कांटेम्पररी शब्दों को लेकर मारपीट तक हो गई। पुष्पलाल जब कभी अपनी गलत बात को सही करने के लिए बतंगड़ खड़ा करता, रामरंजन दा ऐसा ही करते। हममें सबसे बड़े रामरंजन दा और सबसे कनिष्ठ पुष्पलाल। दोनों की यह लड़ाई उपभोग करने की चीज...।

सो, सब तो ठीक है, मगर साले, तुम मॉडर्न होने क्यों गए? सचमुच, मैं क्यों इस चपेट में पड़ गया? कैसे पड़ गया? किन्तु मेरा क्या दोष?

राजनीति करता था, सभाओं में मुख्य वक्ताओं तथा नेताओं के भाषण के पहले, भीड़ शान्त रखने के लिए, गीत से भुलाए रखने के लिए मेरी जरूरत होती, और साथ में घुँघरूवाली खंजनी लेकर मैं मंच पर अलापता हुआ प्रकट होता—भैया किसनवाँ हो, दुश्मन तोहार बड़का ज-मीं-दा-आ-आ...र!

अगर मेरे गले में एक खास किस्म की मिठास नहीं होती और यदि लोकगीत आधुनिक रुचिसम्पन्न शहरी लोगों के लिए फैशन नहीं बन जाता, तो आज मेरी जगह कहाँ होती? तब शायद राजनीति नहीं छूटती और दल बदलते-बदलते पता

नहीं आज किस दल में होता! अगर पटना में रेडियो स्टेशन नहीं खुलता, तो मैं जो था, वही रहता...

याद आती है, पहली बार रेडियो से मैंने जब 'सारंगा-सदाबृज' गीतकथा प्रसारित की थी, भाव-विभोर होकर, स्टूडियो से बाहर आते ही सबसे पहले अहिन्दीभाषिणी 'पेक्स' (प्रोग्राम एक्जिक्यूटिव) मिस नैनीकुट्टी ने गद्‌गद होकर मुझे बधाई दी थी—मैंने गीत का एक शब्द भी नहीं समझा, किन्तु लगा कि मेरे अन्दर कोई घटना घट रही है!

इसके बाद से ही हर सप्ताह सुबह-शाम मेरे गीत प्रसारित होने लगे, कुछ ही दिना में लोगों की जबान पर मेरे गीत थे, मेरा नाम हर सांस्कृतिक समारोह के पर्चों में मोटे अक्षरों में, विशेषण सहित, छपने लगा: 'जिसके गीत माटी की सौंधी सुगन्ध बिखेर देते हैं...' 'जिनके कंठ में मिथिला की विरहणी आकर बैठ जाती है...' 'जो जीवन का गीत गाता है...' आदि-आदि, उधर फिल्म जगत् में पंजाबी भाँगड़ा की लहरें धूम मचाकर लौट गई थीं। नए दौर में लोकगीत की बारी आई और इसके साथ ही मेरी जिन्दगी में एक नया तूफान चलने लगा... बम्बई, मद्रास, कलकत्ता...शराब, औरत, जुआ...दुश्चरित्र जीवन-विलास...काम से जी चुराने के साथ धोखाधड़ी, जालसाजी...मिट्टी में गड़े हुए ग्रामीण शब्दों को उखाड़कर अनगढ़ ढंग से दर्जनों कहानियाँ गढ़कर, गीतकथा बनाकर पुरातन तथा ट्रेडिशनल लोकगीत के नाम पर मैंने चतुराई से चला दिए...महुआ घटवारिन, नैका सुन्दरी, नैना जोगिन, मैनावन्ती, ढोलन सरदार, दुखामाँझी...एक फिल्म के लिए तो 'डायनों का सामूहिक नृत्यगीत' तक रचकर एक प्रोड्यूसर-डाइरेक्टर की आँखों में धूल झोंक दी—जनाब, नेपाल की मोरंग तराई में बसनेवाली कोच जाति के 'ओझागुणी' तथा थारू जाति के 'भगता', 'किरात', 'धामियों' के चरणों की सेवा करके ही इसे प्राप्त किया है। वह सामूहिक नृत्यगीत बाद में सेन्सरवालों ने कटवा दिया...हॉल में बच्चे ही नहीं, बूढ़े और जवान भी डरकर बेहोश हो गए थे!

उमा नहीं होती, तो मैं जलधर और पुष्पलाल से पहले ही हवा जो जाता किन्तु पिछले साल उमा ने एक दिन हारकर कह दिया—तुम्हारी जो मरजी हो, करो! मैं अब कुछ नहीं बोलूँगी! मेरे बूते के बाहर की बात है...मैं नहीं कह सकती...आमि आर पारी ना...!

तब मुझे अचानक गायब होने का बहाना मिल गया और करीब दस महीने तक कांडमांडू, कामरूप कामाख्या और सिंहभूम के जंगलों-पहाड़ों में एक नई सभ्यता, एक नए जीवन-दर्शन का मसीहा बनकर आधा दर्जन देशी-विदेशी लड़के-लड़कियों के साथ अलख जगाता फिरा...! यौनाचार...चीनाचार... वामाचार...!

साले! यह अस्पताल है, चर्च नहीं!

नहीं, नहीं, मैं कोई कसूर कबूल नहीं कर रहा। मेरा मतलब है, मैंने कोई कसूर किया ही नहीं। इस दुनिया, अर्थात् इस विराट् वेश्यालय में मैं ही सबसे बड़ा पुण्यात्मा हूँ, क्योंकि मैं ही इसे समाप्त करना चाहता हूँ...ध्वंस...!

उमा जग गई है। मेरी ओर देखकर कहती है—नाक से ट्यूब क्यों निकाल दिया...? आमि आर पारी ना!

—नाक के अन्दर घाव हो गया है।

—किसने कहा!

—कहेगा कौन...!

उमा शायद नीलम्मा को बुलाने गई। भोर होने को है, किन्तु नीलम्मा उसी तरह खिली हुई है, कहती है—नाम में 'नाथ' रखता है और नाक में 'पसन्न' नहीं? लीजिए, निगलिए...और थोड़ा...ठीक है, वोमिट करेगा, तो हम देखेगा...ठीक... वाह! लोक्खी छेयले!

नीलम्मा ने जाने कहाँ से 'लख्खी छेले' कहना सीख लिया है। उपयुक्त अवसर पर इसका प्रयोग करती है—अबी नली खोलेगा, तो अबी इधर आके पलँग में दोनों हाथ बाँध देगा।

मैं क्या नीलम्मा को प्यार करने लगा हूँ? क्या उमा समझती है कि मैं नीलम्मा को प्यार करने लगा हूँ? देखता हूँ, प्रेम में पड़ जाने का एकमात्र स्थान आज भी अस्पताल ही है।

हरामजादे! नीलम्मा या किसी को प्यार करके अब क्या करेगा तू? जब तक साँस चलना बन्द नहीं हो, काम की आग शायद नहीं बुझती। नीलम्मा को देखते ही मेरे शरीर का रोम-रोम बज उठता है। ठीक पन्द्रह वर्ष पहले उमा को देखकर ऐसा ही होता था।

नीलम्मा मेरी! ऑक्सिजन सिलिंडर। प्रेम को पुनः पनपानेवाली मिथुन राशि की कन्या...अनन्या...!

साले फिर कविता?

पुष्पलाल ने अपने लेटरपैड के एक कोने पर मिथुन राशि का प्रतीक छपवाया था...यौनलीला के लिए प्रस्तुत बैठी अर्धनग्न स्त्री-पुरुष की जोड़ी! पिछले पाँच वर्षों से उमा मेरे साथ नहीं सोती। नहीं सोती, यानी यौनसम्पर्क से दूर रहती है। वह मेरे अंग-प्रत्यंग को अपवित्र और घिनौना समझने लगी है। और तब से मैं उमा से लजाने लगा हूँ। एक बार किशोरावस्था पार करने के बाद, यानी गुप्त प्रदेशों में नन्हें-नन्हें काले-काले घुंघराले बालों की पहली फसल के दिनों, एक सुबह आठ बजे तक मुझे सोता देखकर माँ ने गुस्से से मसहरी हटाकर देह से चादर छीन ली थी और चादर के नीचे मैं एकदम नंगा था...लाज के मारे मैं सात-आठ दिन तक

माँ से आँखें नहीं मिला सका था...वैसी ही लाज! यहीं, मुझ पर अपने परिवेश, परिवार और प्रेम के सम्बन्धों को कलुषित करने का दोषारोपण किया जाता है।

यह सबकुछ नहीं, असल में मैं हर माने में दिवालिया हो चुका हूँ। शराब? साली साँप के जहर से बनी हुई शराब भी मैंने पी है। शराब, गाँजा, चरस और सिगरेट के अतिरिक्त सेवन से मेरी आवाज विकृत हो गई है। यह अब बाजार में नहीं चल सकेगी। जिस कंठ में मैं चम्पाकली की तुनुक पँखुड़ियों के टूटने के शब्द को कुशलता से प्रस्तुत कर दिया करता था, उससे अब फटे झाँझ की-सी आवाज निकलती है। और, जब गा ही नहीं सकूँगा, तो जीकर क्या होगा? फ्लैट में मेरी अलमारी में अब भी डिम्पल की भरी-पूरी बोतल खड़ी होगी। मैं नहीं रहूँगा, तो वह किसके काम आएगी? उमा उसे अलमारी से निकालकर खिड़की से बाहर फेंक देगी। नहीं...नहीं, फेंक नहीं सकेगी, फेंकना चाहकर भी रख लेगी, जब तक जीएगी, उसे यत्नपूर्वक रखेगी, सम्भवतः अपने पूजाघर के कोने, महाकाली के पट के पास रखेगी...गंगाजल की बोतल के पास ही...गंगा...गंगा!

पटना की गंगा को मगह की गंगा अर्थात् पुण्यहरा कहते हैं लोग। इसलिए पटना की गंगा के कोई पक्का घाट नहीं, एक-दो हैं भी, तो इतने गन्दे कि उधर कोई मुँह भी नहीं फेर सके। पटना की गंगा के किनारे जलनेवाले मुर्दों को न शान्ति मिलती है, न मुक्ति। इसलिए पुष्पलाल जैसे विद्रोही की लाश भी उस पार सेमरिया घाट ले जाकर जलाई गई...किन्तु इसी गंगा के किनारे 'पटना क्लब' के रमणीय लॉन में बैठकर मौज से दारू पीते समय और पटना मेडिकल कॉलेज अस्पताल के किसी बेड पर बेबस पड़े दवा पीते वक्त आदमी के मन में पटना की गंगा की जय-जय ध्वनि अपने-आप गूँज उठती है। मेरा विश्वास पक्का है कि इस अस्पताल के सत्तर प्रतिशत रोगी सर्वरोग विनासिनी गंगा की हवा के प्रताप से ही स्वस्थ होते हैं, मरते-मरते जी जाते हैं। अपने देश में किसी दरिया के किनारे और कहीं कोई अस्पताल है, मुझे नहीं मालूम।

घाट से कोई स्टीमर खुलने की तैयारी कर रहा है शायद। आजकल नए किस्म का साइरन बजता है...अथाह जल के अन्दर से आती हुई घुटती हुई-सी आवाज, इस साइरन का सही नाम क्या है, पूछना होगा।

नहीं, स्टीमर नहीं! यह है क्राइसिस! अर्थात् ऑक्सिजन सिलिंडर लाया जा रहा है। फर्श पर भारी लोहे के घसीटने की आवाज क्रमशः नजदीक आती जा रही है। क्यों? मेरे पास फिर क्यों? मैं होश में हूँ। जगा हुआ हूँ। पलँग से स्टूल सटाकर, मेरे बाएँ कन्धे के पास सिर रखकर उमा सो गई है। धीरे-से पुकारता हूँ—उमा! मुँह से आवाज निकलने के पहले ही सिलिंडर घसीटकर लानेवाला आदमी उछलकर मेरा

मुँह दबा देता है। सिलिंडर घसीटकर लानेवाला व्यक्ति वार्डकुली नहीं, पुलिस का दारोगा है। उसके साथ पुलिस के कई सिपाही हैं, जो मेरे पलँग के चारों ओर आकर मुझे घेर लेते हैं...वे मेरी तलाशी लेंगे। मैंने रजाई के नीचे अश्लील पुस्तकें, अवैध गाँजा और नर्स नीलम्मा की लाश छिपा रखी है। उमा! देखो तो, वे क्या कह रहे हैं? दारोगा चिल्लाता है—चुप रह साले! एक सिपाही मेरी रजाई हटाना चाहता है। मैं विरोध करता हूँ—रजाई के नीचे मैं नंगा हूँ...एकदम नंगा हूँ...सालो...हरामजादो... मादरचो-ओ...बेटीचो...कुत्ती का बच्चा...! दनादन दोनों लातें चलाना शुरू किया मैंने...और उसी ताल पर लड़ाई का नगाड़ा बजने लगा...किसी के मुँह पर, किसी के पेट पर, अंडकोष और चूतड़ पर मेरी लातें लगती हैं और वे एक-एक कर, नगाड़े के ताल पर भागते जाते हैं। हद है! उमा उसी तरह झुकी हुई है। यहाँ इतना शोर-गुल हो गया, कान के पास लड़ाई का नगाड़ा बज गया, किन्तु उसकी नींद में कोई बाधा नहीं पड़ी। तब रजाई के नीचे से गरदन निकालकर नीलम्मा मुझसे पूछती है—पुलिस का लोग सब चला गया? अब तुम चुपचाप मुझे मार डालो। आओ। रजनीगन्धा की सुगन्ध मेरी नाक में समाती जा रही है और नीलम्मा अब अनुनय-भरे स्वर में कह रही है—प्लीज किल मी! मैं उमा को झकझोरकर जगाता हूँ। उमा लुढ़ककर फर्श पर गिर पड़ती है और उसके गिरने की आवाज जलतरंग की तरह...या नीलम्मा खिलखिलाकर हँस पड़ी है! मैं भी उसके हाथ हँसना चाहता हूँ, किन्तु हँसने के बदले मैं माँ-माँ पुकारकर रोने लगता हूँ। मैं रोता जाता हूँ और नीलम्मा उसी तर्ज पर बंगला का 'रामप्रसादी' अलापती है—माँ-माँ-आँ-आँ! असल में रोने के बदले ही गा रहा हूँ मैं!

समाधि नहीं, सपना? पता नहीं, क्या सच है और क्या सपना! जो भी हो, मैंने नीलम्मा की हत्या नहीं की है। वह डाक्टर की मदद कर रही है। डाक्टर कहते हैं, मैं सपने में हाथ-पाँव मार रहा था। नीलम्मा हँसकर कहती है—हमारा इधर में ऐसा किक मारा कि हमको नोवल्जिन लेना पड़ा...

मुझे कोई सुई दी जा रही है, शायद!

उमा इस तरह घबराकर मुझे क्यों देख रही है? ऐसी घबराहट उसके चेहरे

पर जीवन में कभी नहीं देखी। रुँधे गले से पूछ रही है मुझसे—की होये छे? ऐसा क्यों कर रहे हो? कैसा लग रहा है? बोलो ना...बोलते क्यों नहीं...बाबू... शिबूबाबू रे..!

उमा हठात् चीख पड़ती है। लगा, आकाश चरचराकर फट गया...तारे झड़ रहे हैं झहर-झहर—माँ गो-ओ-ओ! आमार सर्वनाश कोरो नाँ...आमार केउ नेई... डाक्टर बाबू! मेरा कोई नहीं इसके सिवा...हाहा-हाहा...डाक्टर बाबू!

मैं सबकुछ देख रहा हूँ। सबकुछ सुन रहा हूँ। पर कुछ कह नहीं पा रहा। नीलम्मा उमा को दोनों हाथों से पकड़कर उठाती हुई समझा रही है—एक नया

ड्रग दिया गया था, उसी का रिएक्शन हुआ है। अभी ठीक हो जाएगा। सुई पड़ा है...

सर्जन अजय की झिड़की सुनाई पड़ती है—उमा! यह क्या हो रहा है?

—मेरा शिबू बोलता क्यों नहीं, डाक्टर?

—बोलेगा...अभी बोलेगा...तुम चुप रहो!

—अच्छा, मैं चुप रहूँगी! मैं चुप हूँ।

हार्ट स्पेशलिस्ट डाक्टर श्रीनिवास आए हैं। उनकी सफेद लम्बी दाढ़ी को देखकर मुझे कविराज चक्रवर्ती की याद आती है। कविराज चक्रवर्ती सूँघ करके ही रोग का निदान करते थे। डाक्टर श्रीनिवास भी दूर से ही मुझे देखकर कहते हैं—हार्ट नॉर्मल है...

मेडिसिन के डाक्टर दास आए। वह भी मुझे दूर से देखते हैं। कोई मुझे छूता तक नहीं। वे मुझसे बोलने को कह रहे हैं। मैं हाथ के इशारे से कहता हूँ—आवाज नहीं निकल रही! डाक्टर दास कहते हैं—हाँ, रिएक्शन ही हुआ है।

मैं जानता हूँ, मैंने देखा है, कंठ के कैंसर में ऐसा ही होता है। बोली अचानक बन्द हो जाती है, यदि बोली नहीं लौटी तो! वोकल कार्ड डैमेज तो नहीं हो गया? मैं डाक्टर से पूछना चाहता हूँ—डाक्टर...

सभी के मुँह से एक साथ स्वर से निकल पड़ता है—आ गई!

बिजली गुल होने के बाद, जब लौटती है, तो लोगों के मुँह से इसी तरह एक स्वर से निकल पड़ता है—आ गई!

किन्तु उमा को विश्वास नहीं हो रहा। वह मेरे पास आकर पूछती है—बोलो तो, मैं कौन हूँ?

मुझे हँसी आ गई। मैंने पूछा—यह सब सपना तो नहीं?

—तोमार की मने हय? उमा पूछती है।

मैं करवट लेने की चेष्टा करता हूँ। उमा मना करती है...पेट के बीचोंबीच भीषण यंत्रणा...यह क्या...मेरे पेट पर भारी क्या लदा है? जरा भी हिल-डुल नहीं सकता। या नीलम्मा ने सचमुच मुझे पलँग से बाँध दिया है!

'पटना टाइम्स' का स्टाफ रिपोर्टर वित्तन आया है। उमा से वह कुछ पूछता है। उमा कहती है—ऑपरेशन के ठीक दस घंटा बाद, अभी कुछ देर पहले होश में आए हैं। अब ठीक हैं।

—ऑपरेशन? किसका ऑपरेशन? कब हुआ मेरा ऑपरेशन?

उमा चुपचाप मुस्कुराती है—डाक्टर अजय दस घंटे के बाद अभी डेरे पर गए हैं!

—और डाक्टर श्रीनिवास, डाक्टर दास? वे कब गए?

उमा अचरज से पूछती है—डाक्टर श्रीनिवास और डाक्टर दास? वे यहाँ कब आए?

मैं पूछता हूँ—मेरी आवाज फटे झाँझ की तरह सुनाई पड़ती है?

—नहीं तो!

—मुझे ड्रग रिएक्शन हुआ था न? मेरी बोली अचानक बन्द हो गई थी न?

—तुम तो दस घंटे से अज्ञान थे।

—और नीलम्मा? बुलाओ न उसे एक बार!

—कौन नीलम्मा? उमा को फिर अचरज होता है।

मैं अपनी देह में चिकोटी काटकर देखता हूँ, मैं हूँ, या मैं भी नहीं हूँ। नहीं, मैं हूँ। सपना नहीं यह सब...मैं सपना नहीं। किन्तु, फिर शंका होती है। फिर पूछता हूँ, डरते-डरते—अच्छा उमा, पुष्पलाल उस सामनेवाले वार्ड में ही मरा था न?

इस बार उमा तनिक झुँझलाई—कौन पुष्पलाल? पता नहीं, क्या-क्या बोल रहे हो! बोलो मत, डाक्टर ने मना किया है।

मुझे अब विश्वास हो रहा है, यह सपना ही है। और, इस सपने से अब निस्तार नहीं, छुटकारा नहीं! क्या होगा छुटकारा पाकर! अच्छा हो, गंगा के किनारे चलकर पानी में अपनी काया को एक बार जी-भर निहारते हुए, इस सुन्दर आवरण की स्तुति करूँ...जीवन-भर दुनिया की हर चीज और हर व्यक्ति में अपना प्रतिबिम्ब खोजता रहा, देखता रहा, मुग्ध होता रहा...नारसिसस? नानसैन्स! सपने में एक बार गाकर देखना चाहता हूँ...मेरी आवाज कहाँ तक पहुँचती है। गंगा के उस पार... सफेद बालुचरों के पास, हरे-भरे खेतों के ऊपर उड़ती हुई...अथवा अतल जल में बजनेवाले साइरन की तरह, अगाध जल के नीचे की ओर, घुटती हुई...

[दिसम्बर, 1970]

परिशिष्ट

मैथिली कहानियाँ

'जहाँ पमन को गमन नहिं'

नेपथ्यक अभिनेता

'जहाँ पमन को गमन नहिं'

मुदा गामसँ किछु-नहि-किछु नव ल क अबैत छी—सभ बेरि। कोनो बेरि नव चूड़ा, नव चाउर, नव गूड़, आओर कोनो बेरि—नव शब्द। बिनु डुबने की एहन नव वस्तु—शब्दमोती—ककरो भेटतनि?...

गाँमसँ लौटि क अबितहिं, शहरूआ मित्र सभक एहि प्रश्नक उत्तर हमरा हरेक बेरि देबए पड़ैत अछि—की यौ! कत' जा क डूबि जाइत छी?

बुझलियैक...गाम जेबाक अर्थ भेल—डूबि जेनाइ! एक अर्थे ई कहब यथार्थे। अर्थात हम गाम जाक' डूबि जाइत छी। मने, हमरा जँ कहियो डुबबाक मोन होइत अछि तँ हम गाम दिसि विदाह होइत छी।

भगवान तथा भगवतीक सम्मिलित कृपासँ, हमर गाम आइयोधरि घोर गामे अछि। हमरा गाममे ककरो पढ़ब-लिखब नहि धारैत छैक। धार-साजक गप्प! ककरो पानक लत्तरि लगाएब नहि धारैत छैक तें ककरो नारियर रोपब आ' ककरो कुकुर पोसब-तैं, हमरा गामक जे केओ दुइयो आखर लिखि लेताह—से सभ गाम छोड़ि विदाह होइत जेताह।

शहर मे प्रातहि काल, जावत् अखबार बला अखबार नहि द जैत, दीर्घ बा लघु की, कोनो शंकाक निवारण सरलतासँ सम्भव नहि। मुदा गाम पहुँचितहि अखबारक दिशा अपनहि टूटि जाइत अछि। हमरा गामक आइ पाँच-सात सय व्यक्ति बिनु अखबार पढ़ितहुँ जहिना जीवित रहैत अछि—निर्भय, निशंक; तहिना हमहूँ जीबैत छी। नहि कत्तहु लड़ाइ, नहि कत्तहु दंगा-फसाद आदि, नहि कोनो बमविस्फोटक हुमकी-धमकी। आब, कोलालुम्पुरमे कोनो माता एकहि संग पाँच गोट नेनाके जन्म दैक अथवा कोस्तर्मरकामे प्रलयंकारी बिहाड़ि आबए—हमरा एकरासँ की? तैं, एक्को सप्ताह गामसँ भ अबैत छी तँ लगैत अछि—सूखल मोन फेर पनिया गेल। जेना कान, आँखि आओर नाक सभ नव भेटि गेल हो! आरो की सब भेटैत अछि—से सब विस्तारपूर्वक खतिया क रखैत तँ नहि कहि सकब—मुदा, गामसँ किछु-नहि-किछु नव ल क अबैत छी—सभ बेरि। कोनो बेरि नव चूड़ा, नव चाउर, नव गूड़, आओर कोनो बेरि—नव शब्द! बिन डुबने एहन नव वस्तु—शब्दमोती—ककरो नहि भेटतनि! गामक नवका नहरि कत्तहु टूटि गेल छलैक, सौंसे गाम-घर, बाध-बोन

जलामय। हमरा गामक भाखामे उजहिया कहल जाइत छैक। अघोरी दास हरबाहाकें पुछलिऐक—की हौ? कोन ठाम नहरि टूटल छैक?

जबाब भेटल—टूटल नहि छै। कनेक सन 'बिरचि' भ' गेल छैक—दस आरडी लग।

के पतिआओत जे एहन घनघोर गामक ई अघोरी दास हरवाहा—बासि भातक संग हरियर मरिचाइ जकाँ—एकहि संग दुई गोट हरियरे अंग्रेजी शब्द कचरि गेल!... टूटल नहि छैक—कनेक 'विरचि' अर्थात ब्रीच!...

मुदा, इ आरंडी की? पुछलियैक—ई दस आरडी कोन ठाम छैक हौ....?

वाजल—दुगछिया लग।

पुछलियैक—अपन हर कत' बहैत छहु?

जबाब भेटल—मैनरक ओहि पार, साइफनसँ उत्तर—भीसीक भिठवा पर।

एकर बाद हमर सब साहसे फुरा गेल। बुझू—आरडीक अर्थ तँ नहियें भेटल—उपरसँ भीसीक भिठवा। एहि बेर डरैत-डरैत-कैल अन्तिम प्रश्न—तों, एम्हर कत'। जाइत छह बड़द हाँकने?

ओ बाजल—अही ठाम कलवर्ट पर जायेब...

गामक नवका नहरि कत्तहु टूटि गेल छलैक, नहि-नहि, दस आरडी लग... कतेक ब्रीच भ गेल छैक, आओर चारू कात जलामय उजहिया! गामक लोक सभ धाँसा-धिम्मरि, टापीजाल, कोयना आदि माछ धरबाक औजार-पाती ल क मछबरबा बान्हक कात—धनखेतियाक आरि-आरि पर, बैसल माछ बझवैत कोलाहल क रहल छल। एकटा महोत्सव बूझू—मत्स्यक्रीड़ाक किलोल! नेनाभुटको सभक बुट्टी-बुट्टी चमकैत!

धाँसा-धिम्मरिमे सोना-चानीक लाबा-फरही फुटैत जकाँ—पोठी, चुन्नी, टेङरा, पैना आदि नन्हकी माछ सभ। कोनो धाँसामे एक-आधटा अमेरिकन 'कबैय' देखि केओ बाजल—जा-जा, लै अल्हुआ! फोचाय बाबूक पोखरि सेहो 'उमटाम' भेलो रे!

ऐ गामसे अमेरिकन कबैय फोचाय बाबुएटा अपन पोखरिमे पोसैत छथि। ताहिसँ ओ अनुमान लगौलक जे फोचाय बाबक पोखरि उमटाम भ गेल। आओर ओ कर अनुमान सोड़हो आना सत्य!

मछुबरबा बान्ह पर हमहूँ मत्स्य-क्रीड़ामे मग्न भ गेलहुँ। एहि बाँध पर बैसल छल, गामक सबसँ अहद्दी छओंड़ा—की दऽन तँ नाम ओकर—आब ओइ बाँधक 'पेट्रोल' भ गेल अछि। ई पेट्रोल साहेबसँ हम हरबाहा अधोरी दाससँ प्रातहि धरि प्राप्त शब्द सभक अर्थावली बुझलहुँ तथा आओर कतोक गोट नवागत शब्दसँ परिचित भेलहुँ। आरडीक अर्थ भेल—रिड्युस्ड डिस्टैंट। मैनर माने माइनर अर्थात छोटकी नहर। साइफन आ' कलवर्टमे की अन्तर होइत छैक! भीसीक मतलब—विलेज चैनल।

माछ बझौनिहार दलमे एकटा कोलाहल भेल—गंगाजीक माछ! देखलियैक—ठीके तँ—एकगोटे टापीसँ छापि क हिल्सा माछ धैने अछि! फोचाय बाबूक पोखरिक अमेरिकन कबैयके चीन्ह' बला माछबुझक्कड़ चिन्तित स्वरमे बाजल—ओह! ससुरारि दिसुक सभ गाम-घर गंगाजी मे भसिया गेल...

हुनकर ससुरारि—हमर गामसँ तीन कोस दक्षिण सेमपुर काबर कोठी—गंगाक कातमे। आओर हमर गाम मछुबरबा बान्ह लग धानक खेतमे मात्र एकटा हिल्सा माछ पकड़ै लैक—तेकरा देखिकें बुझनिहार बुझि गेल जे फलान इलाकाक गाम-घर गंगाक बाढ़िमे जलमग्न भ गेल...बुझनिहारजीकें चिन्तित छोड़ि कए एक आन व्यक्ति बाजल—हौ, एकरामे आश्चर्य करबाक की छैक? एहन सगरे जलामय भेलासँ तँ समुद्रोक माछ एहि बान्हक कछारिपर बैसि क मारि सकैत छी...माछक शिकारी सभक रसना एकहि सङ सरसरा क सरस भ गेल—एह! समुद्रक माछ? सुनै छियै जे समुद्रक माछ मे नोन देबाक कोनो प्रयोजन नहि। ठीके हौ?

हम मोनहि मोन सोचए लगलहुँ—हँ! सगरे जलमग्न तँ समुद्रक माछ की आर सात समुद्र पारिक शब्द की? सभ एहिना—छलमलबैत, छटपटबैत—धाँसा, कोयना, धिम्मरि, एहिमे खसबे करत।

नव माछ, नव शब्द! दुनुक सम्बन्धम किछु नव अनुभूति भेल। तावत् एक गोटे बाजल—एहन बाढ़ि रहल तँ एहि बेर फेर धानक कमीशन।

कमीशन? नहि-नहि, कमीशन माने एहिठाम ओ कमीशनन हि। कमीशनक अर्थ एत' भेल—अभाव। एहन बहुतो विदेशी-देशी शब्द अछि, जकरा हमर गाम बला सुखा क माछक सुंगठी जकाँ उपयोग करैत अछि। आब गामसे ककरोसँ अनबन, झगड़ादन, बोला-भुक्की बन्द आदिक स्थान पर एक्के गोट शब्दसँ काज चलैत छैक—'कनटेस'। आइकाल्हि फलनासँ हुनका कनटेस (कनटेस्ट) चलैत छन्हि—फलना बाबू हुनक 'सपोट' (सपोर्ट) कोना करताह! जहाँ धरि 'पोटेसे' (प्रोटेस्ट) करताह।

हमरा गामक कोनो-ने-कोनो टोलमे, कालांतरमे—एकाध एहन आदमी फरैत रहलाह अछि, जे सब अपन-अपन युगमे नव-नव शब्द, नव-नव गारि ओ एक सँ एक बिकटाह कहबी गढ़ि क हमरा गामक सरस्वती कें 'मुनहर' मे जमा क गेलाह अछि।

एक बेरि, हमर कवि, सुकंठ कवि गायक मित्रककें एक गोट पसनिहाँ बनिहार पूछि देने छलैक—बाबू, अपने तँ इसलोक-दुहा-कवित्त बनबैत छी। हमरा एकर अरथ बुझा दिय' जे जहाँ पमन को गमन नहि, रवि ससि उगे न भान, कि जो फल बरमाह रचौ नहि, की सो अबला माँगति दान—ई कोन, फल...?

हमर साहित्यिक मित्र, गामक एक भद्र व्यक्तिक 'सार' छलाह। आओर हमरा गाम मे एखनहुँ एहन प्रिय 'कुटुम' के सार्वजनिक सम्पत्ति बूझल जाइत छैक। तें

जखन कविजीकें कोनो जबाब नहि फुरलन्हि तँ ओ बनिहार कूट करैत बाजल—की हौ कुटुम? सब 'सोनपिपही' सटकि गेल...?

सोनपिपहीक अर्थ की? ई देखै मे कोहन, चिड़ै-चुनमुनी अथवा ई कोनो बाना, कि सोनपिपही नामक कोनो वस्तु होइतो छैक वा नहि—ई ककरो नहि बूझल, मुदा सोनपिपही सुनितहि जे हँसीक हिलोर उठल तकरा बाद गाममे ई शब्द तँ टिकिये गेल—हमर कवि मित्रकें नवकथासंग्रहक उपयुक्त नामो भेटि गेलनि—'सोनपिपही' हुनक प्रकाशित भ क विख्यात भेल आओर शब्द-कोषक अन्तर्गत एक शब्दक बढ़ौतरी भेल जे सोनपिपहीक अर्थ—उत्तर बिहार तथा नेपाल तराइ दिस बाज' बला वाद्ययंत्र!

एकटा गप्प आरो मोन पड़ि गेल। खेती-बारीमे गृहस्थक सहायता एवं सलाह देब' बला कोनो विभागक अधिकारी साहेब 'जीप' पर अबैत छलाह। गामसँ पचास रस्सी दूरहि सड़कक कातमे एक गोट गृहस्थकें मड़ुवा रोपैत देखि क साहेब जीप रोकि क पूछए लगलाह—बूढ़ा, धान छोड़कर मड़ुआ क्यों रोपता है?

अपन झुकल डाँड़ साझ करैत ओ जबाब देलकैक—बाबू! अपनेक गाड़ी तँ चारिये गोट पहियासँ चलैत अछि—ई पाँचम पहिया पाछाँ दिस कि एक खोंसि लैत छी?...ज हिना अपनेक पाँचम पहिया, तहिना हमरा सभक ई मड़ुआ। धान, गहूँम, जौ, मकई—हुसि गेल तँ हुसि गेल—मुदा ई मड़ुआ कहियो नहि हुसए बला!

ओ साहेब हमरा गामसँ एकटा नव शब्द ल' गेलाह आओर अपन विभागमे चला देलनि—'स्टेपनी क्राप'। मड़ुआ, कौनी, सावाँ, जनेर आदि—स्टेपनी क्राप।

एक बेरि हमरा संग चलि डुबकी लगाउ। मोती अथवा शंख अथवा घोंघी अथवा माछ, किछ ने किछु—नव अवश्य भेटि जाएत!

[मैथिली पत्रिका 'सोनामाटि' के अक्टूबर-नवम्बर, 1970 के अंक में प्रकाशित।]

नेपथ्यक अभिनेता

यद्यपि, एहिसँ पहिने ओकरा पच्चासो बेरि देखने छलिऐ, मुदा तैयो, ओइदिन देखि क कने चिहुँकि जकाँ उठलौं। चकविदोर लागि गेल। लागल जेना बिनु मौसमक कोनो फूल वा फल देखि रहल होइ। साओन भादोक एहि किचकिच मे, सुपानै वर्षा मे ई कतऽ सँ आबि गेल? किऐ?

हमहींटा नञि, ओकरा देखि प्रत्येक चिनहार, अधचिनहार, अकचका क ठमकि जाइ छै। केओ केओ ओकरा टेबुल, लग जा क किछु पुछितो छै, आ, हम इहो देखे छी जे ओ घोर अनाटकीय ढङ सँ छोट छिन उत्तरो द दै छै।

हमरा ई बुझवा मे भाङठ नञि रहल जे, जे केओ ओकरा फारविसगंजक एहि छोटकिनमा चाहक दोकानक एकबहिञा कुर्शी पर बैसल देखै छै सब कने काल लै अकचका क रहि जाइ छै।

हम मोने-मोने अटकर लगेलौं—प्राय: तीस एकतीस बरख पहिने, पहिले-पहिल अइ व्यक्ति के देखने छलौं, सन् उन्नैस सै उनतीस मे। ओही साल पहिले-पहिल गुलाब बागक मेला मे एते सटि क हवाइ जहाज देखने छलौं, तै सन इसवी एना जकाँ झक-झक मोन अछि। सन उन्नैस सै उनतीस मे हम आठ नौ बरखक छलौं; ओही बरख गुलाब बाग मेला मे कलकत्ताक मशहूर थियट्रिकल कम्पनी ऐल छलै, आ' तैयो लोकक मिस पड़ै छलै, तिल धरबा लेल जग्गह नञि। मंचे पर गाड़ी आबि जाइ छलै, इंजिन सहित, पुक्का पाड़ैत, धुआँ उगलैत, आ' लाल हरियर पीयर इजोत मे परी सब नचैत...एह! केहन रमनगर होइ!

जीवन मे पहिले-पहिल थियेटर देखि क उत्तेजित भ गेल छलौं—आइयो ओ दिन ओहिना मोन अछि। कते आश्चर्य जनक!

मुदा स्कूल जखन खूललै त सहपाठी बकुल बनर्जी हमर मोन बड़ छोट क देलक। यद्यपि ओहो छल ओइ दिन मे आठे नौ बरखक मुदा, बड़ चंसगर, जन्म-जात आर्ट क्रिटिक, ओकरा कथनानुसार अइ नकली कम्पनी मे—पछिला बरख नागेसरबाग मेला मे ऐल असली कम्पनीक छटुआ लोक सब छलै। बकुल कहने छल जे नागेसरबाग मेला मे ऐल कम्पनीक गप्प त सब कें बुझले छै...चौबीस घंटाक भीतरे भीतर कम्पनी कें मेला छोड़ि क चल जेबाक हुकुम कलक्टर साहेब

देने रहथिन। कलक्टर साहेबक कहब जे जँ दुइयो दिन ई कम्पनी मेला मे रहि गेल तजिला दरिद्र भ जैत, कंगाल भ जैत। बकुल, मुदा अन्त मे हमरा उदास देखि कहने छल—'तोव एक ठो बात हाइ—ईस कम्पनी मे जिस मानुष नै रेलवे पोर्टर का पार्ट ये किया हाइ, वह नागेसरबाग मे आया हुआ कम्पनी मे भी यही पार्ट करता था, यानी वेटिंग रूम मे सोये हुए लड़िका को मारता था, छूरा से...उसको तो नकली नेही कहने सोकते'।

हमारा आइयो सबटा गप्प ओहिना मोन अछि...गुलाब बाग मेला...पंजाब-मेल रेलवे पोर्टर...छौंड़ाक खून...बकुलक गप्प...

करीब चारि वा पाँच बरखक उपरान्त सिंहेश्वर मेला मे ऐल उमाकान्त झा कम्पनी मे अइ व्यक्ति के फेरो देखने छलिऐ। बिल्वमंगल नाटक मे चिन्ता-बाइक मजलिस मे भोथिया क ऐल बाबाजी भष मे, 'काया का पिंजरा डोले रे' साँस का पंछी बोले' गबैत। बड़ सुरगर ठोठ छलै। गुलाबबाग बला कम्पनी मे छौंड़ाक हत्या करै बला मने हत्याराक पार्ट करै बला बाबाजी क गेरुआ वस्त्र मे अपन बोली अधिक काल धरि नञि नुका सकल। हम भट्ट द चिन्हि गेल छलिऐ। मुदा, जखन ओ पारसी नौटंकीक छवि मे कवित पढ़ने छल जे—मृदंग कहै धिक है धिक है—मंजीर कहै किनको-किनको! तब हाथ नचाय के गनिका कहती—'इनको—इनको—इनको—इनको'—तखन हमरा कनेको शंका नञि रहल छल। खूब फरिछा क चिन्हि गेल छलिऐ बाबाजी कें—वैह छल जे गुलाब बाग बला कम्पनी में—वेटिंग रूम मे सूतल छौंड़ा कें छूरा भोंकबा सँ पहिने कपैत हाथ आ' थरथराइत छूरा कें देखि सनकल जकाँ बड़बड़ा उठल छल—क्याँ मेरे हाथ! तू क्यों थरथरा रहा है? तू तो केवल अपने मालिक का हुक्म अदा कर रहा है, मत काँप मेरे खंजर, बख्त बर्बाद मत कर, शिकार सोया है चादर तानकर, ले तू भी अपना काम कर।

बस कि डुग्गी पर बड़ी जोर सँ चोट पड़ल छलै, सौंसे हड़-हड़ा गेल छलै—हमरा ओहिना सबटा मोन अछि।

एकरा बाद...फेर तेसर बेर—आद्या प्रसादक नाटक कम्पनीक 'श्रीमती मंजरी' खेला मे अँग्रेज जजक भेष बना क टेबुल पर काठक हथौड़ा ठोकैत शान्ति स्थापित करैत यैह व्यक्ति बाजल छल—बेल मोंजरी बाइ! हाम टुमको सिड़ीमटी मोंजरी का खेटाब डेटा हाइ। आज से टुमको सिड़ीमटी मोंजरी बोलेगा। हम बोलेगा, साब बोलेगा, सामझा ?' आ' अइ दृश्यक उपरान्त किछु काल मे वैह गीत गबैत स्टेज पर ऐल छल—'काया का पिंजड़ा डाले रे'—अपन ओही पुरना तर्ज मे...।

हमरा कहियो कत्तौ एकरा चिन्हबा मे भाङठ नञि रहल, सबठाँ चिन्हैत गेलिऐ।

कतेको बेर हम एकरा देखिने छिऐ, मुदा एना बेमौसिम मे नञि, अनटेम नञि अइ झहरैत साओन-भादब मे नञि। सतति एकरा मेलाक मौसिम में देखने छिऐ

अर्थात कातिक सँ चढैत बैसाख धरि! से आइ अनचोके मे अइ चाहक दोकान पर बैसल देखि क हम चिहुँकि जेकाँ उठलौं—ताहू मे अइ झपसी मे।

एकटा अन्दाज लगौल—अइ बेर दश-एगारह बरखक बाद एकरा अइ इलाका मे देखि रहल छिये, से एकटा विस्मय भेल, एकटा उत्सुकता!

ओ दोकानक कुर्सी पर बैसल छल अवश्य मुदा छल ओ कतौ आनठां, उदास-उखड़ल, डूबल। मेघक झहरब ओ बड़ी काल सै टकटकी लगा क देखि रहल छल।

ओ...ओ...हत्यारा पोर्टर—बबाजी—अंग्रेज जज...उपदेशक...सिपाही डाकू... आन्हर फकीर—तथा आदि आदि, सब एके गोटा...एक गोटा।

बड़ी जोर सँ बिजलौका छिटकल, मेघ हड़्हड़ैल आ' बड़ी कालक बाद ओ ओहने मुद्रा बनौलक जेहन मे 'काया का पिंजड़ा' बला गीत गबै छल, स्टेज पर।

एते काल बाद हमर नजरि ओकर पहिरनाक बुश-सर्ट पर पड़ल। कार्टूनक छाप सब धोखरि रहल छलै, मैल पकड़ जाइ छलै। नब डिजाइनक टूटल चप्पल। ओ उचकि क गम्भीर दृष्टिञे चाह बला दिस तकैत बाजल—'एक इधर भी...'

ओकर बोली सूनि ई बुझबा मे एको रत्ती भाङठ नञि रहल जे हत्यारा पोर्टर वा दहलाबै बला भयंकर डाकू वा रोबीला अंग्रेज जज वा शान्त उपदेशक आदि आदि ई व्यक्ति बूढ़ भ गेल अछि।

चाह ओकरो भेटलै आ' हमरो।

एक घोंट पिबैत-पिबैत हमरा मोन पड़ि ऐल जे कोना ताहि दिन मे मने नेन्ना मे रातुक स्टेजक एक्टर कें दिनक इजोत मे सड़क पर वा मेला मे चलैत देखि क विस्मय होइ छल, कोना ओकरा लोकनिक ई सब, बाजब, गप्प सब अद्‌भुते लगै छल, विचित्रे, मुदा नीक।

मोन पड़ल—फारविसगंज मेलाक एकटा थियेटर कम्पनीक किछु एक्टरक पाछू बड़ी काल सँ घुमैत छलौं। एकटा पानक दोकान पर सब ठाढ़ भेल, पाछू मे हमहूँ ठाढ़ छलौं। ओइ दल मे बहुत गोटा छलै, मने लैला, मजनू आ' फरहाद, राजा डकैतक हाथ सँ राजकुमारी कें छोड़बै बला राजकुमार आ' प्रयोजन पड़ला पर सब खेल मे जल्लाद बनै बला आ' सभक सङे ई, 'काया का पिंजड़ा' गबै बा। हमरा पाछू मे ठाढ़ देखि क ई बाजलो छल—'क्यों बे छोकरे इस तरह क्यों घूम रहा है पीछे-पीछे? पाकेट मारेगा क्या?'

ओहू अवस्था मे मने नेनपनी मे हमरा बुझना गेल जे आत्म सम्मान पर आघात पड़ल अछि, अहं जागि गेल, कड़ाका उतारा देने छलिये—'आपके पाकेट में है ही क्या जो कोई मारेगा!'

—'क्यों'—ओ अप्रतिभ होइत बाजल छल—'तू यह कैसे जानता है कि मेरा पाकिट खाली है?' यद्यपि ताहि दिन हम अपना स्कूलक सब सँ उपरका क्लास मे

पढ़ै छलौं आ' मास्टर साहेबक आदेशानुसार प्रत्येक अनचिन्हार सँ अङरेजीये मे गप्प करबाक अभ्यासी छलौं मुदा तैयो हम खड़िये बोली मे उतारा देलिऐ—'क्यों रात जो भीख माँग रहे थे—दाता तेरा भला हो !'

सब ठठा क हँसि उठल छलै, ओ बाजल छल—'छोकरा तेज है।'

आब अगत्या हमरा अङरेजी झारै पड़ल छल—'यू सी मिस्टर—रेलवे पोर्टर—एक्टर—डोन्ट से मी छोकरा, आइ एम मैट्रिक एस्टूडेंट, यू नो?'

एते पुरान गप्प सप्प मोन पड़ि ऐला सन्ता हमरा ठोर पर हँसी पसरि गेल। प्रश्न उठल मोन मे जे एखन ई कोन कम्पनी मे काज करै अछि? की एखनो ई ओहने रोबीला डॉयलाग बजै अछि? ओहिना स्टेसनक बेटिंग रूम में छौंड़ा पर खंजर चलवै अछि, ओहिना...ओहिना...।

हमर ध्यान भंग भेल। ओकर चाह खतम भ गेल छलै, हमरा टेबुल लग आबि ठाढ़ छल। पुछलक—'आप मुझे पहिचानते हो सेठ ?'

ओकर बाँहि पकड़ि वैसबैत कहलिऐ—मैं सेठ नहीं हूँ, खालिस आदमी हूँ, कहिए आजकल किस कम्पनी में हैं, इस बेमौसम में आपको इस इलाके में देखकर मुझे काफी आश्चर्य हो रहा है। हैं किस कम्पनी में?

—'साहब, अब कहाँ की कम्पनी और कैसा थियेटर! सबको फिलम खा गया।' ओ हँसबाक निरर्थक चेष्टा कएलक?

—आपने कितनी कम्पनियों में काम किया है?

—साहब, पन्द्राँ। लागल जेना सभटा ओकरा मोन मे खतिऐले होइ। आ' निमिष मात्र बिलमि क हमरा दिस शून्य दृष्टि सँ तकैत बाजल—'नौ साल की उम्र में पहली बार स्टेज पर उतरा था—क्रिशन के रौल में।'

हमरा अनुभव भेल जे समक्ष मे बीतल युग केर एकटा शेषांक बैसल अछि। पारसी थियेटरक एकटा टूटल अभिनेता।

सिकरेट नमरबैत पुछलिऐ—'तो आजकल करते क्या हैं आप ?'

ओ एक क्षणधरि चुपचाप हमरा दिस तकैत रहल फेर सिकरेट सुनगबैत बाजल—'क्या करूँगा साहब! वह जो किसी शायर ने कहा है कि इश्क ने कर दिया निकम्मा'...ओ हँसबाक असफल नाटक कएलक—'दस साल बाद इस इलाके में आया हूँ, क्या नाम बताया लोगों ने मिथला देश, साहब इस इलाके में नाटक के काफी शौकीन लोग हैं...जाने को तो फिलम में भी गया, पर जी नहीं लगा।' ओ बाजि कऽ एक वेर कनखी सँ एम्हर ओम्हर तकलक फेर दयनीय दृष्टि सँ तकैत नहुँ नहुँ बाजल...'साब! एक्सक्यूज मी, फॉर लास्ट टू डेज आइ एम हंगरी, वेरी हंगरी, माँगने की हिम्मत नही होती किसी से—।'

ओकर एखनुक अँगरेजी डायलाग घोर अनाटकीय छलै। हम किछु कहबा लै छलिऐके कि ओ आकृति पर आज्ञा मङबाक भाव पसारैत खेखनिआक स्वर

मे बाजि उठल...'हुकम हो तो कुछ पेश करूँ...अब तो यही एक सहारा बचा है, ड्रामा के पुराने शौकीन मिलते हैं, सुना देता हूँ, जी हल्का हो जाता है और कुछ...।'

ओ अपूर्ण पाँती कें छोड़ि कोन मे राखल अपन अटची तड़पि क ल अनलक, एकटा करिया लुंगी बहार कै, मुँह झपलक, फेर लुंगीक परदा उठौलक, तलबार कट मोंछ बला एकटा विचित्र आकृति बहरेलै, मद्धिम स्वरें बाजल—'यह एक उदास निराश नौजवान प्रेमी का डॉयलाग है' एकवेर ओ खखसल पुन: बाजल—'जालिम चपला! यह क्या किया! तुमने मेरे दिल के हजार टुकड़े कर दिये। जालिम! तू ने यह क्या कर डाला, क्या कर डाला, चपला...चपला...चली गई तूँ चपला,

चली गली तू चपला, मुझे तड़पता छोड़कर...।'

एकरा बाद हिचकी लैत जे सम्बाद बाजल से हम नञि कहि सकब।

दोकान मे लोकक ठठ लागि गेल छलै। चारू कात सँ नमरि नमरि क देखि रहल छल! सभक आकृति पर एकटा विचित्रता आ' कौतूहलक भाव छलै! मुदा सब छल चुप्प, स्तब्ध। बाहर मेघटा रहि रहि गरजि उठै।

ओ पुन: आकृति पर लुँगीक परदा खसौलक मने अपना कें ग्रीनरूम ल गेल। अइ वेर पैघ-पैघ मोंछबाला सरदार बनल बहरैल, परदा उठल, गरजल—'क्यों बे बदकार! बता कहाँ है राजकुमार, कहाँ है मक्कार की औलाद...।'

हठात् अइ जोशीला सम्वादक उठा पटक मे नकली दाँतक सेट छिटकि क मुँह सँ बहरा गेलै।

एवं क्रमे ओ दर्जनो मुखड़ा बनौलक, कतेक रास सम्वाद सुनौलक, अन्त मे टोपी कें भिक्षा पात्र बनबैत लोक दिस तकैत बाजल—'दादा तेरा लाख लाख भला हो, आना दो आना...दो पैसे भी सही...।'

हमर पैर धरती सँ ठेकिगेल, कने चोट जकाँ लागल, एकटा झटका जकाँ लागल। ई व्यक्ति अपन कलाक जादू सँ कतेको वर्ष पाछू धकेलि देने छल। हम पुन: वर्तमान मे घूमि ऐलौं। देखल, बकुल बनर्जी हमरा दिस टुकुर टुकुर ताकि रहल अछि, कने कने कोनदन बिहुँसब बिहुँसि रहल अछि।

बकुल' ओकरा कने जोर सँ पूछि बैसलै—'क्यों एक्टर मोशाय, काल्ह एतना मेहनोत से चोन्दा कर दिया सो सब एक ही रात भट्ठी में फूँका दिया? बाह रे मोशाय!'

जन्मजात आर्ट क्रिटिक हमर सहपाठी बकुल बनर्जी आइयो कला आ' कलाकार कें चिन्हबाक धँधा ओहिना करैत अछि, सब दिन ओ एके रहल। हमरा दिस तकैत बकुल बाजल—'तू भी इसका बात मे फँस गये, मुझसे काल यह कह रहा था—फॉर टू डेज आइ एम हंगरी...'

नञि जानि किऐ हमरा ओहि काल बकुलक एहन गप्प नीक नञि लागल। ओकरा चुप्पे रहबाक कनखी देलिऐ, आ' फुसफुसाइत पुछलिऐ—'बकुल, इसके

डोलते हुए काया के पिंजड़े में जो पंछी बोल रहा है...उसकी बोली को सुनकर तुमको कुछ नहीं लगा? ठीक-ठीक बताना।'

बकुल जेना अवाक भ गेल, निमिष मात्र स्तब्ध रहल, फेर नहुँ नहुँ बाजल—'कुछ नहीं लागता तो काल्ह ठो सारा दिन इस के साथ भीख माँगता, चान्दा तो भीख ही हुई—'ओ एकटा पैघ निसास फेकलक फेर बाजै लागल—'क्या बतायें—कैसा लगा। लगा...तुम्हारे अथवा अन्य मित्र गणों के साथ रात-भर भागकर थियेटर देखने गया हूँ, होस्टल से।'

हम कहलिऐ—'हाँ बकुल! मुझे भी कुछ ऐसा ही लगा।'

ता' वृद्ध एक्टर अपन दोसर पुरान प्रसिद्ध गीतक पहिल पाँती आरम्भ क देने छल—

'सुबह हो गयी निकल गये तारे—मुझे छोड़ो, चलो मेरे प्यारे।'

हठात् पुन: हमरा लोकनिक मोन में मेलाक मौसिम जगजगार भ गेल।

[मैथिली पत्रिका 'अभिव्यंजना' के प्रवेशांक 1960 के अंक में प्रकाशित।]

○○○